Moon Notes

# JETTE MENGER

# KNOW ME AGAIN

## JUNE & KIAN

MOON NOTES

*Für alle Schüchternen.*

Dieses Buch wurde klimaneutral produziert. Dadurch fördern wir anerkannte Nachhaltigkeitsprojekte auf der ganzen Welt. Erfahre mehr über die Projekte, die wir unterstützen, und begleite uns auf unserem Weg unter www.oetinger.de

Originalausgabe
1. Auflage
© 2021 Moon Notes im Verlag Friedrich Oetinger GmbH,
Max-Brauer-Allee 34, 22765 Hamburg
Alle Rechte vorbehalten
© Text: Jette Menger
© Einbandgestaltung: Favoritbüro unter Verwendung von
shutterstock.com: shutterstock_574840420 © shutterstock.com
Dieses Werk wurde durch die Literaturagentur Beate Riess vermittelt
Satz: Arnold & Domnick GbR, Leipzig
Druck und Bindung: GGP Media GmbH, Karl-Marx-Straße 24,
07381 Pößneck, Deutschland
Printed 2021
978-3-96976-010-9

www.moon-notes.de

# Früher

Wir kannten uns
waren wie Geschwister
konnten die Gedanken des und der anderen
in der Mimik lesen
konnten die Gefühle der und des anderen
auf hundert Meter Entfernung spüren
Wir waren eins
Eine Seele
Wir kannten uns
Früher

# Kapitel 1

*Ich bin in zehn Minuten da.*
Noch vier.
Ich ließ den Bildschirm meines Handys schwarz werden und warf es aufs Sofa, um die Nachricht nicht noch ein weiteres Mal zu lesen. Meine Hände verschränkte ich ineinander, nur um sie im nächsten Moment wieder auszuschütteln. Fahrig strich ich mir durch meine braunen Locken.
Ich hätte Kian vom Flughafen abholen können, aber stattdessen war ich brav zu meinem letzten Kurs gegangen.
Jetzt konnte ich nur warten und von einer heißen Kohle zur nächsten springen.
Ich griff wieder nach meinem Handy.
Noch drei.
Auch das Hypnotisieren der Uhr ließ sie nicht schneller umspringen. Stöhnend warf ich das Telefon zurück aufs Sofa.
*Immer noch drei Minuten.*
*Ruhig bleiben, June.*
Ich stand auf und tigerte im Wohnzimmer auf und ab. Mein Atem ging unregelmäßig, und meine Handflächen schwitzten mittlerweile.
Als es an der Tür klingelte, zuckte ich zusammen. Mitten

im Wohnzimmer blieb ich stehen und lauschte. Nicht sicher, ob ich mir das Geräusch vielleicht nur eingebildet hatte.

Aber nein, es klingelte erneut.

Langsam setzte ich mich in Bewegung. Ich ballte die Hände zu Fäusten und atmete in den Bauch.

Ich würde einem fremden Menschen die Tür öffnen.

Das waren wir inzwischen. Fremde.

Ich kannte seinen Lieblingsplatz nicht mehr und auch nicht den Ort, an dem er arbeitete.

Ich wusste nichts über sein Leben in Sydney.

Langsam durchquerte ich den Flur.

Meine Hände zitterten, als ich nach der Türklinke griff und ich brauchte mehrere Anläufe, um sie herunterzudrücken.

Das leise Klicken dröhnte laut in meinen Ohren.

Was, wenn wir uns nicht wiedererkannten?

Vielleicht hatten sieben Jahre Trennung bewirkt, dass wir keine Freunde mehr sein konnten.

*Was würde ich dann tun?*

Die Tür schwang auf.

Ich erstarrte.

Erst nach zwei Sekunden weiteten sich meine Augen, und aus Angst, den Boden unter den Füßen zu verlieren, klammerte ich mich an der Tür fest.

Da war er.

Kian.

Ich musste zweimal hinsehen, um ihn zu erkennen.

Bis auf die funkelnden Augen und das schiefe Lächeln erinnerte mich nichts mehr an den Jungen von damals.

Er hatte Tattoos. Das war das Erste, was mir auffiel. Schwarze Tinte zierte seine Ober- und Unterarme. Einzelne Wörter und Sätze waren für immer unter seiner Haut verewigt, zu klein, um sie von hier lesen zu können. Sein T-Shirt spannte über seinen breiten Schultern.

Ich schnappte nach Luft. Wann hatte mein pummeliger bester Freund Muskeln bekommen?

Er fuhr sich durch die Haare, die ihm nicht mehr bis über die Schultern reichten. Seine braunen Locken bildeten nur noch ein verstrubbeltes Etwas und waren nicht mehr lang genug, um sie zu einem Zopf zusammenzubinden.

Er musterte mich so eingehend, dass mir warm wurde.

Auch ich hatte mich verändert, meine Kleidung war schlichter geworden, ich trug mein Haar etwas länger und benutzte kein Make-up mehr.

Ob er mich wiedererkannte? Was er wohl dachte?

Seine Lippen formten ein tonloses *Hey*.

»Hey«, flüsterte ich zurück.

Das Lächeln, das er mir schenkte, löste endlich meine Schockstarre.

Es war Kians Lächeln.

Vertraut.

Ich konnte nicht sagen, wer sich zuerst bewegte, ob er zuerst seine Reisetaschen fallen ließ und die Arme ausbreitete, oder ob ich zuerst den Türrahmen losließ.

Mit einem einzigen Satz war ich bei ihm, schlang die Arme um seinen Körper und drückte ihn an mich.

Wie gut das tat.

Wie sehr ich das vermisst hatte.

Ich vergrub mein Gesicht an seiner Schulter und schloss die Augen.

Vertraut.

Er benutzte noch immer die gleiche, mir so sehr vertraute Seife. Die, deren Geruch sich nach Zuhause anfühlte, weil allein er so lange meine Definition von Heimat gewesen war.

Minze.

Ich entspannte mich.

Ich umarmte Kian. Den Mann, neben dem ich im Sandkasten gespielt hatte.

Einzelne Sätze gingen mir durch den Kopf, doch ich war zu durcheinander, um sie auszusprechen.

*Schön, dich wiederzusehen.*

*Du hast mir gefehlt.*

Ich lehnte mich zurück, um ihn anzusehen.

Ich brauchte nichts zu sagen, ich konnte sehen, dass er das Gleiche dachte.

Ein Lächeln erschien auf seinem Gesicht.

»Du siehst erwachsen aus.«

Ich erstarrte. Seine Worte ließen mich die Umarmung auflösen.

*Werd erwachsen, June.*

Ich verdrängte den Spruch von damals in den hinteren Teil meines Hirns. Kian war nicht wie diese Menschen.

Ich zwang ein Lächeln auf meine Lippen. »Du bist jung geblieben.«

Seine Antwort war ein Grinsen, er wusste offenbar, was

für eine Wirkung er im Vergleich zu damals hatte, jedoch nicht, was in mir vorgegangen war.

»Bist du es wirklich?« Gespielt schockiert tippte ich gegen seine Brust. »Du siehst nicht aus wie *mein* Kian.«

Er kräuselte die Stirn, als müsste er erst darüber nachdenken.

»Ich weiß, ich sehe besser aus.«

Ein Augenzwinkern.

Lässig fuhr er sich durchs Haar. Eine Geste, in der ich nichts von dem alten Kian erkannte. Es versetzte mir einen Stich, trotzdem grinste ich.

»Das sehe ich. Ich hätte nie gedacht, dass ich dich mal nicht mehr wegen deinem nicht vorhandenen Bizeps aufziehen kann.«

Ich boxte gegen seine Schulter. Er lachte und ich stellte fest, wie sehr ich dieses Lachen vermisst hatte.

Langsam ließ er seinen Blick über meinen Körper wandern. Ein Funkeln lag in seinen Augen, als er antwortete. »Und ich hätte nie gedacht, dass ich dich mal nicht mehr wegen deiner nicht vorhandenen Brüste aufziehen kann.«

Hitze schoss mir in die Wangen, aber diese Seite an ihm kannte ich wenigstens. Kopfschüttelnd griff ich nach einer der beiden Reisetaschen, die er bei sich hatte.

»Komm doch erst mal rein, Bodybuilder.«

Eine einzelne Sekunde lang verdunkelten sich seine Augen. Seine Hand schloss sich um den Gurt der anderen Tasche und klammerte sich daran fest.

Ich trat einen Schritt zur Seite, um ihn durchzulassen.

War es Zufall, oder mied er meinen Blick?

Ich schloss die Tür hinter ihm, während er seine Schuhe von den Füßen trat.

Wir gingen ins Wohnzimmer. Kian lud seine Tasche mitten im Raum ab. Ich zwang mich, nicht auf die Muskeln zu starren, die dabei unter seinem Shirt zu sehen waren, und zog die andere Tasche neben ihn.

Er ließ seinen Blick durch den Raum schweifen. Über die gemütliche Sofaecke, den Holztisch, den wir zum Essen benutzten, und die große Regalwand, die größtenteils mit Büchern gefüllt war, aber auch meine Querflöte hatte darin Platz gefunden.

Kians Blick blieb an einem Foto hängen, das ich in einem Rahmen zwischen die Bücher gestellt hatte. Die Schwarzweißfotografie zeigte zwei Kinder, die sich in den Armen hielten. Kian küsste meine Stirn, während ich das Gesicht unglücklich verzogen hatte. Ich war an diesem Tag mit dem Fahrrad gestürzt und hatte mir die Knie blutig geschlagen. Kian hatte mir hochgeholfen und mich in den Armen gehalten.

Mein großer Bruder Jake hatte das Foto gemacht. Ich hatte eine Woche lang nicht mit ihm geredet, weil er sich lieber eine Kamera vor die Nase hielt, anstatt mir aufzuhelfen. Aber dann hatte ich das Foto gesehen und ihn geknutscht. Es war eine perfekte Momentaufnahme.

Dieses Bild zeigte, wie nah wir uns standen.

*Wie nah wir uns gestanden hatten.*

Ich wusste nicht, ob es noch immer so war. Aber Kians Lächeln ließ es mich fast glauben. Mit wenigen Schritten war er bei mir. Mein Blick folgte seinen Händen, die ein Portemonnaie aus seiner Hosentasche zogen. Er holte ein zerknittertes Foto heraus. Ich hielt den Atem an, als er es auseinanderfaltete und mir entgegenhielt. Es war das gleiche wie in meinem Bücherregal.

*Für imer.* stand in den krakeligen Buchstaben einer Sechsjährigen über unseren Köpfen. Damals hatte ich mich für die größte Poetin aller Zeiten gehalten. Heute brachte es mich zum Lächeln.

»Du hast es behalten«, flüsterte ich tonlos.

Entrüstet runzelte er die Stirn.

»Ich trage es immer bei mir.«

»Imer?«, fragte ich gespielt belustigt. Er verstaute das Foto wieder und sah mich ernst an.

»Für imer.«

Mein Herz machte einen Sprung. Mein Blick fand seinen und ich verlor mich in der Tiefe darin.

Ich trat einen Schritt vor.

Ich berührte ihn.

Meine Hand wanderte in seinen Nacken und sein Haar. Ich fing seine Locken ein, ließ sie durch meine Finger gleiten und zog leicht daran.

»Seit wann sind sie so kurz?«, fragte ich flüsternd, während ich fasziniert zusah, wie das Haar schon nach wenigen Zentimetern wieder meine Hände verließ.

»Erst seit Kurzem.« Er wich meinem Blick aus, als ich ihn ansah. »Ich habe sie geschnitten, bevor ich hergeflogen bin.«

Ich runzelte die Stirn. »Warum?«

Er sah mich wieder an, und für eine einzige Millisekunde war sein Blick offen, zeigte mir all den Schmerz, den er empfand, bis es vorbei war und ich glaubte, mir alles nur eingebildet zu haben.

»Wegen der Arbeit.« Er verschloss sich, als er mir antwortete. Er trat einen Schritt zurück und löste den Körperkontakt zwischen uns.

Ich fragte nicht weiter. Ich fragte nicht, was er gearbeitet hatte, und auch nicht, warum allein der Gedanke daran ihn so fertig machte. Ich kannte diesen Blick, den er aufsetzte, wenn er nicht darüber reden wollte. Und ich akzeptierte es.

Ich akzeptierte es, weil ich genau wusste, wie es sich anfühlte, nicht reden zu wollen.

Er ließ sich aufs Sofa fallen. »Wie geht es Ella?«, fragte er. Seine Lippen umspielte ein Grinsen, aber in seinem Blick lag noch immer der Schatten einer Erinnerung, von der ich keine Ahnung hatte.

Ich setzte mich ans andere Ende des Sofas, zog die Beine an meine Brust und schlang die Arme darum. »Sie kann es kaum erwarten, dich wiederzusehen.«

Der traurige Ausdruck verschwand aus seinen Augen. Zurück blieb das Lächeln.

»Dachte ich mir.«

Wärme erfüllte mein Herz. Ella war die Einzige, die mir aus unserem damaligen Freundeskreis geblieben war.

»Ihr wart mir schon damals verfallen.«

Ich rollte die Augen.

»In deinen Träumen vielleicht.«

Er lachte und wackelte mit den Augenbrauen. »Glaub mir, June, in meinen Träumen spielst du die Hauptrolle.«

Wie konnte ein einzelner Satz mein Herz so schnell schlagen lassen?

Ich zog eine Augenbraue hoch. »Seit wann ist dein Ego eigentlich so groß?«

Sein Lächeln erstarb. Er fixierte einen Punkt an der gegenüberliegenden Wand.

Als er sich wieder zu mir umdrehte, war sein Gesicht eine kühle Maske.

»Was treibt Jase?«

Ich zuckte zusammen. Mein Herz trommelte. Ich hatte diesen Namen seit Jahren nicht mehr ausgesprochen gehört. Jeden einzelnen Tag aufs Neue versuchte ich ihn zu vergessen.

Ich wischte meine schwitzenden Hände an der Hose ab.

»Er hat die Stadt nach unserem Abschluss verlassen.«

Der einzige Grund, weshalb ich geblieben war.

Kian riss die Augen auf. »Oh«, formten seine Lippen.

»Wir haben keinen Kontakt mehr«, schob ich hinterher. Meine Stimme zitterte.

Ich wechselte das Thema.

Wir sprachen nicht mehr über die letzten sieben Jahre, und ich erzählte ihm nicht, wie sehr ich mich verändert hatte.

# Kapitel 2

Simon reichte mir eine geöffnete Bierflasche, während Pekka seine feierlich in die Mitte des Tisches hob.
»Auf unseren neuen Mitbewohner.«
Wir stießen an.
Kian lächelte. Er hatte sich ein Hotel suchen wollen, aber ich hatte darauf bestanden, dass er zu uns in die WG zog.
»Danke, dass ihr mich unterkommen lasst«, meldete er sich zu Wort.
»Na logo, Junes Freunde sind immer herzlich willkommen.« Pekka grinste breit. Er setzte seine Flasche an die Lippen und stürzte den halben Inhalt hinunter.
»Wie lange willst du bleiben?«, fragte ich und nippte an meinem eigenen Bier.
*Hoffentlich für immer.*
Kian zuckte die Schultern. »Kommt drauf an, wie lange ich dich ertrage.«
Ich ignorierte die Tatsache, dass er mir mit einem Witz auswich, und schnaubte. »Oder ich dich.«
Pekka lachte laut auf. »Ich mag dich, Kumpel.«
Auch wenn er sich große Mühe gab, war sein Akzent kaum zu überhören. Er kam aus den Niederlanden, und diesem Akzent war die Hälfte seiner Bettbekanntschaften verschuldet.

Auch ich zählte dazu.

Ich lernte ihn an meinem neunzehnten Geburtstag kennen. Betrunken. Die schlechteste Voraussetzung, um nicht mit ihm im Bett zu landen. Und so hatte ich mein erstes Mal mit einem Mann, der jeden einzelnen Tag ein schwarzes T-Shirt und eine blaue Jeans trug, dessen Haare einem ebenfalls fast schwarz erschienen und der ein Arschloch war.

Ich war mir sicher, dass wir nur Freunde waren, weil er unsere Nacht vergessen hatte. Keine seiner Sexbekanntschaften bekam ihn noch mal zu Gesicht.

Es klingelte an der Haustür, und Pekka erhob sich. Kurz darauf war er mit vier Pizzakartons zurück. Er war mit Kochen dran gewesen, aber Pekka konnte nicht mehr zubereiten als eine Wodka-Orangensaft-Mische.

Er klopfte Kian auf die Schulter und stellte einen Karton vor ihm ab. »Du hast einen schlechten Tag erwischt, Mann.«

Schwerfällig ließ er sich zurück auf seinen Stuhl fallen. »Wenn Simon kocht, gibt es das gute Essen.«

Simons Lippen umspielte ein Lächeln. Er machte eine Ausbildung zum Koch und war jetzt schon besser, als viele Sterneköche. Ich war überzeugt davon, dass er eines Tages selbst einer werden würde.

Wir tauschten einen wissenden Blick, als Kian versicherte, er würde Pizza lieben.

Irgendwann konnte man sie einfach nicht mehr sehen.

»Wenigstens einer, der meine Pizza zu schätzen weiß.« Pekka nickte Kian zu, während Simon aufstöhnte.

»Dieser Haushalt ist so schrecklich demütigend für einen Koch.«

Grinsend klappte ich meinen Pizzakarton auf.

Ich redete nicht viel während des Essens. Ich lachte über die Witze der anderen, hörte ihren Geschichten zu, erzählte selbst aber keine. Pekka und Simon waren das gewöhnt. Kian nicht. Ich erkannte den Blick, den er mir zuwarf, der mir signalisierte, dass er mein Schweigen bemerkt hatte. Nur wusste er nicht, dass dieses Schweigen mittlerweile normal war.

Nach dem Essen schauten wir *Guardians of the Galaxy*. Simon hatte beinah jeden Superheldenfilm auf Platte, und er war auch der Grund, weshalb in unserer WG kein anderes Genre mehr geschaut wurde. Lächelnd kam ich Kians Aufforderung nach, als er neben sich aufs Sofa klopfte.

»Pekka«, sagte ich und zeigte neben ihn. »Decke, bitte.« Auffordernd streckte ich die Hand aus. Er grinste mich an, griff nach der Decke, kuschelte sich selbst darin ein und schnurrte zufrieden.

*Mistkerl.*

Simon ließ sich neben ihn fallen, während er synchron mit Kian lachte. Bittend sah ich ihn an. Er warf mir eine Decke zu. Ich fing sie auf und funkelte Pekka an.

»Wenigstens wohnt ein Gentleman in diesem Haus.«

»Oh, ich bin sicher, jetzt hast du zwei«, gab Pekka ungerührt zurück, während er nach der Fernbedienung griff, um die Sprache einzustellen.

Ich wechselte einen Blick mit Kian. Er grinste mich an. Wir teilten uns die Decke und richteten unsere Aufmerksamkeit auf den Fernseher. Meine Augenlider wurden schon nach wenigen Minuten schwerer. Ich hatte die letzte Nacht vor Aufregung nicht geschlafen, und auch die drei Kaffee, die ich heute getrunken hatte, konnten nicht verhindern, dass mir jetzt Schlaf fehlte.

Ich glitt über in eine Welt ohne Probleme, in der Kian meinen Namen flüsterte und mir die Haare aus der Stirn strich.

Schöner Traum.

Seine Berührungen fühlten sich echt an und ließen mich die Augen öffnen. Kians Gesicht tauchte in meinem Blickfeld auf. Schöner Traum.

Und echt real. Meine Lider fielen wieder zu. Erneut flüsterte jemand meinen Namen.

Ich öffnete die Augen, und dieses Mal wurde ich wach. Ruckartig setzte ich mich auf und starrte ihn an. Ich blinzelte.

»Du bist hier.«

Ich schlang beide Arme um Kian und zog ihn an mich. Leise lachte er. »Natürlich bin ich hier.«

Natürlich war er das. Wir hatten zusammen Pizza gegessen und uns eine Decke geteilt.

»Es ist zwei Uhr nachts, wir sollten ins Bett gehen.«

Mitten in der Nacht?

»Wie viele Filme habt ihr denn gesehen?«

Er nestelte an der Decke herum, die noch immer über mir ausgebreitet war.

»Nur einen.«

Vielleicht war ich noch zu müde, um klar zu denken,

aber ich konnte mich nicht erinnern, dass dieser Film so lange ging.

»Möglicherweise habe ich dir eine Weile beim Schlafen zugesehen«, murmelte er. »Und die Chance ergriffen, ein Foto für die nächste Geburtstagskarte zu machen«, fügte er hinzu, bevor mein Herz schneller schlagen konnte.

Ich fluchte leise. Das hatten wir früher so oft getan. Noch heute besaß ich Karten, auf denen mein schlafendes Gesicht abgedruckt war. Ich boxte ihm gegen die Schulter.

»Wehe, es ist eine Nahaufnahme.« Drohend hob ich den Finger.

»Ist es«, erwiderte er.

Super, ich freute mich schon jetzt auf meinen nächsten Geburtstag.

Ich ließ meinen Kopf zurück in die Kissen fallen und gähnte. Ich war viel zu müde für solche Diskussionen.

Und viel zu faul, um ins Bett zu gehen.

»Lass uns hier schlafen«, murmelte ich und streckte eine Hand nach ihm aus.

Ein Zögern lag in seinen Augen.

»Kann ich meine Jeans ausziehen?«

Ich zuckte die Schultern und kuschelte mich tiefer in die Kissen. »Klar.«

Er legte sich zu mir. Automatisch rollten wir aneinander. Ich konnte seinen Herzschlag an meinem Rücken spüren.

Sieben Jahre,

Trennung.

Von seinen Armen und dem Geruch seiner Seife umgeben zu sein, war vertraut. Selbst nach all der Zeit.

Mein Herz hämmerte.

»June.« Seine Finger tasteten nach meiner Hand.

»Alles okay?«

Benommen nickte ich. Sein Daumen strich über meinen Handrücken.

»Du zitterst«, flüsterte er.

Er vergrub seine Nase in meinem Haar und zog mich näher. Erst da spürte auch ich das Zittern, von dem er gesprochen hatte. Es fuhr durch meinen gesamten Körper und ließ ihn an seinem beben.

Weil mich die Bewegung seines Daumens verrückt machte, verschränkte ich unsere Finger ineinander, damit er sie ruhig hielt. Er tat mir den Gefallen, aber das Kribbeln blieb auf meiner Haut zurück.

Eine Welle von Gefühlen überrollte mich. Ich schmeckte Salz, als die Tränen über meine Wangen rannen. Ich betete, dass Kian sie nicht bemerken würde, aber nach einer Weile war meine Nase so verstopft, dass ich sie hochziehen musste, und dieses Geräusch ließ seinen Körper an meinem verkrampfen.

»June«, stieß er leise hervor. Ich antwortete nicht, und so zog er mich einfach mit sich, als er sich auf den Rücken legte. Ich wollte mich wegdrehen, wollte ihn lieber nicht ansehen, doch anscheinend hatte ich vergessen, wer Kian war. Sanft umfasste er mein Kinn und hob es an, sodass mein Blick seinem begegnete. Er wartete auf eine Erklärung, darauf, dass ich irgendetwas sagte. Aber sein viel zu intensiver Blick nahm mir die Worte.

»Was ist denn los?«

Ich schloss die Augen, um seinem Blick zu entkommen. Mit jedem Zittern meines Körpers zog er mich näher an sich, als würde er mich mehr halten wollen. Dabei war es genau das, was meinen Körper zum Beben brachte.

»Kannst du mich loslassen?«, fragte ich und öffnete erst danach die Augen.

Er tat, worum ich ihn gebeten hatte. Dann drehte er sich zu mir, sodass wir uns ansehen konnten, uns aber an keiner einzigen Stelle mehr berührten.

»Ich kann einfach nicht glauben, dass wir wieder nebeneinanderliegen« flüsterte ich, als das Zittern langsam meinen Körper verließ. All die Emotionen, die ich damals, als er gegangen war, gespürt hatte, drangen wieder an die Oberfläche, und die Tränen spülten sie aus mir heraus. Sein Blick wurde weich. Er streckte die Hand aus, um eine Träne aufzufangen, zog sie aber wieder zurück, als ich scharf die Luft einzog.

»Ich werde nie wieder weggehen«, versprach er, und das Zittern in seiner Stimme war kaum zu überhören.

*Ich werde dich nie wieder gehen lassen.*

Ich sprach die Worte nicht aus.

## Kapitel 3

Blinzelnd schlug ich die Augen auf. Licht schoss auf meine Netzhaut. Um dem Grellen zu entkommen, rollte ich mich auf die Seite. Langsam erkannte ich die Umrisse des Wohnzimmers. Mein Blick fiel auf den Teppich. Kian lag auf dem Boden, alle viere von sich gestreckt auf dem Bauch. Anscheinend war das Sofa zu eng geworden.

Ich unterdrückte ein Lachen und streckte mich, um an mein Handy heranzukommen. Das würde ein sehr schönes Bild für die nächste Geburtstagskarte geben. Rache war eben süß.

Mein Handy verriet mir, dass es bereits kurz nach elf war. Ich wühlte mich aus der Decke und hockte mich neben Kian.

Einen Moment sah ich ihn an und konnte nicht glauben, dass er hier in meiner Wohnung war.

Vorsichtig berührte ich ihn an der Schulter, um ihn zu wecken.

Keine Reaktion.

Typisch.

Ich verdrehte die Augen.

Meine Hände wanderten in sein Haar und massierten seine Kopfhaut.

Ich flüsterte seinen Namen, aber auch davon wachte er

nicht auf. Erst als ich an seiner Schulter rüttelte und seinen Namen fast brüllte, regte er sich.

Stöhnend drehte er sich auf den Rücken und schlug die Augen auf. Als sein Blick auf mich fiel, lächelte er.

Dann verzog er das Gesicht.

»Du musst dir dringend neue Matratzen kaufen, die sind eindeutig durchgelegen.«

»Könnte daran liegen, dass du auf dem *Teppich* liegst«, erwiderte ich ungerührt.

Er kniff die Augen zusammen, setzte sich auf und sah sich um. Seine Hand fuhr über die weichen Fransen des Teppichs.

»Das müssen wir ändern.«

Schneller, als ich es angesichts seiner geistigen Kompetenz am Morgen für möglich gehalten hätte, war er auf die Beine gesprungen. Ich starrte ein wenig zu lange auf sein Lächeln und bemerkte erst, dass er mich an den Hüften gepackt hatte, als wir taumelten. Unsanft landeten wir auf dem Sofa. Ich griff nach einem Kissen, um es ihm ins Gesicht zu werfen, erwischte allerdings nur seine Schulter. Er warf es zurück. Und als wären wir wieder sechzehn, rauften wir miteinander. Wir bewarfen uns mit Kissen, versuchten einander auszuweichen und lachten so sehr, dass mir irgendwann der Bauch wehtat.

Es war wie früher.

Nur dass Kian mich früher nach seinem Sieg vom Bett geschubst hätte. Heute zog er mich in seine Arme. Nicht so dicht wie gestern Nacht, aber dennoch dicht genug, dass meine Haut schon wieder kribbelte.

»Ich brauche einen Kaffee«, verkündete ich, um seiner Umarmung zu entkommen.

Ich setzte mich auf, und Kian ließ mich los. Grinsend verschränkte er die Arme hinter dem Kopf. Ich rollte die Augen.

»Möchtest du kein Gentleman sein und mir einen machen?«

Er schüttelte den Kopf und schwang die Beine über die Sofakante.

»Ich möchte ein Gentleman sein und dich ausführen.«

Er stand auf. Stirnrunzelnd sah ich ihm dabei zu, wie er in seiner Reisetasche wühlte, die noch immer mitten im Wohnzimmer stand.

Er zog frische Boxershorts heraus und eröffnete damit den Kampf um das Badezimmer.

Ich sprang auf und sprintete los.

Kian fluchte hinter mir. Ich schlug ihm die Badezimmertür direkt vor der Nase zu.

Ha!

Beinahe triumphierend quittierte ich das Stöhnen hinter der Tür mit einem lang gezogenen »Ohhh.«

»Komm schon June, lass mich wenigstens Zähneputzen, während du duschst.«

Keine Chance.

Ich summte einen Song von *Paramore* und hielt mein Gesicht unter den warmen Wasserstrahl.

Es war so unwirklich. Bis vor Kurzem hatte ich nicht einmal gewusst, ob ich Kian jemals wiedersehen würde, und jetzt wohnten wir zusammen und stritten uns ums Bad.

Ich blieb länger im Bad, als es notwendig gewesen wäre, einfach nur um ihn zu ärgern.

Ich nahm mir ein Handtuch von der Ablage neben der Dusche und noch während ich mich darin einwickelte, bemerkte ich meinen Fehler. Kopfschüttelnd entriegelte ich die Tür und lugte um die Ecke. Schnell durchquerte ich den Flur und verschwand in meinem Zimmer. Ich wollte schon erleichtert ausatmen, da traf sein Blick meinen. Kian saß auf dem Bett, die Arme hinter dem Kopf verschränkt, den Rücken gegen die Wand gelehnt. Seine Reisetaschen lagen vor ihm auf dem Boden, anscheinend hatte er mein Zimmer gefunden, ohne dass ich ihm je gesagt hatte, hinter welcher Tür es sich befand.

Er grinste.

»Da hat wohl jemand die Klamotten vergessen.«

Überall da, wo seine Blicke mich trafen, glühte meine Haut.

»Kian, geh duschen.«

Er dachte nicht daran, den Blick von mir zu nehmen.

Ich hätte es wissen müssen. Es war ein Fehler gewesen, ohne neue Klamotten ins Bad zu hechten.

Umständlich nestelte ich an dem Handtuch, versuchte, es gleichzeitig höher- und weiter runterzuziehen, was mir irgendwie nicht gelingen wollte. Kian brachte es zum Lachen.

*Idiot.*

Jedes einzelne meiner Körperteile stand in Flammen.

»Kian, raus jetzt.« Ich deutete auf die Tür.

Er ließ sich Zeit damit, seine Sachen aus der Tasche zu holen.

Ich starrte auf seine Seife.

Minze.

Heimat.

Er zwinkerte mir zu und verzog sich. Endlich konnte ich wieder freier atmen.

Ich wollte das Handtuch gerade zur Seite legen und mich anziehen, da wurde meine Zimmertür wieder aufgerissen.

»Mist.«

Ganz langsam drehte ich mich um. Kian lehnte im Türrahmen und grinste.

»Ich hatte gehofft, du bist nackt.«

Ich funkelte ihn an.

»Das wirst du sicher niemals zu Gesicht bekommen«, motzte ich los.

*Hat er schon vor Jahren.*

»Challenge angenommen.« Seine Augen funkelten.

»Kian, es gibt keine Challenge.«

Er zog die Augenbrauen hoch und grinste. Ich wedelte mit der Hand, um ihn zu verscheuchen.

»Hau schon ab.«

Er zog die Tür ins Schloss, allerdings nicht ohne mir vorher eine Kusshand zuzuwerfen. Ich zog nur eine Grimasse. Dieses Mal wartete ich, bis die Badezimmertür klappte. Ich öffnete meine Schublade und zog mir endlich etwas an, wobei ich mich für eine weite, bequeme Hose und einen langärmligen Rollkragenpulli entschied.

Kian stand zehn Minuten später wieder im Türrahmen, komplett angezogen. Natürlich war er so schlau gewesen, seine Klamotten gleich mitzunehmen.

Seine nassen Haare standen in die verschiedensten Richtungen ab, und ich widerstand dem Drang, sie zu berühren.

Er stützte sich mit den Händen an den oberen Türrahmen und ließ sich ein Stück nach vorne sinken. Selbst an der Innenseite seiner Oberarme hatte er Tattoos. Ich konnte die Schrift zwar nicht lesen, aber auch aus der Entfernung hatte es etwas Ästhetisches.

»June …«

Er löste sich vom Türrahmen und blieb direkt vor mir stehen.

»Starr mich nicht so an.« Seine raue Stimme strich über mich hinweg und ich erschauderte. »Sonst kann ich für nichts garantieren.«

*Was?* Ich schnappte nach Luft.

»Du bist auch heiß geworden.« Er wackelte mit den Augenbrauen, um seine Worte abzuschwächen.

Ich trat einen Schritt zurück.

*Sie ist heiß.*

Übelkeit brannte in meiner Kehle.

*Was meint ihr, Jungs, sollten wir uns heute Nacht an ihr verbrennen?*

Nur Wörter. Warum konnten sie mich noch immer so zu Boden schmettern?

Ich trat noch einen Schritt zurück. »Wir wollten frühstücken gehen.« Mechanisch fuhr ich mir durch die Haare. »Sollen wir los?« Ich begann zu faseln.

Kians Augen weiteten sich. Jetzt war er derjenige, der mich anstarrte. Er öffnete den Mund, um etwas zu sagen, doch ich kam ihm zuvor.

»Super, los geht's.« Ich ging zur Wohnungstür und öffnete sie.

»Ey«, schnaubte er hinter mir. Seine Hand schloss sich um meinen Arm. Ich drehte mich wieder um. Er hatte die Augenbrauen zusammengezogen und musterte mich finster.

»Tu nicht so, als könnte ich nicht sehen, dass etwas nicht stimmt.«

Mein Herz sank in die Tiefen. Es kostete mich all meine Kraft, nicht gegen seine Brust zu sacken und die Arme um ihn zu schlingen.

»Was habe ich Falsches gesagt?«, fragte er leise. Seine Augen bettelten um eine Antwort.

Ich wandte den Blick ab.

»Nichts.«

Scharf atmete er ein.

Ich befreite mich aus seinem Griff und ging endlich durch die Tür. »Es ist alles in Ordnung, Kian.«

Schweigend sah er mich an. Langsam schüttelte er den Kopf, als könnte er nicht verstehen, warum ich mich so verschloss.

# Kapitel 4

Wie angewurzelt blieb ich stehen.

Ich wusste, wo wir hingingen.

Diese Seitenstraße von Bath war mir vertraut. Die bernsteinfarbene Fassade war mir schon als Kind wie der Ausschnitt aus einem Märchen erschienen, heute raubte sie mir den Atem.

Kian drehte sich zu mir um und lief rückwärts. Er breitete die Arme aus und forderte mich zum Weitergehen auf. Obwohl es ein typischer grauer Märztag war, hatte er eine Sonnenbrille auf der Nase, die sein halbes Gesicht verdeckte.

Zögernd folgte ich ihm.

*Sieben Jahre.*

Ich wusste nicht, ob ich vor Freude losrennen oder lieber in die entgegengesetzte Richtung davonlaufen wollte.

Von außen hatte sich das *Clara's* kaum verändert. Noch immer standen dort die gelben Sonnenschirme und die braunen Tische und Bänke vor der Tür.

Diesmal war es Kian, der stehen blieb. Leider verdeckte die Sonnenbrille seine Augen und somit auch seine Gefühle.

Ich trat neben ihn.

*Sieben Jahre.*

Langsam drehte Kian den Kopf zu mir. »Lass mich raten.« Er lächelte. »Sie haben noch immer den besten Kaffee der Stadt?«

Ich zuckte die Schultern und wandte mich zur Seite. Er runzelte die Stirn.

»June, wann warst du das letzte Mal hier?«

Ich schluckte und sah ihn wieder an. Mein Gesicht spiegelte sich in seiner Sonnenbrille.

»Vor sieben Jahren, mit dir«, brachte ich hervor. Ich war in ein tiefes Loch gefallen, als er damals ging. Jede Erinnerung hatte mich ihn nur noch schmerzlicher vermissen lassen. Hätte Ella mich nicht aus diesem Loch herausgeholt, würde ich vielleicht noch immer an seinem Boden liegen.

Wir näherten uns dem Eingang. Ich erkannte all die liebevollen Details wieder. Sogar die kleine Tafel, auf die jeden Morgen eine neue Lebensweisheit geschrieben wurde, hing noch neben der Eingangstür. Die typische Bernsteinfarbe der Häuser war an dieser alten Fassade inzwischen braun geworden und zeigte, wie viele Geschichten in den Mauern steckten.

*Erfreue dich an schönen Erinnerungen.*

Die heutige Lebensweisheit zauberte mir ein Lächeln ins Gesicht.

Der vertraute Kaffeegeruch stieg mir in die Nase, als wir das *Clara's* betraten, und ich atmete augenblicklich tiefer ein. Ich erkannte jeden Winkel, als wir nach hinten durchgingen. Kaum etwas hatte sich verändert. Die Zeit war hier drinnen stehen geblieben, während wir draußen weitergelebt hatten. Sogar unser Tisch stand noch in der kleinen Nische am Fenster. Kian schluckte hart, als er die Macke im Holz bemerkte. Ich streckte die Hand aus, um sie zu berühren.

Kian hatte damals seine Tasse fallen gelassen, als ich ihm erzählte, dass ich mit Blake Warton geknutscht hatte.

Wir setzten uns einander gegenüber, genau wie damals.

Die Bedienung war allerdings neu und hieß Betty, wie sie uns mitteilte. Kian bestellte für uns beide, und es überraschte mich, dass er noch immer wusste, wie ich meinen Kaffee trank.

Ich sabberte beinah, als das Getränk fünf Minuten später vor mir abgestellt wurde. Ein Blick über den Tassenrand ließ mich entzückt aufseufzen. Noch in derselben Sekunde führte ich die Tasse an die Lippen. Es war mir egal, dass ich mir den Gaumen verbrannte. Genießerisch schloss ich die Augen und erst, als ich sie wieder öffnete, um die Tasse abzustellen, bemerkte ich, dass Kian mich beobachtete.

Er hatte sich die Sonnenbrille ins Haar geschoben.

Ohne den Blick von mir zu nehmen, trank er auch einen Schluck von seinem Kaffee.

»Ich kann nicht fassen, dass ich nie hier war.« Ich drehte meinen Kopf, um möglichst viel von dem Treiben um uns herum einzufangen. »Ich glaube, ich wäre dir hier näher gewesen.«

Kaum hatte ich die Worte ausgesprochen, wollte ich sie auch schon wieder zurücknehmen, denn über Kians Gesicht huschte ein überraschter Ausdruck. Aber bevor ich meine Worte ernsthaft bereuen konnte, war sein Lächeln zurück.

»So sehr hast du mich vermisst?«, neckte er mich. Ich verdrehte die Augen.

Als ob er das nicht wusste.

Er stellte seine Tasse ab und wurde wieder ernst.

»Es tut mir leid, dass ich damals gegangen bin.« Sein Blick verdunkelte sich.

Ich schüttelte den Kopf.

»Du konntest nichts dafür, es war nicht deine Entscheidung.« Ich schob die Kaffeetasse ein Stück zur Seite und legte meine Hand auf seinen Arm. Ich suchte seinen Blick und sah ihn fest an.

Nichts war seine Schuld. Nicht, dass er wegen des Jobs seiner Eltern ans andere Ende der Welt ziehen musste und auch nicht, dass es mir beschissen ergangen war.

»Glaub mir, hätte ich irgendwas tun können, um zu bleiben, ich hätte es getan«, murmelte er.

Ich würde ihm niemals von damals erzählen können. Er würde sich viel zu viele Vorwürfe machen.

»Das weiß ich, Kian.« Ich drückte kurz seinen Arm. »Wirklich.«

Er wollte etwas erwidern, doch noch bevor ein einziges Wort seine Lippen verlassen konnte, rief jemand unsere Namen.

Ein älterer Herr kam auf unseren Tisch zu.

Mit nur wenigen Schritten erreichte er den Tisch und scherte sich nicht darum, dass uns das gesamte Café anstarrte.

Mich dagegen trafen die Blicke wie Messerspitzen.

Ich zog automatisch den Kopf ein und meine Hand von

Kians Arm. Wir lehnten uns beide in unseren Stühlen zurück. Kian verschränkte grinsend die Arme.

Der Mann strahlte. Ich sah ihn mir etwas genauer an. und auf einmal kam er mir bekannt vor. Ganz langsam dämmerte mir, wer er war.

Olaf.

*Oh heilige Scheiße.*

Es war Olaf.

Ich musste blinzeln, bis es ganz in mein Bewusstsein vordrang.

Er war gealtert. Seinem Haar war jegliche Farbe entwichen, obwohl vor sieben Jahren nur einige graue Strähnen darin gewesen waren. Vielleicht hatte ich ihn deshalb nicht gleich erkannt. Dabei lächelte er uns genauso an wie früher. In seinen Augen lag noch immer das gleiche aufrichtige Funkeln.

»Ihr seid es wirklich.« Sein Blick glitt von Kian zu mir und wieder zurück. »Wie lange ist es her?« Er zog sich einen Stuhl vom Nachbartisch heran. »Sieben Jahre?« Lächelnd ließ er sich darauf fallen.

»Was verschafft mir die Ehre?«

Langsam zogen sich meine Mundwinkel nach oben. Ich deutete auf meinen besten Freund. »Jemand ist zurückgekommen.«

Olaf schüttelte den Kopf. »Oh Mensch, ich hatte die Hoffnung schon längst aufgegeben.«

Lächelnd faltete er die Hände auf dem Tisch.

»Hättest denn nicht wenigstens *du* mich besuchen können, Juni?«

Mein Lächeln verrutschte minimal, und ich wich seinem Blick aus. Konzentriert starrte ich auf meine Hände.

Die ersten Jahre hatte ich es nicht gekonnt. Ohne Kian.

Die letzten Jahre hatte ich geglaubt, Olaf hätte mich längst vergessen.

Er stupste mich mit der Schulter an. »Du warst doch sonst nicht so schüchtern.«

*Schüchtern.*

»Was war los?«

Eine Aufforderung zum Reden.

Mein Magen krampfte sich zusammen.

Kian kam mir zu Hilfe.

»Der Hammer, dass du diesen Schuppen immer noch leitest.«

»Natürlich«, gab Olaf entrüstet zurück.

Seit ich denken konnte, war das *Clara's* seine Leidenschaft. Die Liebe seines Lebens.

Er lehnte sich in seinem Stuhl zurück und ließ die gefalteten Hände in den Schoß sinken.

»Erzähl mir von Sydney!«, forderte er Kian auf.

Dieser verzog das Gesicht. Nicht mal mir hatte er irgendetwas über Sydney erzählt oder darüber, warum er zurück war. Seine Lippen pressten sich zu einer schmalen Linie zusammen, als könnte er nur so die Worte zurückhalten, die ihm auf der Zunge lagen. Schweigend wandte er den Blick ab.

Reflexartig kam ich ihm zu Hilfe.

»Machst du immer noch diesen leckeren Blaubeerkuchen?«, fragte ich Olaf.

Kians Blick schnellte zu mir, und Dankbarkeit blitzte in seinen Augen auf.

Olaf verdrehte seine.

*Schon klar, geht mich nichts an,* vermittelte er mir stumm. Ich hätte ihm gerne gesagt, dass ich selbst nichts wusste, ließ es aber bleiben.

»Dank ihm läuft es super«, beantwortete er meine Frage. »Und wenn meine besten Stammkunden ab jetzt wieder öfter vorbeischauen, wird es noch besser laufen.« Sein Lächeln erwärmte mein Herz.

»Dann werden wir das wohl tun müssen.« Kian grinste, während er nach seiner Tasse griff, um sie zu leeren. Keine Spur mehr von den Falten auf seiner Stirn.

»Müssen?«, wiederholte Olaf entgeistert. »Ich dachte immer, ihr könntet euch nichts Schöneres vorstellen.«

Kians Lachen erfüllte den Raum, als er den Kopf schüttelte.

»Können wir nicht.«

# Kapitel 5

»Seit gestern?«, kreischte meine beste Freundin. Ich hielt den Hörer außerhalb der Reichweite meiner Ohren.

»Bewegt euren Arsch sofort hierher«, bellte sie ins Telefon.

Ich grinste, schulterte meine Einkaufstasche aus Stoff und verließ den Markt. Kian und ich hatten uns aufgeteilt, er war das Wichtigste im Supermarkt besorgen gegangen, während ich für das Gemüse zuständig war.

»Ich meine es ernst, June.« Ellas Stimme ließ keinen Wiederspruch zu. Sie hatte mich angerufen, um mich zu fragen, ob ich den Nachmittag freihatte. Als ich ihr erzählte ich würde ihn mit Kian verbringen, war sie vollkommen ausgerastet. Sie hatte zwar gewusst, dass er in nächster Zeit nach England kommen würde, aber wir hatten beide keine Ahnung gehabt, wann genau. Bis Kian mir einen Tag vorher geschrieben hatte.

»Sag dem Arschloch, wenn ich mit ihm fertig bin, wird es ihm leidtun, mir nichts gesagt zu haben.«

»Ich lege jetzt auf«, erwiderte ich trocken.

Ella schnaubte.

Ich beendete das Gespräch und warf das Handy in den Beutel.

Ein Lächeln breitete sich auf meinem Gesicht aus.

Kian war tatsächlich hier. Wir würden wieder Zeit zu dritt verbringen.

Heilige Scheiße.

*Kian war tatsächlich hier.*

In Bath.

Meiner Wohnung.

Zurück in meinem Leben.

Das war alles, was ich mir die letzten Jahre gewünscht hatte.

In manchen Augenblicken war die Sehnsucht so erdrückend gewesen, dass sie mir den Atem genommen hatte.

Seit gestern konnte ich wieder atmen.

Und auch, wenn sich an ihm und mir alles verändert hatte, so waren wir doch noch immer eins.

Beste Freunde.

Von früher.

Für immer.

Ich hatte keine Ahnung, welche Wendung mein Leben durch sein Auftauchen nehmen würde, aber eins wusste ich sicher, ich war in den vergangenen vierundzwanzig Stunden so glücklich gewesen wie schon lange nicht mehr.

Kian kam kurz nach mir in der WG an. Wir verstauten die Einkäufe und machten uns gleich danach auf den Weg zu Ella.

Das Haus, in dem sie lebte, war in typisch englischem Stil gebaut. Von vorne sah es schmal aus, nach hinten ging es dafür weiter hinaus. Und natürlich war die Fassade honigfarben, wie fast alle Häuser in Bath. Die große Haustür war in einem saftigen Grün gestrichen und erinnerte mich jedes Mal an eine Kiwi. Grinsend drückte ich sie auf, als der Summer ertönte.

Ella riss ihre Wohnungstür auf, kaum dass wir den obersten Treppenabsatz erreicht hatten. Ihr Lächeln erhellte den gesamten Flur. Ihr Blick fiel auf Kian, und ihre Augen weiteten sich. Sie starrte ihn an. Ich konnte mir ein Grinsen nicht verkneifen. Genauso musste ich gestern auch ausgesehen haben.

»Heilige Scheiße, Kian«, brachte sie schließlich hervor.

Sie sprang aus dem Türrahmen. Kian schlang die Arme um ihre Taille und drückte sie fest an sich.

»Wie hab ich nur ohne dich überlebt?«, nuschelte Ella in sein Haar.

Ich lächelte.

Kian grinste. »Ich dachte, ich bin ein Arschloch?«

Ruckartig löste Ella sich von ihm. »Bist du auch.«

Sie kniff die Augen zusammen und sah zwischen uns hin und her. »Es gibt nur eine einzige Entschuldigung dafür, dass ihr mich nicht schon gestern Abend besucht habt.«

Ich zog eine Augenbraue hoch.

»Und die wäre?«, fragte Kian.

Ella grinste böse. »Ihr hattet Sex.«

Ich stöhnte auf, während Kian lachte.

»Ich fürchte, dann haben wir keine Entschuldigung.«

Ella trat einen Schritt zur Seite, um uns hereinzulassen. Im Vorbeigehen nahmen auch wir uns kurz in den Arm.

Ihre Wohnung war ähnlich eingerichtet wie meine. Im Flur hing das Foto von mir und Kian als Kinder.

Ella führte uns in die Küche, die aussah wie ein Schlachtfeld.

»Nur für euch hab ich gebacken«, verkündete sie und schob ein paar Schüsseln zur Seite.

Wir ließen uns an dem kleinen Esstisch nieder, wobei ich mich erkundigte, wie es Dilan ging. Ella zuckte die Schultern und zog ein paar Topflappen aus dem Regal.

»Gut.«

»Dilan?« Kian kniff die Augen zusammen und musterte Ella. »Wieso habe ich diesen Namen noch nie gehört?«

Ich unterdrückte ein Lachen. Er klang wie mein großer Bruder. Ella verdrehte die Augen.

»Vielleicht, weil du sieben Jahre nicht da warst«, gab sie ungerührt zurück und bemerkte nicht, wie sehr Kian zusammenzuckte, denn sie wandte uns den Rücken zu, um den Ofen zu öffnen.

»Klar«, brachte er hervor und der Ausdruck in seinen Augen ließ mein Herz stolpern.

Ich warf ihm einen Blick zu und als er ihn endlich erwiderte, versuchte ich mich an einem Lächeln. Alles war gut. Er konnte nichts dafür, dass er damals gehen musste.

»Dilan ist … mir wichtig«, sagte Ella, während sie die dampfende Kuchenform vor uns auf dem Tisch abstellte und dabei noch ein paar weitere Schüsseln zur Seite schob.

Kians Augen weiteten sich.

»Er ist toll«, kam ich Ella zur Hilfe. »Er wird Politiker und sieht gut aus.«

Sie schnaubte und warf die Topflappen beiseite. »June, das ist eine verdammte Schublade.«

Kian biss die Zähne aufeinander.

»Ich habe echt gar nichts mitbekommen.«

Betreten schüttelte er den Kopf. Ella zuckte die Schultern.

»Liebst du ihn?«, fragte er.

Jetzt schwieg Ella. Sie schnitt den Kuchen und holte drei kleine Teller aus einem der Schränke.

»Kann man jemanden lieben der einen nicht an sich heranlässt?«, murmelte sie fragend und belud die Teller mit jeweils einem Kuchenstück. Sie schenkte Kian ein breites Lächeln, als sie ihm einen Teller reichte. »Ich weiß es nicht.«

Kian runzelte die Stirn, bohrte aber nicht weiter nach.

Dafür war es noch zu früh. Zu viel Zeit lag zwischen uns. Ella reichte auch mir einen Teller und setzte sich neben mich.

Hier saßen wir.

Nur wir drei.

Zu lange war es her.

»Das ist so krass«, murmelte Ella in die Stille. »Es fühlt sich an wie damals.«

»June ist sogar noch genauso klein wie damals«, fügte Kian hinzu und ich schnaubte. Das tat hier überhaupt nichts zur Sache.

»Ich höre niemanden lachen, Kian.«

Er grinste und griff nach der Gabel, um sich ein Stück Kuchen in den Mund zu schieben. Im selben Moment stöhnte er auf. »Ella, der ist genial.«

Zufrieden schob auch sie ein Stück auf ihre Gabel.

Sie machte einfach den besten veganen Schokoladenkuchen.

Während wir über den Kuchen herfielen, wärmten wir alte Geschichten auf. Die Stimmung war vertraut. Ich konnte sagen, was immer ich dachte oder fühlte. Ella und Kian würden mich so oder so auslachen, aber anders, als die Menschen damals es getan hatten. Sie taten es auf eine Weise, die auch mich zum Lachen brachte.

»Wir sollten baden gehen«, schlug Ella vor.

»Es ist März«, erinnerte ich sie trocken an die derzeitigen Wetterzustände.

»Wir können ja anbaden.«

Anbaden? Wir würden erfrieren. Es waren höchstens sechs Grad, und ich wollte lieber nicht wissen, wie kalt das Wasser war.

»Lass uns noch einen Monat warten«, versuchte ich sie zu beschwichtigen, da ich gut darauf verzichten konnte, an einem Kälteschock zu sterben.

Obwohl Kian uns gegenübersaß, konnte ich sehen, wie sehr sich sein Körper anspannte.

»Oder auch zwei«, fügte ich hinzu, was allerdings das Gegenteil meiner Absicht bewirkte, denn Kian verspannte sich nur noch mehr. Er hatte die Gabel beiseitegelegt und starrte auf seinen Teller. Erst, als ich ihn fragte, was los war, hob er wieder den Kopf.

»Ich war seit Jahren nicht mehr baden«, brachte er tonlos hervor.

»Wie bitte?«, fragte ich verspätet.

Kian war derjenige, der einen Köpper konnte, der

schneller schwimmen konnte als Ella und ich zusammen, der länger im Wasser blieb als jede andere Person am See. Wie konnte es sein, dass er sieben Jahre nicht schwimmen gewesen war? Australien war eine Insel. Eine scheiß *Insel*.

»Schätze, ich hatte einfach zu viel zu tun«, murmelte er. Ungläubig starrte ich ihn an. Ich kannte Kian. Er hatte genau zwei Leidenschaften: Musik und Schwimmen. Was zur Hölle hatte er denn bitte zu tun gehabt, dass er dafür eine seiner Leidenschaften aufgegeben hatte? Ich wollte nachfragen, aber ich traute mich nicht. Kian hatte dieselbe Miene aufgesetzt wie schon vorhin bei Olaf. Er wollte nicht darüber reden. »Noch ein Grund mehr, diesen Monat anbaden zu gehen.« Ella schob sich das letzte Stück Kuchen in den Mund. Kian lächelte wieder, und beide warfen mir einen Blick zu. Ich verdrehte die Augen.

Demnächst würden wir wohl einen Ausflug zum See machen.

Als wir nach Hause kamen, duftete die komplette Wohnung. Simon hatte gekocht. Er und Pekka waren in der Küche.

Nicht, dass Pekka jemals einen Kochlöffel in die Hand genommen hätte, aber er war besonders gut darin, das Essen schon mal zu probieren. Als wir eintraten, drückte er uns Besteck und Teller in die Hand. Wir deckten den Tisch und aßen gemeinsam.

Es gab selbst gemachte Tortellini.

Wir schwebten auf Wolken. Simon hatte es einfach drauf. Manchmal dachte ich darüber nach, ihn zu heiraten, nur um jeden Tag sein Essen genießen zu können. Ich musste lachen, als mein Blick auf Pekka fiel. Er sah Simon an, als würde er am liebsten direkt zum Altar marschieren und nie wieder jemand anderen ansehen wollen.

Später wurde Pekka zum Abwaschen verdonnert, womit er überhaupt nicht einverstanden war. Dabei war es seine Schuld, dass wir keinen Geschirrspüler hatten, er hatte von dem Geld lieber eine Spielekonsole kaufen wollen, die er, zugegeben, öfter benutzte, als wir unser Geschirr spülen mussten.

Pekka murrte noch eine Weile herum, bis Simon sich erbarmte und ihm in die Küche folgte, um zu helfen.

Kian und ich machten es uns auf dem Sofa bequem, wobei mir auffiel, dass er sein T-Shirt falschrum anhatte. Ich grinste. Vielleicht war es mir nicht aufgefallen, weil er alle Schilder herausgeschnitten hatte und das Shirt schon etwas ramponiert war. Ich entdeckte Löcher im Stoff und runzelte die Stirn. Sie waren so symmetrisch, dass es aussah, als hätte er sie selbst hineingeschnitten.

»Musstest du Wut rauslassen?«, fragte ich belustigt.

Er folgte meinem Blick und presste die Lippen zusammen.

»Nein«, schnaubte er ironisch. »Die Löcher fertigt meine Stylistin an.«

Kopfschüttelnd kuschelte ich mich tiefer in die Kissen. Der Gedanke, dass Kian eine Stylistin haben könnte, war so abwegig, dass ich lachen musste.

Er verdrehte die Augen und zwinkerte mir zu.

Mein Lachen erstarb, als ich bemerkte, dass er mir schon wieder mit einem Witz ausgewichen war.

*Was verschwieg er mir?*
*Geldsorgen?*
Dabei wären seine Geheimnisse bei mir sicher. Zu hundert Prozent. Das sollte er eigentlich noch wissen.

Aber er erzählte nichts, stattdessen stöpselte er sein Handy an die Anlage, die ebenfalls Pekka gekauft hatte, und scrollte durch seine Playlisten. Ich verbot mir, weiter über die Löcher in seinem Shirt nachzudenken, und verzog das Gesicht. Kian und ich hatten noch nie zusammen Musik hören können, weil immer jemand von uns die Nase gerümpft hatte. Automatisch tat ich es auch jetzt.

Als er den richtigen Soundtrack gefunden hatte, drückte er auf Play.

Ich erstarrte, als die ersten Takte eines Songs erklangen, den ich unter Tausenden wiedererkannt hätte.

Kian wippte leicht mit dem Kopf im Takt, während er zu mir herüberkam und sich neben mich setzte.

Ich konnte mich nicht bewegen. Von allen Alben dieser Welt hatte er ausgerechnet das ausgesucht, das mir am allermeisten unter die Haut ging.

Ich riss meinen Kopf herum und fixierte Kian. Noch immer wippte er leicht im Takt.

»Du hörst Yellowcard«, platzte es schließlich aus mir heraus.

Er stoppte sein Kopfwippen und sah mich an. Eine seiner Augenbrauen hob sich.

»Du kennst sie?« Sein Grinsen wurde ein wenig schief.
Ob ich sie *kannte*? Machte er *Witze*?
Diese Band war fester Bestandteil meines Lebens.

»Das kann nicht sein«, stammelte ich. Ich war zu verwirrt, um klare Sätze zu bilden.

»Was kann nicht sein?«, hakte er freundlich nach.

»Wir hören nicht die gleichen Bands.«

Er lächelte.

Ich stammelte weiter vor mich hin. »Yellowcard ist …«, ich runzelte die Stirn. Oder konnte es vielleicht doch sein? Hatte Kian nicht schon damals Rock gehört?

»… meine Lieblingsband«, sprach ich vorsichtig weiter.

Jetzt runzelte Kian die Stirn und sah mich verwirrt an. »Das kann echt nicht sein«, sagte er. »Seit wann hast du Musikgeschmack?«

Ich boxte gegen seine Schulter, lachte aber.

»Kian, den hatte ich schon immer«, sagte ich im vollen Bewusstsein, dass diese Aussage eine Lüge war. Meine Liebe zu Pop war inzwischen ein wenig abgeflaut, stattdessen war sie von Rock und Indie abgelöst worden.

Kian war derjenige, der schon immer Musikgeschmack gehabt hatte.

»Du verarschst mich doch, oder?« Er runzelte die Stirn.

Ich schüttelte den Kopf, kurz bevor die Lyrics einsetzten.

Kians Blick klebte an meinen Lippen, als ich sie leise zu dem Text bewegte.

Die Musik von *Yellowcard* war wie eine alte Freundin, zu der ich zurückkommen konnte, wann immer es mir schlecht ging, die für mich da war, wann immer ich sie brauchte, und die mich jedes einzelne Mal zu heilen schien. Ich schloss die Augen.

Nur deswegen hatte ich angefangen, laute und schnelle Musik zu hören: um mich zu heilen. Nur auf diese Weise hatte ich die Welt um mich herum aussperren können.

Er sah mich an, als ich die Augen wieder öffnete.

»Ich fasse es nicht, dass du dich endlich von *One* Direction und *Bruno Mars* gelöst hast.« Grinsend musterte er mich.

Ich erwiderte seinen Blick. Schockiert.

»Auf keinen Fall.« Energisch schüttelte ich den Kopf. Als könnte ich das jemals. Zugegeben, sie waren nicht mehr meine Lieblinge, aber wenn ich die Welt nicht aussperren wollte, hörte ich auch diese Musik noch gerne. Sie erinnerte mich an die Zeit, bevor Kian ging. Er rümpfte die Nase, aber seine Lippen umspielte ein Lächeln.

»Na bitte, du bist also doch noch June. Kurz hatte ich daran gezweifelt.«

Ich grinste. »Keine Sorge, ich glaub nicht, dass die Chance besteht, in diesem Leben nochmal jemand anders zu werden.«

Er erwiderte mein Grinsen.

»Das würde ich auch gar nicht wollen.« Er beugte sich ein Stück vor, um meinen Blick mit seinem einzufangen. »Dass du jemand anders wirst.«

Warum schlug mein dämliches Herz auf einmal so heftig?

Ich durfte nicht glauben, was er gesagt hatte, denn er kannte nur die alte June. Er kannte nur die June, die ich vor sieben Jahren gewesen war.

Ich war froh darüber, dass in dieser Sekunde mein Handy klingelte und ich ihm nicht antworten musste. Ich nahm es vom Regal und warf Kian einen entschuldigenden Blick zu.

*Ella*, formten meine Lippen. Ich erhob mich, tappte in den Flur, während ich das Gespräch entgegennahm und Ella begrüßte. Mit einem leisen Klicken schloss ich die Tür zu meinem Zimmer hinter mir.

»Hört Kian zu?«, fragte meine beste Freundin, ohne sich die Mühe einer Begrüßung zu machen. Ich verneinte und betrachtete die Wand mit meinen Fotos.

»Ich wollte nur sichergehen, dass du es auch gesehen hast …«

»Was gesehen?«, fragte ich, da sie nicht weitersprach, sondern nur tief Luft holte.

»Wie heiß Kian geworden ist.«

Einen kurzen Moment schwieg ich und blinzelte, bis ihre Worte zu mir durchdrangen und ich loslachte.

»Oh, Ella, bitte, ich dachte, du wärst dagegen, Menschen nach ihrem Äußeren zu beurteilen.«

Sie seufzte. »Bin ich auch, June. Ich rufe an, um dich darauf aufmerksam zu machen, damit seine Schönheit nicht dein Hirn vernebelt.«

Ich lachte wieder, auch wenn eine kleine böse Stimme in meinem Kopf mir weismachen wollte, dass das schon längst passiert war.

»Komm schon, du kannst mir nicht erzählen, dass du ihn nicht hübsch findest.« Sie schnaubte. »Hör auf zu lachen, verdammt.«

»Entschuldige.« Ich versuchte mich zu beruhigen. »Ellie, er wird für mich immer *Kian* bleiben.«

»Das schließt andere Dinge nicht aus.«

Ich glaubte, mich verhört zu haben.

»Das schließt andere Dinge *auf jeden Fall* aus.«

Jetzt war sie es, die lachen musste. »June, du hast Kian genauso angesehen wie er dich.«

Wie bitte? Ich schnappte nach Luft.

»Genau«, stieß ich zwischen zusammengebissenen Zähnen hervor. »Freundschaftlich.«

Ich beendete das Gespräch und sah eine Weile auf Ellas Namen, der auf dem Bildschirm blinkte. Ich schüttelte den Kopf.

Was für ein Schwachsinn.

Als ich zurück ins Wohnzimmer kam, hatte Kian den Kopf auf der Sofalehne abgelegt. Er hatte die Augen geschlossen und summte leise die Melodie von *Back Home* mit. Ich bemerkte erst nach einer Weile, dass ich stehen geblieben war und ihn anstarrte. Verdammt.

Er öffnete die Augen und traf meinen Blick. Seine Lippen verzogen sich zu einem Lächeln.

»Du hast mich angestarrt.«

Ertappt wandte ich den Blick ab.

Er streckte die Hände nach mir aus und forderte mich auf, zu ihm zu kommen. Zögernd machte ich ein paar Schritte. Als ich ihn erreichte, schlossen seine Hände sich um meine Hüften, nur um mich im selben Atemzug auf seinen Schoß zu ziehen, etwas, das er früher oft getan hatte, das mir heute aber zum ersten Mal die Luft aus der Lunge presste.

»Du musst nicht rot werden.« Er grinste.

»Ich habe dich nicht angestarrt«, krächzte ich, wobei ich es nicht schaffte, ihm in die Augen zu sehen.

»Nein?«, hakte er nach, und ich schüttelte energisch den Kopf.

»Dabei wäre es gar nicht schlimm.« Er kam mir ein Stück näher. »Wir haben uns schließlich sieben Jahre nicht gesehen, da kann man einander schon mal ein bisschen länger ansehen.«

Da es mir leichter fiel, das Ganze mit einem Lachen zu betrachten, anstatt wirklich über seine Worte nachzudenken, zog ich nur die Augenbrauen hoch.

»Willst du damit einen Freifahrtschein, mich länger als nötig anzusehen?«

Sein Lächeln wurde breit. »Das war mein Plan.«

Er beugte sich ein Stück vor, bis seine Stirn an meiner lag und ich das Gefühl hatte, keine Luft mehr zu bekommen.

»Habe ich erwähnt, wie sehr ich dich vermisst habe?«, fragte er leise, während er mich in eine Umarmung zog.

Erst als Pekka ins Wohnzimmer kam, lösten wir uns wieder ein Stück voneinander. Er musterte uns mit hochgezogenen Augenbrauen.

»Es ist Samstagabend. Bequemt euch vom Sofa hoch.«

Ich verzog das Gesicht und stöhnte auf. Mit Pekka feiern zu gehen bedeutete, dass er schon am Eingang des Clubs jemanden abschleppte und mich mit Simon zurückließ.

Und Simon tanzte nicht.

Nie.

Mein Blick fiel auf Kian, und die Aussichten wurden rosiger. Ich lächelte.

Er würde mich nicht auf der Tanzfläche allein lassen.

## Kapitel 6

Konzentriert, als wäre es von überlebenswichtiger Bedeutung, nippte Simon an seinem Bier. Ich lachte und tanzte um ihn herum. Er verdrehte die Augen.

Bevor ich einen Versuch starten konnte, ihn auf die Tanzfläche zu ziehen, schlangen sich zwei Arme um meine Taille. Ohne hinzusehen, wusste ich, wer es war, und drehte mich zu Kian um.

»Brauchst du jemanden zum Tanzen?«, schrie er mir über die laute Musik hinweg zu. Ich nickte grinsend und warf Simon einen triumphierenden Blick zu. Er ignorierte mich.

Kian zog mich auf die Tanzfläche und wirbelte mich herum. Ich folgte seinen Bewegungen, die so viel mehr im Takt waren als meine eigenen. Eine ganze Weile ließen wir uns von der Musik treiben, bis ich völlig außer Atem war und etwas zu trinken brauchte.

Während wir uns zur Bar durchkämpften, stellte ich fest, dass Kian nicht mal ansatzweise aus der Puste war. Echt deprimierend. Wo war mein unsportlicher bester Freund geblieben?

Ich sicherte mir den einzigen freien Hocker. Kian stellte sich neben mich. Er hatte sich seine Sonnenbrille auf die Nase gesetzt, obwohl hier drinnen offensichtlich keine

Sonne schien. Ich konnte das Ding nicht leiden. Es versperrte mir die Sicht auf sein Inneres.

Der Barkeeper sah in meine Richtung und forderte meine Bestellung. Ich versteifte mich. War sein Blick spöttisch, oder bildete ich mir das nur ein?

Automatisch senkte ich meinen Blick und starrte auf meine Turnschuhe.

»Was willst du trinken?«, fragte Kian mich. Ich zwang mich dazu, wieder aufzusehen. Der Barkeeper sah noch immer in unsere Richtung, obwohl gefühlt tausend Leute um uns herum lautstark ihre Bestellung forderten. Ihr Lachen und ihre Rufe hallten in meinen Ohren, obwohl sie nicht mir galten.

»Ein Bier«, krächzte ich.

Kian nannte dem Barkeeper unsere Bestellung, während ich mich am liebsten unter einer dicken Decke versteckt hätte.

Nach all den Jahren.

Nach all den verdammten Jahren, fiel es mir noch immer so schwer, mit Fremden zu sprechen, dass ich meine Freunde für mich bestellen ließ.

Als die Getränke vor uns abgestellt wurden, beugte Kian sich ein Stück vor, um nach seinem Glas zu greifen. Mit der Hand stützte er sich auf meiner Schulter ab. Sein Körper kam meinem nah. Mit der Wärme, die er an mich abgab, verschwand das unbehagliche Gefühl.

Wir unterhielten uns eine Weile und ließen unsere Stimmen gegen die laute Musik ankämpfen.

Ich entdeckte Pekka etwas weiter hinten an der Bar. Er

knutschte mit einem anderen Typen. Ich verdrehte die Augen und wandte den Blick ab.

Ein neuer Song wurde gespielt. Zuerst erstarrte ich, dann quietschte ich begeistert auf. Kian rieb sich belustigt die Ohren, als ich mich zu ihm umdrehte. Begeistert strahlte ich ihn an, und sein Lächeln verriet mir, dass auch er den Song erkannt hatte. Wir *mussten* tanzen. *Sofort*. Ich schüttete den Rest von meinem Bier hinunter und zog an Kians Arm.

Er folgte mir auf die Tanzfläche und griff nach meinen Händen. Ich schloss die Augen und vertraute ihm.

Wir waren an einen ziemlich coolen DJ geraten, ich hatte es vorher noch nie erlebt, dass in dieser Stadt ein Song von *Yellowcard* gespielt wurde.

»Ich muss dir was gestehen«, schrie Kian mir ins Ohr, und ich öffnete die Augen, um ihn anzusehen. »Es ist kein Zufall, dass sie den Song spielen, ich habe ihn mir vorhin gewünscht.«

Ich musste grinsen. Doch kein cooler DJ, nur ein cooler bester Freund.

»Danke«, schrie ich zurück.

Er hob seine Hand, damit ich mich darunter durchdrehen konnte. Lächelnd folgte ich seiner Aufforderung.

»Oh, ich habe ihn mir für mich gewünscht«, entgegnete er, aber als ich meine Drehung vollführte und nach vorne griff, um ihm die Sonnenbrille in die Haare zu schieben, erkannte ich an seinem Blick, dass er gelogen hatte.

Ryan Key sang von Meilen. Während die Musik mir unter die Haut ging, schlichen die Lyrics sich einen Weg in mein Herz. Es gab nur noch diesen Song, die Lyrics zu *Miles Apart*, Kian und mich. Ich war unendlich froh, dass uns keine Meilen mehr trennten.

Wir tanzten ewig, mal miteinander, mal einzeln. Lange über diesen einen Song hinaus. Zum ersten Mal war ich froh darüber, dass Pekka mich in einen Club geschleppt hatte. Langsam realisierte ich, dass Kian wirklich hier war, dass es kein Traum war.

Weit nach Mitternacht spielten der DJ Achtziger.

Schon nach ein paar Songs wurden die Stücke langsamer, und ehe ich mich's versah, drang *Careless Whisper* aus den Boxen. Gebannt lauschte ich der Trompete. Mein Blick heftete sich auf Kian.

»Hast du dir das auch gewünscht?«

Er lachte leise, während er einen Schritt auf mich zu machte und den Kopf schüttelte. Es war unser Song von damals. Kian griff nach meiner Hand und zog mich ein Stück näher zu sich.

»*I feel so unsure, as I take your hand and lead you to the dance floor ...*«

Kian führte mich ein Stück tiefer auf die Tanzfläche, während er die Lippen zum Text bewegte. Ich musste lachen, weil seine Geste so gut auf die Musik passte. Er ließ mich keine Sekunde aus den Augen, während er versuchte, ernst zu bleiben. Er legte seine Hände auf meine Hüften. In einer einzigen Bewegung zog er mich an sich, und ich verkniff mir ein Lachen, als ich meine Hände auf seine Schultern legte.

Wir alberten genauso rum wie damals. Nur dass seine

Schultern früher nicht so verdammt muskulös gewesen waren. Ich versuchte, nicht darüber nachzudenken, und konzentrierte mich auf die Musik. Ich schloss die Augen und drängte mich noch ein wenig näher an Kian. So nah, dass ich meinen Kopf an seiner Schulter ablegen konnte. Sacht bewegten wir uns im Takt. Kurz bevor der Refrain einsetzte, hob ich den Kopf, und unsere Blicke trafen sich.

»*And I'm never gonna dance again, the way I danced with you ...*«

Ich ließ meinen Kopf zurück an seine Schulter sinken und die Musik tief in mich eindringen. Ich wollte ewig so weitertanzen. *Für imer.*

Nur leider hatte der Song irgendwann ein Ende, und der nächste war zu schnell, um so zu tanzen, wie wir es gerade taten.

»Gehen wir an die Bar?«, schlug Kian vor. Schweren Herzens löste ich mich von ihm und nickte. Langsam bahnten wir uns einen Weg durch die Menge.

An der Bar bekamen wir dieses Mal sogar zwei Hocker ab.

Ich beugte mich ein Stück vor.

»Du kannst also noch immer *Careless Whisper* mitsingen?«, fragte ich.

Auf sein Gesicht stahl sich ein Lächeln. »Hab's mir öfter angehört«, gab er zu, und aus irgendeinem Grund ließ diese Aussage mein Herz schneller schlagen.

»So, so«, murmelte ich mit hochgezogenen Augenbrauen. »Wo es dir doch immer viel zu schnulzig war.«

Kians Grinsen wurde breiter, trotzdem waren seine

nächsten Worte nicht im Ansatz ironisch: »Es war eine Erinnerung.«

Mehr brauchte er nicht zu sagen, damit ich es verstand. Er sah sich um.

»Kannst du Jase irgendwo sehen?«, fragte er.

Ich erstarrte.

»Ich hab ihm geschrieben, dass wir hier sind.«

Die Worte sickerten in mein Bewusstsein. Stück für Stück fraßen sie sich einen Weg in mein Inneres, bis ich den Sinn dahinter verstand.

Meine Hände zitterten plötzlich.

Hatte ich ihm nicht gesagt, dass Jase nicht mehr in der Stadt wohnte?

Panisch sah ich mich um. In Gedanken betete ich, dass ich mich in einem fiesen Albtraum befand. Dass ich mir Kians Worte sowie seinen suchenden Blick nur einbildete.

Ich wollte ihn anschreien, ihn fragen, wie dumm man eigentlich sein konnte, aber es wäre nicht fair gewesen.

Kian hatte keine Ahnung, was für ein Mensch Jase geworden war.

Ich verschränkte meine Hände ineinander, um ihr Zittern zu unterdrücken, drehte mich um und ließ meinen Blick durch den Club schweifen.

Und dann sah ich ihn.

Kalte Schauer jagten über meinen Rücken. In einer Gruppe Studenten stand er an einem Stehtisch in der Nähe der Toiletten. Er hatte den Kopf in den Nacken gelegt und lachte. Mein Magen drehte sich um. Obwohl ich sein Lachen nicht hören konnte, hallte das Geräusch in meinem Kopf wider. Wie in Endlosschleife hörte ich nur noch dieses Lachen. Es war mir vertraut. Zu vertraut. Zu lange hatte es mir gegolten. Panisch schnellte mein Blick über die Leute, die neben ihm standen, in der Befürchtung, weitere bekannte Gesichter zu sehen, aber da war sonst niemand.

Nur er.

Nur Jase.

Er würde herkommen, sobald er Kian entdeckte.

Ich musste hier raus. Und vor allem musste Kian hier raus. Die Freundschaft der beiden würde ich nach allem, was passiert war, nicht ertragen. Ich wollte mich umdrehen und davonlaufen, aber noch bevor ich die Chance dazu bekam, drehte Jase sich in meine Richtung. Er sah mich an, und das Lachen, das bis eben noch in seinem Gesicht geklebt hatte, verschwand von einem Moment auf den anderen. Seine grünen Augen fixierten mich, und Übelkeit brannte meine Kehle hinauf. Diese Augen hatten mich früher spöttisch angefunkelt.

Mein Körper war wie gelähmt. Während sich alles um mich herum drehte, hatte ich das Gefühl, zu fallen.

*Ich muss hier weg.*

Ich wiederholte den Satz immer und immer wieder in meinem Kopf, aber erst als Jase sich bewegte und langsam auf uns zuging, erwachte ich aus meiner Schockstarre.

Ich griff nach Kians Arm und zerrte daran. Erschrocken sah er mich an, und als er die Panik in meinen Augen erblickte, weiteten sich seine.

»Ich muss hier raus«, keuchte ich, während ich weiter an

seinem Arm zog. Er sprang auf und lotste mich, ohne ein weiteres Wort, vorwärts.

Wir quetschten uns durch Menschenmassen, und es war mir zum ersten Mal egal, dass ich angestarrt wurde, denn im Moment gab es hier nur einen Menschen, von dem ich unter keinen Umständen angestarrt werden wollte. Jase.

Während ich den Überblick verloren hatte, in welcher Richtung sich der Ausgang befand, schien Kian sich in diesem Labyrinth aus Menschen bestens zurechtzufinden, denn schon nach wenigen Minuten waren wir an der frischen Luft.

Ich rannte los.

So schnell ich konnte, trugen meine Füße mich davon, weg von diesem Club, weg von Jase.

Erst, als Kian mich schnaufend einholte und mich am Arm festhielt, musste ich stehen bleiben.

»Lauf nicht vor mir weg«, keuchte er.

Meine Beine knickten unter mir ein. Er schloss mich in seine Arme und hielt mich aufrecht, bis ich die Kraft hatte, weiterzugehen.

Ich blinzelte, in der Hoffnung, das Mädchen, dass mir im Spiegel entgegenstarrte, würde nicht mehr denselben verängstigten Gesichtsausdruck haben wie noch vor einem Moment. Wie damals.

Allein Jases Anblick hatte mich zerstört.

Wo ich vor seinem Auftauchen noch in einer Menschenmenge getanzt hatte, war ich jetzt mit einem Schlag zurück in die Vergangenheit geschubst worden.

»June?«

Ein leises Klopfen an der Tür riss mich aus meinen Gedanken. Als wir Zuhause angekommen waren, hatte ich mich ins Badezimmer eingeschlossen. Hier war ich nun und starrte mein Spiegelbild an, um mich selbst davon zu überzeugen, dass es mir gut ging.

»June, bitte mach die Tür auf.«

Ich sehnte mich nach Kians Umarmung, aber er würde Fragen stellen, die ich ihm nicht beantworten wollte. Wieder klopfte er gegen die Tür, und mein Spiegelbild warf mir einen genervten Blick zu.

*Wieso war ich so?*

Ich straffte die Schultern.

Meine Hände zitterten, als ich die Tür entriegelte.

Kian ließ die Hand sinken, die er gehoben hatte, um erneut zu klopfen. Der Blick, mit dem er mich ansah, zerriss mir das Herz.

Er machte einen Schritt auf mich zu, sodass wir direkt voreinanderstanden. Eine Hand legte er unter mein Kinn, damit ich ihm in die Augen sah. Da ich seinem Blick nicht standhalten konnte, schlang ich die Arme um seine Taille und vergrub mein Gesicht an seiner Brust. Ich schloss die Augen und atmete einfach nur. Sein vertrauter Geruch und die Wärme seines Körpers trösteten mich.

Scheinbar wollte er mich aber nicht trösten.

Vorsichtig löste er meine Arme von seinem Körper und zwang mich, ihm wieder in die Augen zu sehen.

Ich konnte es nicht ertragen. Ich schüttelte seine Hände ab und lief an ihm vorbei in mein Zimmer.

Ich ließ mich auf mein Bett fallen und zog mir die Decke über den Kopf, um mich darunter zu verstecken.

»Oh nein, vergiss es.«

Ich spürte, wie die Matratze neben mir nachgab. Er hob die Decke an, während ich die Augen schloss, um seinem Blick zu entkommen.

»Sprich mit mir«, bat er. Seine Finger berührten meine Wange, und ich zuckte unter der Berührung zusammen.

»Nein«, brachte ich mit erstickter Stimme hervor und zwang mich, die Augen zu öffnen.

»Okay«, murmelte er. »Das ist okay, aber bitte, sperr mich nicht aus.«

Ein zaghaftes Lächeln.

»Dann habe ich nämlich das Gefühl, du hättest vergessen, wer ich bin.« Seine Hand strich vorsichtig eine Haarsträhne aus meinem Gesicht.

Ich atmete zischend ein.

»Was brauchst du?«, fragte er leise. »Soll ich dir einen Tee kochen oder so?«

*Oh, Kian.*

Ich glaube ich hatte bis gerade eben wirklich vergessen wer er war.

Ich schüttelte den Kopf.

Er seufzte noch einmal und griff nach dem Buch, dass ich gerade las und das auf meinem Nachttisch lag.

»Rutschst du ein Stück?«, fragte er.

Meine Augen weiteten sich. Ich rutschte näher an die Wand und hob die Decke für ihn an. Er kletterte zu mir ins Bett und zog mich so nah an sich, dass ich in seinem Arm lag. Das Buch schlug er bei meinem Lesezeichen auf.

Er las mir vor.

Ich schloss die Augen.

Ich hatte es so sehr vermisst, einen besten Freund zu haben, der für mich da war.

# Kapitel 7

Ich starrte an die Decke meines Zimmers. Draußen wurde es langsam hell. Ich lauschte Kians Atemzügen. Ausnahmsweise lag er noch neben mir im Bett und nicht auf dem Boden.

Ich schloss die Augen.

Wieso nur hatte er Jase in diesen Club eingeladen?

Wie hatte Jase die Dreistigkeit besitzen können, tatsächlich hinzugehen? Ihm musste doch klar gewesen sein, dass auch ich da sein würde.

Das Bild von ihm im Club war für immer in meiner Netzhaut eingebrannt. Genau wie all die anderen Bilder.

Ich schüttelte den Kopf, ich wollte nicht daran denken. Vorsichtig, um Kian nicht zu wecken, kletterte ich aus dem Bett. Kompletter Schwachsinn, denn selbst ein Schlagzeug hätte ihn nicht geweckt. Nur eine Tasse Kaffee, die man ihm direkt unter die Nase hielt, schaffte das. Und natürlich wildes Schütteln.

Ich ging duschen und versuchte die Gedanken an Jase von mir zu waschen. Anschließend machte ich mir einen Kaffee. Das Summen der Maschine war Musik in meinen Ohren. Ich schaltete den CD-Player ein, den Pekka in der Küche auf die Fensterbank gestellt hatte, und lauschte den Songs, wie sie leise die Stille eroberten.

Mit meinem Kaffee setzte ich mich an den Küchentisch. Ich trank einen Schluck und seufzte tief.

Die Ruhe währte allerdings nicht lange, denn Kian und Pekka erschienen im Türrahmen.

Ich schnappte nach Luft. Sie trugen beide kein T-Shirt. Ich war mir sicher, noch nie so viel Muskelmasse auf einem Fleck gesehen zu haben. Pekka lief öfter ohne Shirt durch die Wohnung, und er war auch nicht derjenige, der meinen Blick anzog, als er zur Kaffeemaschine hinüberging.

Es war Kian.

Ich starrte ihn an, unfähig, mich zu bewegen.

Mir war klar gewesen, dass er keine Speckrollen mehr hatte, aber ich war nicht auf diese Tattoos vorbereitet gewesen. Mein Blick glitt über seine Schultermuskeln und den Schriftzug neben seinem Schlüsselbein.

Das Tattoo an seinen Hüften wurde halb von der Jeans verdeckt, unmöglich zu erkennen, um welches Motiv es sich handelte.

Mein Blick wanderte über seinen Bauch und seine Brust, während seine Muskeln sich bei jedem Schritt anspannten. Er ließ sich auf den Stuhl mir gegenüber fallen, wodurch die Hälfte seines Körpers vom Tisch verdeckt wurde, trotzdem starrte ich ihn weiter an. Das war unmöglich. Der Kian, den ich kannte, hatte Sport gemieden wie ein Vampir die Sonne, wenn man das Schwimmen jetzt mal außen vor ließ. Da er allerdings erzählt hatte, dass er ewig nicht im Wasser gewesen war, konnte er durch Schwimmen kaum so ein Aussehen erlangt haben. Er hob den Arm, um Pekka eine Kaffeetasse abzunehmen.

Seit wann konnte Pekka Kaffee kochen?

Das Wort *Future* war auf Kians Oberarm durchgestrichen worden und lenkte mich von Pekka ab. Ich wollte diese Tattoos berühren, ich wollte ihre Bedeutungen erfahren, ich wollte … blinzelnd erwachte ich aus meiner Trance. Kian grinste, und auch Pekkas Mundwinkel zuckten verdächtig. Oh nein, das war fast peinlich.

»Du sabberst gleich auf den Tisch«, kommentierte Pekka mein Verhalten. Ich warf ihm einen giftigen Blick zu, woraufhin er die Küche lachend und mit einer Tasse in der Hand verließ.

Endlich fand ich meine Sprache wieder.

»Himmel, wann bist du denn zum Bad Boy mutiert?«

Kians Grinsen wurde breiter, als er nach seiner Tasse griff.

»Du hältst mich für einen Bad Boy?«

»Nein, eigentlich nicht, aber …« Ich fuchtelte mit den Händen in seine Richtung und ließ den Satz unvollendet in der Luft hängen.

»Du findest, dass ich so aussehe?«, neckte er mich weiter.

Ich schwieg. Ella würde mir jetzt sagen, dass *Bad Boy* eine Schublade war und dass man Menschen niemals hineinstecken sollte. Und ganz ehrlich, sie hatte recht.

»Nein.« Ich war einfach nur verwirrt. Verwirrt darüber, wie anders er aussah. »Wann hast du diese Tattoos machen lassen?«

Seine Finger fummelten am Griff der Tasse herum. Ein Schatten legte sich über sein Gesicht.

»Das erste mit siebzehn.«

Ich wollte nachfragen, wollte ihn fragen, welches und was es bedeutete, aber er wechselte das Thema.

»Es ist wirklich schade, dass wir Jase nicht mehr getroffen haben.« Jetzt war ich diejenige, die am Griff der Tasse fummelte.

Ich versuchte meine aufkeimende Panik zu ersticken. »Mhh«, machte ich, ohne von der Tasse aufzusehen.

Er griff über den Tisch hinweg nach meinen Händen, löste sachte die Tasse daraus und stellte sie auf den Tisch. Seine warmen Finger umschlossen meine. Er holte tief Luft, brauchte mehrere Anläufe für seine nächsten Worte.

»Darf ich dich nach gestern Abend fragen?«

Ich presste die Lippen fest aufeinander und schüttelte den Kopf.

»Warum wolltest du so plötzlich gehen?«

Ich schüttelte wieder den Kopf. Er seufzte leise.

»Du weißt, dass du mit mir reden kannst, oder?«, fragte er vorsichtig. »Immer.«

Ich nickte.

»Bitte hab keine Geheimnisse vor mir.« Seine Stimme war viel leiser geworden.

Ich verfluchte, dass ich mich so sehr verändert hatte und noch mehr, dass wir uns nicht mehr kannten.

»Nicht.« Er hob die Hand, um meine Wange zu berühren. Dieser verflucht kleine Tisch. Warum konnten wir hier nicht einen genauso großen wie im Wohnzimmer haben?

»Hör auf, dir den Kopf zu zerbrechen.«

Ich zog scharf die Luft ein, nicht nur, weil seine Haut meine berührte, sondern weil er noch immer in mein Inneres sehen konnte. Er hatte diese Fähigkeit nicht verloren, obwohl er längst nicht mehr alles über mich wusste.

»Wir reden darüber, wenn du es kannst, okay?«

Ich wollte ihn in den Arm nehmen, mich bedanken, ihm sagen, wie viel mir seine Worte bedeuteten, aber stattdessen nickte ich nur.

Wir sahen uns an, und ich konnte nicht verhindern, dass mein Blick wieder über seinen Körper glitt. Ich schluckte hart. »Könntest du dir vielleicht etwas anziehen?«

Er lachte leise, ließ mich los und lehnte sich in seinem Stuhl zurück. Er verschränkte die Arme vor der Brust, wodurch die verfluchten Muskeln seines Bizepses noch breiter wurden.

»Musst du mich sonst anstarren?«

Ich schnaubte.

»Würde mir wahrscheinlich genauso gehen«, ließ er mich wissen, und ich schnappte hörbar nach Luft. Wer war dieser Mann, und wo war mein bester Freund?

»Glaub ja nicht, dass die ganze Welt dich heiß findet, nur weil du jetzt ein paar Muskeln und Tattoos hast.«

Ich glaubte einen Schatten über sein Gesicht huschen zu sehen, dann wurde sein Grinsen, wenn das überhaupt möglich war, noch eine Spur breiter.

»Die ganze Welt nicht, aber du.«

Meine Ohren wurden heiß, ein sicheres Zeichen dafür, dass sie rot anliefen.

»Nein«, stieß ich hervor, wobei ich meine Zähne fest aufeinanderpresste.

Er hob nur die Augenbrauen.

Widerlich, wie arrogant er war.

»Schon gut«, gab er schließlich nach. »Ich gehe ein T-Shirt holen.«

»Danke«, murmelte ich, als er aufstand und den Raum verließ.

Den restlichen Sonntag verbrachten wir mit Ella. Wir hatten so viel aufzuholen. Ein Tag würde niemals ausreichen, um sieben Jahre zu ersetzten.

Es tat gut, Zeit mit den beiden zu verbringen. Das Gefühl, dass sie mir gaben, fand ich nirgendwo sonst.

Erst, als es schon lange dunkel war, machte Ella sich auf den Heimweg. Simon hatte angeboten, sie zu fahren, da sie zu Fuß gekommen war, aber Ella hatte ihn nur abschätzig angesehen und ihm gesagt, wie viele Abgase ein Auto bei einer Fahrt dieser Strecke in die Luft pusten würde. Jetzt brachte er sie zu Fuß nach Hause.

Kian und ich setzten uns in meine Bettdecke gewickelt auf unseren kleinen Balkon. Ein wenig Licht schien von drinnen auf uns hinab. Auf dem Balkon war neben der Bank, auf der wir saßen, nur noch für eine einzelne Topfpflanzte Platz. Es war so eng, dass unsere Füße im Sitzen das Geländer berührten.

Ich lehnte mich nach hinten.

Dort unten lag die Stadt.

Die Welt.

Und das Universum.

Jedenfalls fühlte es sich so an. Unsere Wohnung lag im fünften Stock, und von hier oben schien die Stadt unendlich weit entfernt. All die Lichter funkelten zu uns herauf.

Jedes einzelne erzählte eine Geschichte. Es waren Geschichten, von denen wir nicht mal wussten, dass sie existierten, aber hier oben wurde ihre Masse sichtbar. Wenn ich mich einsam fühlte, setzte ich mich gerne hier raus und sah mir dieses Meer an. Es gab mir das Gefühl, nicht allein zu sein. Es war eine klare Nacht. Sterne funkelten über unseren Köpfen. In der Ferne trafen sie sich mit den Lichtern der Stadt, und ich konnte meinen Blick einfach nicht davon lösen.

Eine kleine Ewigkeit saßen wir einfach nur da, den Blick in den Himmel gerichtet und ohne zu reden. Wir waren uns nah, aber trotzdem beide in unseren eigenen Gedanken.

Ich löste den Blick von den Sternen und Lichtern und sah Kian an. Ich hatte keine Ahnung, wie ich es all die Jahre ohne ihn ausgehalten hatte. Als er damals gegangen war, hatte er einen Teil von mir mitgenommen. Diesen Teil hatte ich nun wieder, doch es fühlte sich anders an.

Wir kannten einander nicht mehr, dabei hatte ich einmal alles über Kian gewusst. Jeden kleinen Eigenarten gekannt.

Er drehte den Kopf, und unsere Blicke flossen ineinander. Seine Miene wurde weich, während er mich betrachtete.

»Geht es dir gut?«, fragte er leise, und ich seufzte. Es war unmöglich, etwas vor ihm zu verstecken.

»Es ist viel passiert in den letzten Jahren«, murmelte ich.

»Natürlich.« Er deutete ein halbes Lächeln an. »Bei mir auch.«

Ich atmete einmal ein und wieder aus.

»Wir kennen uns gar nicht mehr.« Die Worte kamen über meine Lippen, ohne dass ich sie verhindern konnte.

Sein halbes Lächeln erstarb.

»Nein«, stieß er leise aus. Seine Arme schlangen sich um meine Hüften und zogen mich zu sich heran. »Wir schaffen das.«

Seine Hand berührte meine Wange, als er mir eine Haarsträhne hinters Ohr strich. Ich war mir nicht sicher, ob wir es *jemals* schaffen würden. Wir müssten uns alles erzählen. *Ich* müsste ihm alles erzählen. Ich müsste ihm von Jase erzählen.

»Mein Dad hat uns verlassen, damals, kurz nachdem du gegangen bist.«

Wir zuckten beide gleichzeitig zusammen: Ich, weil ich mich vor meinen eigenen Worten erschreckte, Kian wahrscheinlich aus dem gleichen Grund.

»Was? Warum?«, brachte er hervor.

»Wahrscheinlich haben sie sich nicht mehr geliebt.«

Mum hatte mir und Jake stets vermittelt, dass es nichts Wichtigeres gab, als den Zusammenhalt in der Familie. Als Dad uns verließ, brach für sie eine Welt zusammen.

»War es schlimm für dich?«

Ich nickte langsam. »Für Jake war es noch schlimmer.«

Kian sah mich an. »Tut mir leid, dass ich in der Zeit nicht für euch da war«, sagte er, und ich schloss für eine Sekunde die Augen.

Als ob das seine Schuld gewesen wäre.

»Du wusstest es nicht.«

»Du hast es auch nicht erwähnt.« Seine Stimme klang

nicht vorwurfsvoll. Kein bisschen. Eher so, als wäre er einfach gerne für mich da gewesen.

Ich hatte es nicht erzählt, weil mir die Telefonate mit Kian heilig gewesen waren. Ich hatte dem Scheiß für ein paar Minuten entfliehen können.

»Du hättest mir nicht helfen können«, antwortete ich, weil ich auf keinen Fall wollte, dass er sich schuldig fühlte.

»Nein, ich hätte nur ein paar aufmunternde Worte sagen können.«

Ich nickte und schüttelte gleich danach den Kopf.

»Du hattest mit dir selbst genug zu tun.«

Er zuckte zusammen.

»Okay.«

*Okay.* Ich öffnete den Mund, um noch etwas zu sagen, doch er kam mir zuvor und erzählte von seinen Eltern.

»Sie sind noch immer zusammen.« Er schnaubte. »Sie halten mehr zueinander als zu ihren eigenen Kindern.«

Er zog die Augenbrauen zusammen und starrte auf die Stadt hinunter. »Sie haben eine ziemlich genaue Vorstellung, von allem und vor allem von der Zukunft.«

»Von deiner Zukunft?«, fragte ich vorsichtig und dachte an das Tattoo auf seinem Arm.

»Das auch.«

Ich nickte mitfühlend. Schon damals hatten seine Eltern ihm und seinem Bruder Dave eingetrichtert, wie wichtig eine finanzielle Grundlage war. Die sie lange Zeit nicht gehabt hatten. Kian hatte das schon immer gehasst. Er war eher wie … ich. Wir hatten beide eher danach gestrebt, später unsere Träume zu verwirklichen, als viel Geld zu haben. Auch wenn ich nicht mehr an meine Träume glaubte.

»Bist du deshalb hergekommen?« Ich traute mich kaum, diese Frage zu stellen, dabei wollte ich die Antwort darauf schon wissen, seit er mir geschrieben hatte, er würde zurück nach England kommen. Meine Hoffnungen wurden allerdings im Keim erstickt.

»Ich erzähle dir ein anderes Mal, warum ich wieder zurück bin, okay?« Seine Stimme klang fast flehend.

Seine Kiefermuskeln zuckten angestrengt, und ich seufzte. Ich konnte ihn schließlich nicht zwingen, dafür verstand ich ihn viel zu gut.

»Okay.«

Wir schwiegen wieder, bis Kian das Schweigen brach.

»Wollen wir uns diese Woche mal mit Jase treffen?«

Ich zuckte so heftig zusammen, dass er es bemerkt haben musste. Trotzdem bewegte er nicht mal eine Wimper.

Langsam drehte er den Kopf, um mich anzusehen.

»Wart ihr zusammen, du und Jase?«

»Was?«, ich riss erschrocken die Augen auf. »Mann, Kian, nein.« Niemals hätte ich etwas mit Jase angefangen. Selbst wenn wir nach Kians Umzug Freunde geblieben wären. Niemals. Misstrauisch fixierte er mich, aber schließlich schien er mir zu glauben.

»Gut.«

Himmel, ja, das war gut! Ich hätte mich selbst nicht leiden können, hätten Jase und ich … Verdammt, ich durfte nicht mal daran denken. Er wechselte das Thema und nutze gnadenlos aus, dass wir gerade über Beziehungen gesprochen hatten. Aber mir war es recht. Mir war alles recht, solange ich nicht an Jase erinnert wurde.

»Hattest du einen anderen Freund?«

»Blake«, erwiderte ich grinsend, um ihn ein bisschen zu ärgern. Kian stieß ein Stöhnen aus, seine Augen funkelten angriffslustig.

»Lügnerin.«

Erwischt. Blake hatte ich nicht mehr angesehen, seit Kian die Macke in den Tisch gehauen hatte. Ich hatte nicht riskieren wollen, dass er noch mehr kaputt schlug.

»Ich will alles wissen.« Er kam mir gefährlich nah. »Lass bloß keine Affäre aus.«

Ich stieß ein Lachen aus und lehnte mich nach hinten.

»Es wird dir nicht gefallen«, startete ich einen letzten Versuch, diesem Gespräch zu entkommen, aber im Grunde war es sinnlos. Also erzählte ich ihm von Pekka.

Kians Augen weiteten sich. »Warte, was?« Er starrte mich einen Moment ungläubig an. »Wohnen wir etwa mit dem Typen zusammen, der dich entjungfert hat?«

Ich grinste. Kian fuhr sich stöhnend durch die Haare. »Worauf habe ich mich da nur eingelassen?«

Ich zuckte die Schultern. Nach Pekka hatte es weitere Männer gegeben. Mit einem wäre ich sogar fast zusammengekommen, aber es war daran gescheitert, dass er alles über meine Vergangenheit hatte wissen wollen. Daraufhin hatte ich Panik bekommen und den Kontakt abgebrochen, aber das verschwieg ich Kian. Ich erwähnte lediglich, dass es nicht geklappt hatte.

Irgendwann tauschten wir die Rollen, und ich fragte ihn

über sein Liebesleben aus. Er verzog das Gesicht, antwortete mir aber trotzdem.

»Meistens hatte ich keine Zeit für eine Frau, und wenn doch ... naja.« Gequält sah er mich an. »Ich hatte viele One-Night-Stands.«

Mein dämliches Herz krampfte sich zusammen.

»Es war nie etwas, wo Gefühle im Spiel waren, eher um Stress abzubauen.«

Ich schnappte hörbar nach Luft.

Schweigend starrten wir auf die Stadt hinaus.

*One-Night-Stands? Um Stress abzubauen?*

Dieser Mann hatte sich so sehr verändert.

»Irgendwie gefällt es mir nicht, dass du fast einen Freund hattest«, sagte Kian nach einer Weile und sah mich an.

Ich verdrehte die Augen.

»*Du* bist eifersüchtig?« Fragend hob ich die Augenbrauen.

»Jap.« Er nickte zustimmend.

»Warum gefällt *mir* dann nicht, dass *du* dich durch die Welt gevögelt hast?«

Todernst erwiderte er meinen Blick.

»Vielleicht, weil du mich lieber ganz für dich allein haben möchtest.«

Grinsend sah ich auf die Stadt hinunter.

»Vielleicht.«

Während wir so dasaßen und lächelten, sah ich eine Sternschnuppe vom Himmel fallen. Kians Stimme war plötzlich sehr nah.

»Wünsch dir was.«

Meine Augenlieder schlossen sich, ich atmete einmal ein und schickte einen Wunsch los, von dem ich hoffte, dass er eines Tages in Erfüllung gehen würde.

## Kapitel 8

An diesem Montag holte ich mir meinen morgendlichen Kaffee das erste Mal seit Jahren wieder im *Clara's*.

Ich umklammerte meinen Thermobecher mit der einen und den Lenker meines Fahrrads mit der anderen Hand, während ich in die kleine Gasse einbog, in der unser Antiquariat lag. Sie war ein Abzweig der Milsom Street und damit zentral gelegen, aber zum Glück außerhalb des Shoppingwahnsinns. Der Henkel meiner Tasche bohrte sich in meine Schulter. Ich hatte heute zwei Bücher mitgeschleppt, weil ich das eine schon fast durchhatte.

Die Fensterläden waren noch nicht geöffnet, meine Chefin Ms Louis also noch nicht da.

Ich stellte mein Rad ab und öffnete den Laden.

Wie jeden Morgen blieb ich einen kurzen Moment auf der Schwelle stehen und sog den Duft der alten Bücher ein.

Dieser Ort war etwas Besonderes. Jedem einzelnen Buch sah man an, wie oft es gelesen worden war.

Ich summte einen Song von *Simple Plan*, während ich den Laden betrat und ihn für die Kunden vorbereitete.

Ich kochte Tee für Ms Louis, öffnete die Fensterläden und drehte das Schild an der Tür auf *Open*.

Ich legte Polster auf die Stühle, die vor dem Laden standen, und gab der Pflanze auf dem kleinen Tisch Wasser.

Im Sommer konnte man sich hier in die Sonne setzen und ein wenig lesen, wenn man wollte.

Es dauerte nicht lang und der erste Kunde verirrte sich hierher. Er erkundigte sich nach einer älteren Ausgabe von *Hamlet*. Zielstrebig ging ich auf eines der Regale zu. Ohne suchen zu müssen, zog ich das gewünschte Exemplar aus dem Regal und reiche es ihm. Das Funkeln in seinen Augen verriet, dass er es tatsächlich lesen würde und nicht nur als Attrappe für ein schönes Bücherregal kaufte.

Die kleine Glocke über der Tür bimmelte, als er den Laden verließ.

Im selben Moment wünschte Ms Louis mir einen wunderschönen guten Morgen. Ich hob den Kopf und erwiderte ihr Lächeln.

Das Alter sah man ihr an. Jede ihrer Falten spiegelte eine der tausend Geschichten wieder, die sie erlebt hatte und liebend gerne bei einer Tasse Tee erzählte.

Trotz der Kälte setzte sie sich auch heute mit ihrer Tasse nach draußen an den kleinen Tisch.

Ich warf einen Blick auf die Uhr und machte mich wieder auf den Weg. Meine erste Vorlesung würde bald beginnen.

Als ich das Unigelände betrat, kam Pekka mir entgegengelaufen. Laut rief er meinen Namen, obwohl ich ihn schon längst gesehen hatte.

Ich zog den Kopf ein, als sich ein paar Studenten zu mir umdrehten.

»Und jeden Tag aufs Neue frage ich mich, warum wir nie zusammen fahren«, meckerte er los. In der Hoffnung, den Blicken zu entkommen, beugte ich mich über mein Rad, um es abzuschließen.

»Kannst du bitte aufhören, immer so rumzuschreien?«, flehte ich, als ich mich wieder aufrichtete und meine Tasche schulterte.

Er verschränkte die Arme. »Würdest du mit mir zusammen fahren, würde ich nicht rumschreien, um deine Aufmerksamkeit zu bekommen.«

Ich verdrehte die Augen.

»Ich fahre aber lieber an der frischen Luft, anstatt die Umwelt zu verpesten.«

»Und ich habe beim Autofahren nun mal gerne Gesellschaft«, erwiderte er ungerührt.

Ich umrundete ihn und steuerte das Gebäude an.

»Du weißt doch, dass ich morgens noch in den Laden fahre«, sagte ich, als er zu mir aufschloss. »Und dass es mir wichtig ist.«

Unsere Unterhaltung wurde jäh unterbrochen, als uns beiden von hinten ein Arm um den Hals geschlungen wurde.

Kate.

»Sag schon, hast du mit ihm geschlafen?«

Schwer stützte sie sich auf uns, während ich die Stirn runzelte und meine Schulter unter ihrem Gewicht nach unten sackte.

»Reden wir von Kian?«

Schnaubend schlüpfte sie zwischen uns hindurch und lief rückwärts vor uns. »Natürlich.«

Ich rollte die Augen.

»Wir sind Freunde.«

Sie zog eine Augenbraue hoch.

»Wie damals«, bekräftigte ich, konnte aber nur daran denken, was sich an Kian alles verändert hatte.

Gemeinsam betraten wir das Gebäude. Wir hatten nur wenige Fächer zu dritt, daher war es nicht verwunderlich, dass wir alle drei in unterschiedliche Richtungen mussten. Wir verabreden uns zum Mittagessen. Ich schlängelte mich durch den überfüllten Gang bis zu meinem Seminarraum. Mein Handy summte, als ich mich in die Bank schob.

Als ich es herauszog leuchtete Kians Name auf dem Display.

*Wo bist du?*

Augenblicklich lächelte ich.

*Auf dem Campus.*

Seine Antwort ließ nicht lange auf sich warten.

*Scheiße, June, du studierst??? Worüber haben wir die letzten Tage eigentlich geredet?*

Mein Lächeln wurde eine Spur breiter.

*Darüber nicht.*

Ich legte das Handy auf dem Tisch ab, während ich meinen Block und meine Stifte herauskramte. Kian teilte mir mit, dass er mich später abholen würde, und ich tippte meine Zustimmung.

Sirah schlüpfte wie immer gerade noch rechtzeitig unter dem Arm unseres Dozenten hindurch, als dieser die Tür schließen wollte. Entschuldigend lächelte sie.

Ich grinste sie an, als sie sich neben mich fallen ließ und den angehaltenen Atem ausstieß.

»Das war knapp«, murmelte sie, während sie ihren Rucksack öffnete.

»Wie immer«, entgegnete ich.

Sirah und ich hatten ziemlich viele Kurse gemeinsam, und irgendwann hatte sie mich angesprochen. Seitdem saßen wir nebeneinander.

Unser Dozent öffnete die erste Folie. Ich griff nach einem Stift. Aus den Augenwinkeln bekam ich mit, wie Sirah sich einen Kaugummi in den Mund stopfte und erst danach ihren Block und einen einzelnen Stift herausholte. Ich dagegen schrieb schon fleißig mit. Wahrscheinlich gab es niemanden, der oder die Uni-Mitschriften so gewissenhaft pflegte, wie ich. Auf Folie drei wurde ich allerdings abgelenkt. Mein Handybildschirm leuchtete auf. In der Hoffnung, Kian hätte mir noch einmal geschrieben, wurde mein Blick fast magisch davon angezogen. Aber nicht Kians, sondern Jakes Name leuchtete mir entgegen. Stirnrunzelnd entsperrte ich den Bildschirm.

*Warum sagst du mir nicht, dass Kian in der Stadt ist?*

Ich starrte auf die Nachricht. Woher zum Teufel wusste mein großer Bruder schon wieder davon?

Ich schmunzelte, als ich eine Antwort tippte.

*Weil ich ihn lieber für mich allein haben möchte.*

Es dauerte nicht mal eine Sekunde, da hatte er geantwortet.

*Es stimmt also.*

Grinsend schüttelte ich den Kopf und steckte das Handy wieder ein. Diesmal in meine Tasche, damit es mich nicht noch mal ablenkte. Folie drei war inzwischen verschwunden, stattdessen war eine neue zu sehen. Verdammt. Schnell griff ich wieder nach meinem Stift. Sirah musterte meine Mitschriften und übernahm etwas davon in ihren Block. Die restliche Stunde schaffte ich es, aufzupassen und das Wichtigste mitzuschreiben. In meinen Unterlagen fehlte nur diese eine winzige Stelle, und die würde ich einfach im Internet noch mal nachlesen.

Nach unserem letzten Kurs an diesem Tag verabschiedete ich mich von Sirah und traf im Flur Kate und Pekka.

Obwohl die beiden nicht mit dem Rad gekommen waren, begleiteten sie mich nach dem Mittagessen noch zu den Fahrradständern.

Kian lehnte lässig an der Mauer daneben und schob sich seine Sonnenbrille in die Haare, als er uns erblickte.

Ein Lächeln stahl sich auf mein Gesicht. Unmöglich, es zu verbergen.

»Himmel, du hast nicht gesagt, dass er *so* heiß ist.« Kate fächelte sich Luft zu.

Ich verdrehte die Augen.

Pekka gab ein Grunzen von sich. »Er sieht auch nicht besser aus als ich.«

Da musste ich ihm leider widersprechen. Pekka war hübsch, keine Frage, aber Kian war nun mal Kian. Mein Kian.

Ich verabschiedete mich von ihm und Kate und lief zu meinem besten Freund.

Er fing mich mit seinen Armen auf, wirbelte mich einmal herum und stellte mich zurück auf den Boden.

»Na, Streberin«, begrüßte er mich. Ich rümpfte die Nase. Ich hatte diesen Spitznamen schon damals gehasst.

»Hast es sogar bis in die Uni geschafft, was?«

Etwas schwang in seiner Stimme mit. Ich runzelte die Stirn, doch bevor ich nachfragen konnte, sprach er einfach weiter.

»Ich will wissen, was du studierst.«

Er schob sich seine Sonnenbrille zurück auf die Nase, während ich mein Fahrrad abschloss.

Ich richtete mich auf und schluckte. Ich brauchte zwei Anläufe um die Worte auszusprechen.

»*English literature and publishing.*«

Dieser Satz machte mich viel zu verletzlich.

Aber es kam keine spitze Bemerkung, nicht mal ein Augenrollen. Er lächelte einfach nur. *Er lächelte.*

»Natürlich.« Wir setzten uns in Bewegung. »Das hätte ich mir denken können.«

Er fragte mich über meine Kurse aus, und ich stand ihm verblüfft Rede und Antwort.

Natürlich hielt Kian zu mir. Ich bekam fast ein schlechtes Gewissen. Ich hätte studieren können, was immer ich wollte, wenn es mein Traum gewesen wäre, hätte er mich auch bei einer Ausbildung zur Klärwerksfrau unterstützt.

»Ich wünschte, ich könnte auch studieren«, sagte er irgendwann leise. Ich sah ihn an und versuchte herauszufinden, was es mit diesem Satz auf sich hatte, aber die blöde Sonnenbrille versperrte mir wieder einmal die Sicht in sein Inneres.

Konnte er denn nicht studieren? Er war doch genau im richtigen Alter. Oder hatte er kein Geld?

Früher hätte ich ihm jede einzelne meiner Fragen gestellt, heute traute ich mich nicht.

Stattdessen stiegen wir auf unverfängliche Themen um.

Kian begleitete mich noch zum Laden. Die Nachmittagssonne spiegelte sich in den Fenstern, Ms Louis saß auf einem der Stühle vor der Tür und hatte das Gesicht der Sonne entgegengestreckt. Sie erkannte Kian noch bevor ich ihn vorstellen konnte. Ich hatte ihr viel über meinen besten Freund erzählt. Sie erhob sich von ihrem Platz und zog uns beide in eine feste Umarmung, wobei sie Kian ein bisschen länger festhielt und ihre Hände auf seinen Schultern liegen ließ. Sie betrachtete ihn eingehend, bevor sie mir einen vorwurfsvollen Blick zuwarf.

»Warum hast du denn nicht erwähnt, wie hübsch dieser junge Mann ist?«

Kian grinste. Ich hob nur hilflos die Schultern.

»Ich hatte keine Ahnung«, antwortete ich ehrlich. Ms Louis lies lächelnd von ihm ab und rückte die Stühle zurecht.

»Setzt euch, setzt euch.« Auffordernd sah sie uns an. »Kaffee? Tee?«, fragte sie, als wären wir ihre Gäste und sie nicht meine Chefin.

Ich lachte. »Ich zeig Kian erst mal den Laden und bring dann Kaffee mit raus.«

Zufrieden ließ sie sich zurück auf den Stuhl sinken und erwiderte mein Lächeln.

Kian folgte mir nach drinnen. Ich führte ihn durch die

Regale, zeigte ihm jede Ecke und erklärte, wo welche Bücher standen. Er hörte mir zu, und sein Grinsen wurde mit jedem Schritt breiter.

»Kaffee trinken und Bücher verkaufen, mh?« Er lehnte sich in den Türrahmen der kleinen Küche, während ich die Kaffeemaschine anstellte.

»Und du studierst was mit Literatur.« Er schob sich die Sonnenbrille in die Haare.

»Und mein bester Freund ist zurückgekommen, vergiss das nicht.«

Sein Lächeln vertiefte sich.

Wir gingen wieder nach draußen, beide mit einer Tasse in der Hand. Ms Louis reichte ich einen Tee. Die Kälte des Märzes hatte sich dank der Sonne ein bisschen verzogen, und der Geruch von Frühling hing in der Luft. Ich schloss die Augen, um ihn einzuatmen. Erst, als Ms Louis anfing zu erzählen, öffnete ich sie wieder.

»Wisst ihr, früher, da hatte ich auch einen besten Freund.«

Ich lehnte mich ein Stück vor. Jetzt würde sie eine ihrer Geschichten zum Besten geben.

»Was ist mit ihm passiert?«

Sie hatte bisher nie einen besten Freund erwähnt.

»Oh, ihm geht es gut, denke ich.« Sie setzte die Tasse an ihre Lippen und nahm einen Schluck Tee. »Wir kannten uns schon immer. Ein bisschen so wie ihr.« Sie schenkte uns ein Lächeln und seufzte. »Wir haben nur irgendwann angefangen, uns zu sehr zu lieben.«

Ich traute mich nicht, etwas zu sagen. Kian räusperte sich.

»Zu sehr?«, fragte er stirnrunzelnd, während ich einen Schluck von meinem Kaffee nahm.

»Ja.« Ms Louis nickte traurig. »Glaub mir, mein Lieber, das geht.«

Ihr Blick fiel auf mich, und ich wurde nervös. *Eine Warnung.* Meldete sich eine kleine böse Stimme in meinem Kopf.

Angst breitete sich in mir aus: Was, wenn wir es nicht schaffen würden? Wenn unsere Freundschaft daran kaputtgehen würde, dass ich nicht mehr alles mit ihm teilen konnte, oder daran, dass er so verdammt attraktiv geworden war? Mein Blick schnellte zu Kian hinüber. Sein Blick schien mich zu umarmen, er hielt mich fest, und ganz langsam verflog die Angst. *Wie hatte ich vergessen können, wer wir waren?* Wir würden diese Blase niemals verlassen. Wir *konnten* uns gar nicht verlieren. Ich atmete aus und tief wieder ein.

Ms Louis erzählte noch eine Weile von ihrem alten Freund, und ich hing an ihren Lippen. Die Geschichte hätte fast in einem der zahlreichen Bücher des Ladens stehen können, so herzzerreißend war sie. Nur nahm sie kein gutes Ende, denn die beiden verloren sich aus den Augen.

Als sie endete, hing ich eine Weile meinen Gedanken nach. Es hätte sicher einen Weg gegeben, wie die beiden hätten weiter befreundet sein können. Ich stellte mir vor, wie sie heute zusammen hier sitzen könnten, und lächelte. Die Vorstellung erwärmte mein Herz.

»Ist sie nicht süß, wenn sie träumt?«, riss Kian mich aus meinen Gedanken.

»Definitiv«, antwortete Ms Louis.

Mein Kopf schnellte nach oben. »Ich kann euch hören«, stieß ich aus. Ich bekam immer ein mulmiges Gefühl, wenn die Leute über mich sprachen, während ich neben ihnen saß. Es war etwas, das Jase gerne getan hatte.

»Das war ein Kompliment.« Kian zwinkerte mir zu.

Ich schnaubte, aber das mulmige Gefühl ließ sich damit nicht vertreiben.

»Dir ist aber schon bewusst, dass Menschen in deinem Alter was anderes hören wollen, als dass sie *süß* sind?«, schaltete Ms Louis sich wieder ein. Kian zuckte die Schultern.

»Bei June ist das egal.«

»Wie bitte?« Empört funkelte ich ihn an. »Ich bin dir egal?«

Kian grinste. »Nein, du bist höchstens ein bisschen zu verklemmt, um mich so zu lieben, wie ich es bei dir tue.«

»Verklemmt?« Ich hätte ihm gerne etwas an den Kopf geworfen, aber außer der Kaffeetasse war nichts Brauchbares da, und die war mir nun wirklich zu schade. »Ich bitte dich, du weißt genau, dass ich dich liebe.«

Kian stieß einen zufriedenen Laut aus. »Sehen Sie«, wandte er sich an Ms Louis. »Sie liegt mir so sehr zu Füßen, dass sie mir sogar eine Liebeserklärung macht, wenn ich sie beleidige, da brauche ich mir nun wirklich keine Mühe mit Komplimenten zu geben.«

Ein verärgerter Laut entrann meiner Kehle.

»Fahr zur Hölle, Kian!«, stieß ich zwischen zusammengebissenen Zähnen aus.

»Wir sind wieder bei den Beleidigungen angelangt.« Er grinste. »Dann folgt jetzt wohl eine Liebeserklärung.«

Ernst sah er mich an. Meine Augen weiteten sich, und mein Herz schlug schneller. Meine Hände bebten und ließen den restlichen Kaffee in der Tasse zittern.

Kian bemerkte es. Sein Lächeln wurde so warm, dass mein Herzschlag sich wieder beruhigte, dann verwandelte es sich zu einem frechen Grinsen.

»Du bist umwerfend, wenn du dich aufregst, June.«

Im selben Moment, in dem ich ein Schnauben ausstieß, atmete ich erleichtert auf.

»Das ist also deine Art von Liebeserklärung?«

Sein Grinsen vertiefte sich. »Nein, eine echte mache ich nur ohne Publikum«, sagte er mit einem bedeutsamen Blick auf Ms Louis, die uns lachend beobachtete. Ich verdrehte die Augen. Wirklich sehr witzig.

Wir wechselten das Thema. Ms Louis fragte uns über unsere Kindheit aus, und wir erzählten ihr nur zu gerne, was wir damals alles erlebt hatten. Alte Geschichten, die wir längst vergessen geglaubt hatten, waren plötzlich wieder da. Ich versuchte zu verdrängen, dass all diese wunderbaren Momente später von einem dunkeln Schleier überzogen worden waren. Das war nicht das, was zählte. Was zählte, waren die schönen Erinnerungen.

Als wir am Abend nach Hause kamen, saßen Pekka und Simon auf dem Sofa und schauten ein Spiel. Wir gesellten uns zu ihnen, obwohl wir uns beide nichts aus Fußball machten. Für mich sah jeder Spielzug gleich aus und schon nach einer Weile langweilte ich mich. Kian tippte auf seinem Handy herum, er hatte sich noch nie länger für einen anderen Sport als Schwimmen interessiert. Nur als Teenager hatte wir eine Zeit lang zusammen Parkour gemacht.

Es klingelte an der Haustür, und ich erhob mich dankbar.

Anscheinend dauerte es dem- oder derjenigen hinter der Tür zu lange, denn er oder sie klingelte in dem Moment, als ich die Klinke heruntergedrückt, ein weiteres Mal.

Ich öffnete, und Jake schob sich an mir vorbei in die Wohnung. Zur Begrüßung bekam ich ein Küsschen auf die Wange.

»Hey, Langstrumpf.«

Wie jedes Mal verdrehte ich die Augen über den dämlichen Spitznamen. Seit Kian damals gegangen war, nannte mein großer Bruder mich so, weil ich in seinen Augen das stärkste Mädchen der Welt gewesen war.

Das Gegenteil war der Fall gewesen.

»Wo ist er?« Jake streifte sich die Schuhe von den Füßen. Seine Jacke landete einfach auf dem Boden. Ich schloss die Tür und hob die Jacke auf. In aller Ruhe hängte ich sie an einen der Garderobenhaken, während mein Bruder von einem Bein aufs andere trat.

»Im Wohnzimmer«, gab ich ihm endlich die Information, auf die er wartete. Ich hatte nicht mal Zeit zu blinzeln, da war er schon losgesprintet. Ich beeilte mich, ihm zu folgen, denn auf keinen Fall wollte ich Kians Reaktion verpassen. Als wir den Raum betraten, sah er kurz auf und wandte sich gleich wieder dem Handy zu, nur um im nächsten Moment den Kopf herumzureißen und Jake anzustarren.

»Scheiße, Jake!« Er erhob sich, um auf meinen Bruder zuzugehen. Eine Weile standen sie voreinander und gafften sich an. Anscheinend konnten sie selbst nicht glauben, dass sie erwachsen geworden waren. Noch nicht lange war es her, da hatten diese beiden Männer zusammen im Sandkasten gespielt.

»Alter, ist das lange her.« Jake war der Erste, der sich bewegte. Er zog Kian in eine Umarmung, so fest, dass mir schon vom Zusehen die Luft aus der Lunge gepresst wurde. Kian drückte ihn ebenfalls.

»Verdammt lange«, pflichtete er Jake bei, als sie sich wieder voneinander lösten.

»Sieben Jahre«, bemerkte ich trocken, doch niemand beachtete mich wirklich. Pekka hatte sich schon wieder dem Fernseher zugewandt, Simon beobachtete Kian und Jake.

»Junge, Junge, sieh dich an.« Jake klopfte Kian auf seine breiten Schultern. »Gut siehst du aus.«

»Das Kompliment kann ich zurückgeben.« Kian zupfte an Jakes T-Shirt. Irgendwie fand ich die beiden gerade sehr *süß*. Fast hätte ich gelacht, konnte es mir aber gerade noch so verkneifen, ebenso den an Kian gerichteten Kommentar über das Süß-Sein, der mir auf der Zunge lag.

»Jake, möchtest du dich setzen?« Ich deutete auf das Sofa. Sein Blick fiel auf den Fernseher und den Tisch, auf den Pekka ein paar Bierflaschen gestellt hatte. Bier. Fußball. Das würde ihn in dieser Wohnung halten, und zwar eine ganze Weile. Zu dritt quetschten wir uns auf das leere Sofa.

»Also, wie war Sydney?« Jake beugte sich über mich

hinweg, um Kian anzusehen. Dieser nahm sich gerade eine Brause.

»In Ordnung«, war seine wie immer etwas mager ausfallende Antwort, wenn es um die Stadt ging, in der er die letzten sieben Jahre verbracht hatte.

»Nur in Ordnung?«

Kian setzte seine Flasche an die Lippen und trank einen Schluck.

»Es gab zum Beispiel keine June«, sagte er grinsend. Obwohl ich wusste, dass er es genauso meinte, entging mir nicht, dass er es nur als Vorwand nutzte, um nicht über Sydney sprechen zu müssen. Mal wieder wich er aus. Jake warf mir einen kurzen Blick zu.

»Das ist natürlich ein Argument.«

»Ein verdammt gutes Argument«, pflichtete Kian ihm bei.

Sobald Kian diese Worte ausgesprochen hatte, schnellte Jakes Blick wieder zu mir.

»Stimmt«, sagte er langsam, ohne mich aus den Augen zu lassen. Mein Magen zog sich zusammen.

»Ihr seid zu lieb«, murmelte ich. Augenblicklich wurde mir von beiden Seiten ein Arm um die Schulter gelegt, und ich spürte auf jeder Wange einen Kuss. Mein Unbehagen verschwand, und ich lachte. Es war kaum zu glauben, dass ich tatsächlich hier zwischen Jake und Kian saß.

Später am Abend verzogen sich die beiden auf den Balkon, um allein zu reden. Durch die Fenster konnte ich sehen, wie sie sich leise unterhielten. Simon ging ins Bett, und ich blieb mit Pekka zurück. Leider war er nicht zu gebrauchen, wenn er fernsah. Inzwischen war das Spiel vorbei, und er sah sich irgendeinen Blockbuster an. Seufzend las ich die Nachrichten auf meinem Handy, bis Kian und Jake wieder hereinkamen.

Jake wollte langsam gehen, und so begleitete ich ihn noch zur Tür.

»Du hast ihm nicht von Jase erzählt«, stellte er fest, während er sich wieder die Schuhe anzog und seine Jacke vom Haken nahm.

»Ich kann nicht«, antwortete ich.

»Du weißt, dass er dich nicht verurteilen würde.«

Ich versuchte, den Kloß herunterzuschlucken, der sich plötzlich in meinem Hals gebildet hatte. Natürlich wusste ich das, aber es änderte nichts.

»Du und er, ihr solltet keine Geheimnisse voreinander haben.«

Der Kloß in meinem Hals schwoll an, und ich schluckte hart.

Jake zog mich in eine Umarmung. »Rede mit ihm. Ihr wart zu zweit immer stärker als allein.« Er seufzte, als wir uns wieder voneinander lösten. »Und ja, ich weiß, ihr wart noch Kinder, aber eure Freundschaft war echt, also setzt sie bitte nicht aufs Spiel.«

Wieso sagten mir das eigentlich alle?

»Das haben wir nicht vor.« Ich folgte ihm die paar Schritte bis zum Türrahmen.

»Versprich mir, mit ihm zu reden.«

Ich seufzte.

»Versprochen«, sagte ich, obwohl wir beide wussten, dass ich es nicht schaffen würde, Kian von damals zu erzählen.

## Kapitel 9

»Was tun du und dein heißer Freund am Wochenende?« Kate beugte sich vor und schob meinen Laptop beiseite. Ich seufzte. Wahrscheinlich würde ich heute nicht mehr dazu kommen, mein Essay zu schreiben.

»Sicher nichts mit dir. Das ist peinlich, wie du ihn anstarrst.«

Kate verdrehte die Augen und Pekka lachte neben mir.

Das erste Mal in diesem Jahr saßen wir während des Mittagessens wieder im Freien. Sehr zu unserer Freude war es endlich wärmer geworden, und wir hatten beschlossen, heute nicht in die viel zu überfüllte Kantine zu gehen.

Kate hatte Scones mitgebracht, die wir uns zum Nachtisch teilten.

»Ich dachte, ihr seid nur Freunde.« Schmollend schob sie die Unterlippe vor.

»Richtig. Deswegen treffe ich die Vorauswahl. Du bist leider durchgefallen, tut mir leid.« Ich zog meinen Laptop wieder heran.

»Er hätte bestimmt nichts gegen ein bisschen Spaß einzuwenden.«

Genau. Ein weiterer Grund, ihr diesen Bullshit auszureden.

»Kate ...« Ich warf ihr einen genervten Blick zu. »Ich

bin definitiv die falsche Person, für dieses Gespräch, dass ist, als würdest du vor dem Sex, seine Mutter um Erlaubnis fragen.«

Als Antwort bekam ich nur ein Lachen. Toll.

Ich drückte die Leertaste, um meinen Bildschirm wieder zu aktivieren. Ich musste dieses Essay wirklich schreiben.

Pekka und Kate begannen eine Diskussion über Sex und ich klinkte mich endgültig aus. Ich öffnete das Dokument und scrollte den Text nach unten. Die letzten Worte waren nicht die besten die ich jemals geschrieben hatte, aber auch nicht komplett hoffnungslos. Ich tippte noch ein paar dazu.

»June, du Streberin.« Angeekelt verzog Pekka das Gesicht. Seufzend hob ich den Kopf.

»Ich wäre eine Streberin, würdet ihr mich nicht ständig von meiner Arbeit abhalten.«

»Es heißt Mittagspause, weil man *Pause* macht«, entgegnete Pekka in vollem Ernst.

»Wenn man einen so heißen Freund wie June Zuhause hat, muss schon mal die Pause dran glauben.« Kate grinste böse und zwinkerte mir zu.

Das reichte.

Ich klappte meinen Laptop zu und erhob mich. Ich musste dringend einen Ort finden, an dem ich noch schnell die letzten Zeilen schreiben konnte.

»Mein Kurs fängt an«, sagte ich trocken, obwohl wir alle wussten, dass die nächsten Kurse erst in einer halben Stunde begannen. Die beiden winkten mir zum Abschied und konnten ihr Lachen kaum verbergen. Ich verdrehte die Augen und nahm die Beine in die Hand, nicht ohne mir vorher noch einen Scone zu klauen. Ich steuerte den Raum an, in dem mein nächster Kurs stattfinden würde. Zum Glück war er leer. Ich ließ mich auf einen der Plätze sinken und öffnete den Laptop wieder. Ich war ziemlich zufrieden mit meinem Essay, nur eben noch nicht fertig. Ich warf einen Blick auf die Uhr. Zwanzig Minuten. Ich schloss eine Sekunde die Augen. Ich hatte schon längst alle Informationen herausgesucht, die ich für diesen Text brauchte und so konnte ich das Ende schnell herunterschreiben. Ich brauchte sogar nur zehn Minuten und hatte noch Zeit den Text zu überarbeiten. Als der Raum sich langsam füllte, lächelte ich zufrieden.

Ich öffnete das Mailprogramm und leitete das Essay an meine Dozentin weiter. Der Abgabetermin war zwar erst in zwei Tagen, aber Pekka hatte recht, ich war eben eine Streberin.

»Schon wieder am Arbeiten?« Sirah ließ sich neben mich fallen und hob ihre Füße auf den Tisch.

»Schon da?«, fragte ich zurück. Ganze zwei Minuten zu früh. Wow. »Wunder geschehen.«

Sie nickte stolz. Ich fuhr meinen Laptop herunter und ließ ihn in der Tasche verschwinden.

Wir hatten den Kurs zu *Creative Writing* beide belegt, um noch ein paar zusätzliche Punkte zu sammeln.

Unser Dozent erschien, beladen mit einem Stapel Papier. Ein aufgeregtes Kribbeln durchfuhr mich. Dieser Stapel hatte zu bedeuten, dass wir unsere Texte von der letzten Aufgabe zurückbekamen. Wir hatten eine Kurzgeschichte zum Thema Gesellschaftszwang schreiben sollen.

»Ich bin enttäuscht«, informierte er uns ohne eine Begrüßung. »Wie kann es sein, dass mir von fünfzehn Texten nur ein einziger gefallen hat?«

Autsch. Das war bitter. Sirah und ich wechselten einen Blick. Es war normal, dass es nur wenige Texte schafften, ihn tatsächlich zu begeistern. Trotzdem war es jedes Mal ein Schlag in den Magen, denn seine Bewertungen bedeuteten den meisten von uns ziemlich viel. Er hatte einfach Ahnung, wovon er sprach.

»Wir hatten Examen«, murmelte ein Mann in der Reihe vor uns. Unser Dozent überging den Einwand.

»Ich möchte, dass Sie diese Aufgabe noch einmal machen, und dieses Mal gut.« Er blätterte in dem Stapel vor sich herum. »Und vorher werden wir den Text, der mich überzeugt hat, hier vorne lesen und gemeinsam besprechen, damit Sie einen Ansatz haben.«

Das tat er öfter. Ab und zu ließ er einzelne Studenten nach vorne kommen, wenn deren Texte besonders gut gewesen waren.

Ich war froh darüber nicht so gut schreiben zu können, denn mich vor den Kurs zu stellen, würde ich mich niemals trauen.

Mein Dozent zog einen Zettel aus dem Stapel und suchte mit den Augen die Reihen ab. An Sirah und mir blieb sein Blick hängen. Ich grinste sie an. Ihre Texte wurden oft vorgelesen, und sie waren verdammt gut. Sirah studierte *Songwriting* und wusste einfach, wie man mit Worten umging.

»Ms Pepper, würden Sie nach vorne kommen?«

Ich erstarrte, und mein Lächeln gefror. Hatte er gerade meinen Namen gesagt?

Sirah stieß mich begeistert an. In meinen Ohren rauschte es. Das konnte nicht sein. Das hier musste ein ganz fieser Albtraum sein, nur erwachte ich nicht.

Ein paar der Studenten hatten sich zu mir umgedreht und sahen mich auffordernd an. Ich zitterte unter ihren Blicken und spürte, wie sich Panik in mir ausbreitete.

Ich würde das nicht schaffen. Ich würde das nicht überleben.

»Ich kann nicht«, krächzte ich leise, sodass nur Sirah es hören konnte.

»Süße, natürlich kannst du das«, flüsterte sie ebenso leise zurück. Ich schüttelte den Kopf. Übelkeit stieg meine Kehle hinauf. In diesem Raum saßen viel zu viele Menschen, es waren viel zu viele Augen, die mich anstarrten. Meine Hände schwitzten, und ich presste sie aneinander. Tränen brannten hinter meinen Augen. Ich. Würde. Das. Nicht. Überleben.

»Bist du sicher?«, fragte Sirah. Ich nickte und versuchte, meine schweißnassen Hände an der Hose abzuwischen. Es brachte nichts. Vor mir kicherten zwei unserer Kommilitonen, was mir endgültig den Rest gab. Das Geräusch hallte in meinem Kopf wider, als wäre ich noch immer sechzehn und Jase hätte einen seiner Sprüche losgelassen, als wäre er unter ihnen und würde mich spöttisch ansehen.

Ich musste hier raus.

Sirah sagte etwas, doch ich verstand es nicht. Ich erhob

mich und quetschte mich an ihr vorbei. Das Kichern in der Reihe vor uns wurde lauter, es hämmerte in meinem Kopf.

Ich taumelte eher in Richtung Ausgang, als dass ich ging. Auch mein Dozent sagte etwas, das ich nicht verstand. Ich setzte weiter einen Fuß vor den anderen. Der Weg bis zur Tür kam mir endlos vor. Wegen der vielen Tränen sah ich nicht wohin ich lief. Sie verstopften mir die Augen, aber ich ließ sie noch nicht laufen. So viel Demütigung wollte ich nicht erfahren.

Meine Hände ertasteten endlich die Türklinke und ich riss daran, bis die Tür aufging. Ein Schluchzer entrann meiner Kehle, und ich presste mir schnell eine Hand auf den Mund. Das hier war die Hölle auf Erden.

Sobald ich die Tür des Seminarraumes hinter mir zugeschlagen hatte, rannte ich los. Meine Beine trugen mich wie von selbst, während heiße Tränen meine Wangen hinunterliefen.

Ich ließ es zu. Ich ließ zu, dass meine Vergangenheit mich einholte und die Erinnerungen mich überrollten.

Es war so peinlich. Ich würde diesen Raum nie wieder betreten können. Ich würde den Kurs abbrechen und die schlechte Note in Kauf nehmen müssen, denn niemals würde ich diesen Menschen wieder unter die Augen treten können. Nicht nachdem ich heulend aus dem Raum gerannt war.

Ich riss die Tür nach draußen auf. Ich würde mich einfach verstecken, bis der Kurs vorbei war und ich meine Sachen holen konnte. Schwer atmend lehnte ich mich an die Außenfassade des Gebäudes und rutschte an ihr nach unten ins Sitzen. Ich zog die Knie an, legte meine Unterarme darauf und vergrub mein Gesicht zwischen den Beinen. Immer wieder wurde mein Körper von heftigen Schluchzern erschüttert. Irgendwann rang ich nur noch verzweifelt nach Atem, weil das Beben meiner Brust mir alle Luft aus der Lunge presste.

Von meiner Angst eingeholt zu werden, war das schlimmste Gefühl. Ich hasste es, zu diesem Menschen geworden zu sein, aber ich konnte es nicht ändern.

Ich konnte mich nicht ändern.

## Kapitel 10

Ich rüttelte an der Tür zum Seminarraum, aber sie war verschlossen. Shit.

Am liebsten hätte ich dagegengeschlagen, aber es hätte nichts daran geändert, dass die Tür zu war und meine Sachen dahinterlagen.

Der Schlüssel für mein Fahrrad, mein Handy, mein Uniheft, mein Laptop. Alles, was ich heute noch brauchte.

Ich würde wohl nach Hause laufen müssen. Ich wischte unter meinen Augen entlang, was sinnlos war, da man mir wahrscheinlich jede einzelne Träne ansah.

Ich beeilte mich, wieder nach draußen und an die Straße zu kommen. An der Bushaltestelle wimmelte es von Studenten. Ich hatte nicht mal Geld, um mir ein Ticket zu kaufen, und obwohl ich zwischen all diesen Leuten als Schwarzfahrerin nicht aufgefallen wäre, senkte ich den Blick und ging zu Fuß los. Für eine solche Aktion fehlte mir schlicht und einfach der Mumm. Natürlich hätte ich auch irgendeinen Dozenten oder den Hausmeister suchen können, um einen von ihnen zu bitten, mir den Raum aufzuschließen, aber dann hätte ich erklären müssen, warum meine Sachen allein dort drin lagen.

Warum hatte ich auch aus diesem scheiß Raum laufen müssen? Warum konnte ich nicht einfach normal sein?

Als ich bei der Bäckerei, in der Ella arbeitete, ankam, war ich schon wieder in Tränen aufgelöst.

Ich war weggerannt.

Genau wie ich es die letzten sechs Jahre immer getan hatte, wenn es schwierig geworden war. Ich wischte mir über die Augen und stieß die Tür auf.

Ella stand hinter ihrem Tresen und zog ein langes Gesicht. Missmutig füllte sie Brötchen in eine Tüte. Wenn sie das Geld nicht so sehr brauchen würde, wäre sie hier schon lange weg. Sie und ihr Boss konnten einander nicht ausstehen, und außerdem wollte sie die Welt verändern. Keine Brötchen backen. Ihre Worte.

Sie kassierte und wandte sich gelangweilt dem nächsten Kunden zu.

Wenigstens würde ich sie ablenken.

Ich stellte mich in die Schlange und wartete, bis ich an der Reihe war. Ella riss die Augen auf, als sie mich erblickte. Es war nur eine Sekunde, in der sie sich nicht rührte, dann drehte sie sich zu ihrem Kollegen um und bat ihn um Entschuldigung. Dieser warf nur einen kurzen Blick auf mich, bevor er genervt die Augen verdrehte und sie mit einer Handbewegung wegscheuchte. Ella umrundete den Tresen, packte meine Hände und zerrte mich nach hinten, an der Backstube vorbei, bis in den Innenhof.

»Was ist passiert?«, fragte sie.

Ich schluckte und erzählte. Ellas Miene wurde mit jedem Satz, den ich sagte, härter.

»Es war, als wäre er da gewesen«, endete ich, und meine Stimme war nicht mehr als ein Krächzen.

»Ich bring diesen Mistkerl um, irgendwann werden wir ihn wiedersehen.« Ihre Hände packten meine Schultern. »Ich schwöre dir, ich werde ihn umbringen.«

Dass ich Jase längst wiedergesehen hatte, würde ich ihr auch diesmal verschweigen.

»Die Menschen in der Uni sind nicht so wie er, June.« Sie hob eine Hand, um mir die Tränen wegzuwischen.

»Ich weiß«, schluchzte ich. Ella zog mich in ihre Arme und ließ mich weinen. Ich klammerte mich an sie, als wäre sie der einzige Halt in meinem Leben.

»Es tut mir leid, dass ich dich schon wieder damit nerve«, nuschelte ich in ihre Haare.

Sie schob mich ein Stück zurück und umfasste meine nassen Wangen. Ihr Blick suchte meinen und hielt ihn fest. »Du nervst mich nicht, und es ist nicht falsch, dass du weinst oder wegläufst.«

Doch, das war es. So würde ich meine Ängste nie überwinden.

»Ich rufe Kian an und sage ihm, er soll dich abholen, okay?« Sie hatte schon ihr Handy aus der Hosentasche gezogen und wollte seine Nummer wählen. Panisch legte ich meine Hände auf ihre. Ella ließ das Handy sinken und sah mich an.

»June–«

»Ich möchte nicht nach Hause«, unterbrach ich sie.

Ellas Blick fixierte mich. »Du musst mit ihm reden.«

Ich schüttelte den Kopf. Hatten sich eigentlich alle gegen mich verschworen? Zuerst Jake, jetzt sie.

Als ich nicht antwortete, seufzte sie schwer und nahm

mich noch einmal in den Arm. Sie drückte mich so fest, als könnte sie damit all die schlechten Erinnerungen verscheuchen.

Aber sie blieben.

Ich setzte mich auf einen der weißen Stühle, die neben dem Eingang der Bäckerei standen, und platzierte Ellas Laptop auf dem Tisch davor. Obwohl ich mich kaum aufs Lernen konzentrieren konnte, blieb ich sitzen, bis Ella Feierabend hatte. Wir fuhren zu ihr und aßen gemeinsam mit Dilan Abendbrot.

Danach sahen Ella und ich uns alte Disneyfilme an. Wir redeten nicht über damals oder über Kian. Erst mitten in der Nacht, nachdem Ella mir versichert hatte, dass man mir keine einzige Träne mehr ansehen konnte, fuhr ich nach Hause. Im Dunkeln schlüpfte ich ins Zimmer und legte mich neben meinen besten Freund. Obwohl er schlief, schlang er einen Arm um mich und zog mich an seine warme Brust.

Ich würde ihm nicht verraten, dass er mir das Gefühl von Geborgenheit gab. Ebenso wenig würde er erfahren, was damals passiert war oder dass ich geweint hatte.

Nichts war mehr wie früher.

Früher hätte ich ihm all das gesagt.

## Kapitel 11

Ich hatte eine Scheißangst davor, am nächsten Tag wieder in die Uni zu gehen. Vor allem, Sirah gegenüberzutreten, hatte ich mir schlimm ausgemalt. Doch sie hatte mich zur Begrüßung fest in den Arm genommen und mir meine Tasche, mit all meinen Sachen in die Hand gedrückt.

Ich spielte mit dem Gedanken, den Kurs zu schmeißen, wollte Jase aber nicht gewinnen lassen. Also ging ich hin und ertrug die Blicke der anderen.

Kian hatte von alldem nichts mitbekommen. Zwischen uns pendelte sich ein Alltag ein. Ich gewöhnte mich wieder daran, ihn um mich zu haben. Trotzdem stahl sich jeden Morgen ein fettes Grinsen auf mein Gesicht, wenn ich ihn neben mir im Bett oder neben dem Bett auf dem Boden liegen sah. Ich hatte schon jetzt, nach nur einer Woche, eine kleine Ansammlung von Bildern für die nächste Geburtstagskarte. Das würde eine äußerst schöne Karte werden.

Auch als ich an diesem Morgen aufwachte, erwartete ich seinen Anblick, doch Kian lag nicht mehr neben mir. Mein Grinsen wurde breiter, als ich mich aufsetzte, um einen Blick auf den Boden zu werfen, aber auch dort war keine Spur von ihm. Stirnrunzelnd kletterte ich aus dem Bett.

Seit wann stand Kian von alleine auf?

Ich zog mir eine Strickjacke über und machte mich auf den Weg in die Küche. Der Geruch von Kaffee zog mich magisch an.

Kian saß am Tisch und klopfte im Rhythmus der Musik, die er angestellt hatte, mit dem Fuß auf den Boden. Es lief ein Album von *Bon Jovi*. Als er mich bemerkte, hoben sich seine Mundwinkel.

»Gute Morgen.« Er stand auf und drückte mir eine Kaffeetasse in die Hand. »Ich dachte, ich beweise dir, dass ich ein Gentleman sein kann, und mache dir einen Kaffee.«

»Sehr aufmerksam.« Ich nahm das Getränk entgegen und setzte mich an den Tisch. »Wolltest du mir auch deinen guten Musikgeschmack beweisen?«

Eine einzelne Sekunde wurde sein Blick matt, dann grinste er. »Den brauche ich nicht zu beweisen.« Er zwinkerte mir zu. »Die ganze Welt weiß, wie gut er ist.«

Ich verdrehte die Augen.

Kian machte uns Frühstück. Er stellte eine Schale Porridge vor mir ab und grinste breit. »Es ist erschreckend, wie du dich zum Positiven verändert hast.« Er setzte sich wieder auf den Platz mir gegenüber.

»Was?«

*Ich* hatte mich ganz sicher *nicht* zum Positiven verändert. Meine Feigheit in der Uni hatte es mir gerade erst wieder bewiesen.

»Na, jedenfalls dein Musikgeschmack.«

Ich schnaubte.

Nach dem Frühstück wusch ich unser Geschirr ab und

drehte mich wieder zu Kian um. Ich erwartete einen neuen dämlichen Spruch, aber stattdessen war seine Miene versteinert. Mit zusammengekniffenen Augen starrte er auf das Handy in seiner Hand. Ganz langsam hob er den Kopf und sah mich an.

»Was ist damals passiert, June?«

Seine Worte trafen mich wie kleine Pfeile. Ich klammerte mich an der Ablage in meinem Rücken fest.

»Was meinst du?« Meine Stimme klang erbärmlich. Die Angst, die darin mitschwang, war nicht zu überhören. Kian erhob sich und fixierte mich.

»Du weißt genau, was ich meine.«

Ich schüttelte den Kopf, um Zeit zu gewinnen. Die Welt um mich herum drehte sich. Krampfhaft versuchte ich, das Gleichgewicht zu halten.

»Was ist zwischen dir und Jase passiert?«

Das war der Moment, in dem ich das Gefühl hatte zu fallen. Nur fiel ich nicht wirklich. Ich stand noch immer hier und musste Kians Blick standhalten.

»June, bitte antworte mir.«

Ich presste die Lippen so fest aufeinander, dass mir übel wurde.

»Bist du wegen ihm aus dem Club gelaufen?«

Diese Frage riss mir den Boden unter den Füßen weg. Kian verschränkte die Arme vor der Brust.

»Jase und ich haben uns geschrieben.« Seine Stimme klang viel zu kalt für den Kian, den ich kannte. Ich zuckte regelrecht zusammen. Oh bitte, nein. Bitte nicht.

Kian stand auf und kam ein paar Schritte auf mich zu.

Ich wollte zurückweichen, aber die Ablage in meinem Rücken hinderte mich daran.

*Bitte lass ihn nichts gesagt haben*, war das Einzige, was ich denken konnte. *Bitte, bitte nicht.*

»Ich würde Jase gern mal wiedersehen.«

*Gern?* Ich unterdrückte das heisere Lachen, dass meine Kehle nach oben stieg.

»Wir wollen uns treffen.«

Ich riss die Augen auf.

»Spinnst du?«, fuhr ich ihn an, bereute es allerdings noch im selben Moment. Er hatte keine Ahnung, wie Jase wirklich war.

»June, Jase und ich waren lange Zeit Freunde.«

*Rede mit ihm. Du musst es ihm sagen*, hallten Jakes und Ellas Stimmen in meinem Kopf wider.

»Er würde uns wirklich gerne treffen.«

*Uns.* Sämtliche Alarmglocken in meinem Kopf schrillten.

»Er möchte mit dir über damals reden.«

Das Schrillen in meinem Kopf wurde unnatürlich laut.

Wie konnte Jase es wagen? Wie konnte er so dreist sein und mit mir reden wollen?

»Auf keinen Fall werden wir uns mit ihm treffen. Du nicht und ich schon gar nicht.«

Verdammt. Ich biss mir auf die Unterlippe. Ich hätte das nicht sagen dürfen. Ich konnte schließlich nicht entscheiden, mit wem Kian sich traf. Andererseits konnte ich auch nicht zulassen, dass er diesem Arschloch gegenübertrat und erfuhr, was Jase aus mir gemacht hatte.

Kian seufzte.

»Okay.«

*Okay?*

Hatte er wirklich *Okay* gesagt?

»Erkläre es mir so, dass ich es verstehe.« Sein Blick suchte meinen, verzweifelt versuchte er, hinter meine Fassade zu blicken. Aber nach all den Jahren war das selbst für Kian unmöglich. Die Mauern, die ich um die Erinnerungen an meine Vergangenheit errichtet hatte, waren einfach zu hoch geworden. Als ich nicht antwortete, seufzte er wieder. Er griff nach dem Handy, das vor ihm auf dem Tisch lag.

»Kann ich seine Nachricht lesen?«

Er blickte mich an, als würde er abwägen, ob ich die Worte, die auf dem kleinen Bildschirm zu sehen waren, verkraften würde. Aber schließlich reichte er mir das Telefon. Meine Hände zitterten, als ich es entgegennahm und die wenigen Zeilen las.

> *Bist du sicher, dass June sich auch treffen möchte? Damals ist ja ziemlich viel passiert, und im Club ist sie weggelaufen. Aber ich würde mich gerne entschuldigen.*
> *Bei euch beiden.*
> *Wie auch immer, lass von dir hören.*
> *Jase*

Fassungslos starrte ich auf den Bildschirm. *Es ist* viel passiert. So harmlos beschrieb er, was er damals getan hatte?

Meine Unterlippe bebte, Tränen schossen mir in die Augen, und gleichzeitig überkam mich eine ungeheure Wut.

*Viel passiert.* Diese Worte klangen ironisch. So ironisch, dass Jase sie unmöglich selbst glauben konnte. Für mich war damals nicht einfach nur *viel passiert*. Ich war durch die verdammte Hölle gegangen.

Zwei Hände griffen nach meinen.

Ich versuchte die Tränen wegzublinzeln, um Kian anzusehen, doch sie rollten nach unten.

»June.« Vorsichtig streckte Kian die Hand aus, um mit dem Daumen meine Tränen aufzufangen. Ich zitterte.

Kian zog mich in seine Arme. Hielt mich fest. Ohne etwas zu sagen, ohne eine Erklärung zu verlangen.

Ich presste mein Gesicht an seine Schulter. Es machte mich fertig, dass diese eine SMS so heftige Gefühle in mir auslösen konnte. Dass Jase das noch immer schaffte, selbst nach all den Jahren.

Es dauerte eine ganze Weile, bis keine Tränen mehr kamen. Ich traute mich kaum, Kian anzusehen.

Meine Angst übertrug sich langsam auf ihn.

»Du musst mit mir reden. Bitte.« Seine Worte schnürten mir die Kehle zu. Ich wollte nicht, dass er sich damit herumschlagen musste. Es reichte, dass es auf meinen Schultern lastete.

»Ich muss los.«, brachte ich mit erstickter Stimme hervor. Zum Glück war heute Freitag, und ich musste tatsächlich langsam in den Laden und dann zur Uni. Sosehr es auch schmerzte, ihn stehen zu lassen, ich wand mich aus seinen Armen und taumelte einen Schritt zurück. Ich musste dringend hier weg. Weg von Kians gequältem Blick und weg von diesen Erinnerungen.

Also lief ich.
Weg.
Wie immer.

Den gesamten Vormittag im Laden und in der Uni verbrachte ich damit, darüber nachzugrübeln, was ich Kian erzählen konnte. Es war nicht fair gewesen, vor ihm davonzulaufen. Es war nicht fair gewesen, zu schweigen.

Er rief mich fünfmal an und schrieb mir mindestens sechs SMS, die ich allesamt ignorierte.

Das schlechte Gewissen verfolgte mich, ich schaffte es nicht mal, meine Mitschriften ordentlich zu führen. Ich würde diesen Tag auf jeden Fall nacharbeiten müssen.

Am Nachmittag fuhr ich zu Ella.

Sie riss ihre Wohnungstür auf, noch bevor ich klingeln konnte.

»Ihr seid unmöglich«, schimpfte sie, während sie mich über die Türschwelle zog.

»Hat Kian dich angerufen?«, fragte ich, während ich mich von Schuhen und Jacke befreite. Wir gingen ins Wohnzimmer, und Ella nickte. Stöhnend ließ ich mich in die Kissen des Sofas fallen. Sie setzte sich neben mich und sah mich an.

»Es wäre wirklich besser, du würdest Kian erzählen, was Jase getan hat.«

Ich erwiderte ihren Blick und blieb stumm. Sie wusste ganz genau, wie schwer es für mich war, selbst mit *ihr* darüber zu reden.

Seufzend schüttelte sie den Kopf.

»So trampelt er nur auf deinen Gefühlen rum, wenn er über Jase redet.«

»Ella, ich kann nicht.« Verzweifelt rang ich die Hände. »Er würde denken, es wäre seine Schuld. Er würde denken, wäre er damals nicht gegangen, wäre das alles nicht passiert.« Ich senkte den Blick. Dabei hatte er keine Wahl gehabt, als mit seinen Eltern umzuziehen. »Ich würde nicht wollen, dass er das denkt«, flüsterte ich.

Kians Bild von seinem damaligen besten Freund würde sich in Luft auflösen.

Dass Ella nickte, machte es nicht gerade besser.

»Das musst du in Kauf nehmen.«

Wie bitte? Ich schnappte nach Luft.

»Niemals.«

Auf keinen Fall würde ich ihm das antun.

»June, glaubst du nicht, dass es so viel schlimmer für ihn ist?«

Ich schüttelte den Kopf.

»Aber ich glaube das. Du musst mit ihm reden.«

Ich stieß einen frustrierten Laut aus.

»Ella, es tut weh, verdammt.«

Ihr Gesichtsausdruck veränderte sich. Als würde sie sich endlich erinnern.

»Okay«, murmelte sie leise. Sie hob den Blick und sah mir in die Augen. »Dann erzähl ihm nicht von damals, aber hör wenigstens auf, ihn zu ignorieren.« Eindringlich sah sie mich an. »Er macht sich Sorgen.«

Ich vergrub das Gesicht in den Händen.

»Was soll ich ihm denn sagen?« Ich ballte eine Hand

zur Faust und öffnete sie wieder. »Wie soll ich ihm erklären, dass sein bester Freund zu einem Arschloch mutiert ist?«

Wieder seufzte sie. Darauf hatte auch sie keine Antwort.

Als ich später nach Hause fuhr, hatte ich ein schlechtes Gewissen. Ich hatte auf keine von Kians Nachrichten geantwortet.

Er war allerdings nicht da und ließ mich ganze zwei Stunden warten. Als ich kurz davor war durchzudrehen, klappte endlich die Wohnungstür. Ich sprintete regelrecht in den Flur. Kian fing mich in seinen Armen auf.

»Tut mir leid«, murmelte ich sofort.

»Mir tut es leid, ich hätte dir nicht so viele Fragen stellen sollen.«

Wir umarmten uns, ohne all das zu sagen, was noch zwischen uns stand.

»Ich vermisse dich, June.«

»Ich stehe neben dir.«

»Das meine ich nicht.« Er zog mich näher an sich. So nah, dass ich seinen Herzschlag spüren konnte. Es war kein gleichmäßiger Rhythmus zu erkennen. Es schlug wild in seiner Brust.

»Ich vermisse es, alles an dir zu kennen.« Er holte tief Luft. »Ich vermisse die Zeit, in der wir eine Seele waren.«

Ich schloss die Augen und versuchte, den Schmerz zu unterdrücken.

# Kapitel 12

Anfang April gingen wir anbaden.

Zwar bibberte ich schon allein bei dem Gedanken daran, aber immerhin schien heute die Sonne.

Nebeneinander radelten wir den Weg zum Dry City Lake entlang. Als wir ankamen, war ich mit einem Schlag wie in der Zeit zurückversetzt. Wir waren wieder sechzehn, schwammen um die Wette, warfen uns gegenseitig Bälle zu, und Ella und ich sprangen von Kians Schultern ins Wasser.

Ich konnte es vor mir sehen.

»Wow.« Ella hatte vergessen zu treten, und ihr Fahrrad schwankte bedächtig zur Seite. Sie starrte jedoch nur auf den See hinaus, ohne es zu merken. Kian stieg ab und packte Ellas Rad mit beiden Händen, damit sie nicht umkippte.

»Das fühlt sich an wie damals«, brachte sie erstickt hervor.

Nickend ließ ich meinen Blick über den Wald am gegenüberliegenden Ufer schweifen.

Ja.

Unsere Räder landeten achtlos im Gras. Sogar ich bekam jetzt Lust, baden zu gehen. Ella machte sich nicht mal die Mühe, ihr Handtuch auszubreiten. Sie streifte sich Schuhe und Jeans ab und war schon auf dem Weg zum Wasser.

»Wer zuerst an der Boje ist«, rief sie.

*Oder wer zuerst erfroren ist*, dachte ich.

Kian und ich warfen uns einen Blick zu. Keine zwei Sekunden später waren wir Ella dicht auf den Fersen. Kian überholte sie und tauchte unter, noch bevor Ella das Wasser überhaupt erreicht hatte. Ich kam gleichzeitig mit Ella an und zog scharf die Luft ein, als meine Füße nass wurden und die Kälte in jede einzelne Faser meines Körpers drang. Ella machte sogar einen Satz zurück. Ich konnte mir ein Grinsen nicht verkneifen. Wer wollte noch mal anbaden?

Ich schrie auf, als eine Ladung Wasser mich traf. Ella keuchte neben mir.

Kians tiefes Lachen fuhr mir durch den gesamten Körper.

*Rache.*

*Jetzt.*

Ich tauchte meine Hände ins Wasser und riss sie hoch. Ein Schwall Wasser traf meinen besten Freund. Er lachte nur weiter. Super.

Ich tauchte unter. Sekundenlang nahm mir die Kälte alle Sinne, dann öffnete ich die Augen. Der See war trüb, nur vereinzelt sah ich Luftblasen, die Kian und Ella produzierten. Ich schloss die Augen und gab mich der Tiefe des Wassers hin.

Als ich wieder auftauchte, hatte ich keine Chance, zu Atem zu kommen, denn ein Wasserstrahl traf mich.

Wir waren eindeutig kein Stück erwachsen geworden.

Ella ließ sich auf dem Rücken in Richtung Boje treiben. Sie hatte die Augen geschlossen und die Arme ausgebreitet.

Ich sah zu Kian. Er rieb sich über das Gesicht, und als er die Hände sinken ließ, konnte ich sehen, warum.

In seinen Augen schimmerten Tränen.

Ich stieß mich vom Boden ab und war mit wenigen Zügen bei ihm. Ich schlang die Arme um seine harte Brust und hielt ihn fest, bis er sich entspannte und die Umarmung erwiderte.

»Ich habe nur Wasser in die Augen bekommen.«

Ich stieß bei seinen Worten ein leises Lachen aus.

»Klar.«

Jetzt war er es, der mich fester an sich drückte.

»Ich kann einfach nicht glauben, dass ich wieder hier sein kann. Mit euch.« Er schluckte. »Ich dachte immer, ich würde euch nie wiedersehen.«

Ich kannte dieses Gefühl. Zu gut.

Wie musste es sich erst anfühlen, wenn man das über seine *beiden* besten Freunde dachte? Und sein Zuhause?

»Ey, wollt ihr mich gewinnen lassen, oder was?«, schrie Ella von weiter draußen. Sie hatte den Weg zur Boje schon zur Hälfte zurückgelegt.

Wir nahmen die Verfolgung auf.

Mühelos überholte Kian Ella und erreichte die Boje als Erster. Mit einem selbstgefälligen Lächeln erwartete er uns. Keine Spur mehr von dem Mann, der in meinen Armen weinte.

»Wer ist der Schnellste der Welt?« Kian klopfte sich auf die Brust und reckte anschließend die Faust in den Himmel. Ella und ich verdrehten gleichzeitig die Augen.

»Usain Boldt«, erwiderte sie trocken.

»Der ist aber kein Schwimmer«, entgegnete ich.

»Wer ist der schnellste Schwimmer?« Er trommelte einen Trommelwirbel aufs Wasser und riss die Arme hoch.

»Kian Winter.«

Ella und ich brachen in Gelächter aus.

Kian ließ sich auf den Rücken gleiten und grinste den Himmel an. Er hatte diesen ganz bestimmten Blick, der nur beim Schwimmen oder wenn er Gitarre spielte zum Vorschein kam. Die Vorstellung, dass er sieben Jahre nicht so glücklich ausgesehen haben könnte, ließ mich erschauern.

»Können wir das bitte öfter machen?« Kian war zu mir geschwommen und strahlte mich an.

»So oft du willst«, antwortete ich lächelnd. »Aber nur, wenn wir jetzt rausgehen. Ich erfriere.«

Er packte mich an den Hüften, hob mich hoch und warf mich ein paar Meter weiter ins Wasser.

Schnaufend und prustend tauchte ich wieder auf.

»Ich glaube, du schläfst heute auf dem Boden. Er scheint ja sowieso dein Freund geworden zu sein.«

Seine Augenbrauen schossen in die Höhe, und sein Grinsen wurde fast schon ekelhaft selbstgefällig.

Ich starrte ein bisschen zu lange auf seinen Mund.

Er kam einen Schritt auf mich zu.

Seit wann wurden meine Knie in seiner Nähe so weich?

»Kannst du denn einschlafen, wenn du nicht in meinem Arm liegst?«

Ich riss meinen Blick von seinem Mund los und schnaubte.

*Nein.*

»Ja, danke der Nachfrage, das habe ich sieben Jahre lang ganz gut hinbekommen.«

Idiot. Und ich machte mir Gedanken um weiche Knie.

Er stieß ein Lachen aus.

»Gelogen.« Er beugte sich ein Stück zu mir herüber. »In Wirklichkeit hast du dir gewünscht, ich würde neben dir liegen.«

Wie konnte es sein, dass er immer genau wusste, was ich dachte?

## Kapitel 13

Ich sortierte die Ausdrucke und legte sie ordentlich übereinander. Ich hatte mich noch immer nicht entschieden, welche Kurse ich im nächsten Jahr belegen wollte. In meinem *letzten Jahr*.

Ganz oben auf dem Stapel lag mein Wunsch. Dieses Blattpapier war getränkt mit Hoffnungen. Insgeheim wusste ich genau, was ich wollte. Ich wusste genau, was ich mir für meine Zukunft vorstellte und welche Kurse ich im nächsten Jahr belegen wollte. Aber die Angst ließ mich meine Entscheidung noch immer hinauszögern. Ich ließ die Papiere auf den Schreibtisch fallen und drehte mich zu Kian um. Er lag auf dem Bett, hatte meinen Laptop auf den Beinen und betrachtete interessiert den Bildschirm.

»Die Medien schreiben so viel Müll, es ist kaum zu glauben.« Verächtlich schüttelte er den Kopf. »Die haben doch keine Ahnung, wie das Leben der Promis tatsächlich aussieht.«

Ich schubste den Drehstuhl, auf dem ich saß, an und ließ das Zimmer an mir vorbeisausen.

»Stimmt«, antwortete ich ihm, als sein verschwommener Umriss an mir vorbeikam. Genau aus diesem Grund las ich solchen Klatsch überhaupt nicht. »Zum Glück sind wir ja keine Promis, da haben wir diese Probleme nicht.«

Mein Stuhl hörte auf, sich zu drehen, und ich seufzte theatralisch.

»Sehr witzig.« Ein Kissen flog in meine Richtung. Lachend fing ich es auf und warf es zurück. Es landete auf dem Laptop, was Kian die Sicht auf den Bildschirm versperrte. Gespielt verärgert funkelte er mich an, legte das Kissen zur Seite und klappte den Laptop zu.

»Na warte!« Er sprang auf und war so schnell bei mir, dass ich nicht mal Zeit hatte zu blinzeln. Mit einer einzigen schnellen Bewegung hatte er mich über seine Schulter geworfen, und ich hing kopfüber. Verärgert versuchte ich mich aus seinem Griff zu befreien, was so gut wie unmöglich war. Über die Jahre war er echt stark geworden.

»Ich arbeite jetzt übrigens im *Clara's*«, teilte er mir mit.

Das Blut stieg mir in den Kopf.

»Kommst du vor Langeweile um?«, neckte ich ihn, obwohl ich mich für ihn freute.

Kian drehte sich im Kreis, mir wurde übel.

»Kian!«

Dieser Blödmann. Wenn er nicht sofort aufhörte, würde ich mich übergeben. Auf ihn.

Er stoppte seine Drehbewegung.

»Ja?«

Ich knurrte.

»Runter.«

»Du möchtest runter?«

Ich gab nur einen genervten Laut von mir.

»Na gut, diesen Wunsch kann ich dir natürlich nicht

abschlagen.« Er lief ein paar Schritte und warf mich aufs Bett. Ich funkelte ihn an.

»Ist das deine Masche, wie du Frauen ins Bett bekommst?«

»Jop.« Sein Grinsen hätte breiter nicht sein können, als er sich neben mich fallen ließ.

»Jetzt werde ich dich verführen. Du wirst mir zu Füßen liegen.«

Er kam näher. Viel näher, beugte sich über mich, als würde er mich küssen wollen.

Meine Atmung vertausendfachte sich. Obwohl nun eigentlich mehr Sauerstoff in meiner Lunge hätte sein müssen, hatte ich trotzdem das Gefühl, keine Luft mehr zu bekommen. Hitze sammelte sich in meinem Magen, und mein Herz pochte heftig.

Kurz bevor sein Gesicht meines berührte, hielt er in der Bewegung inne. Er war mir so nah, dass sein Atem meine Haut streifte.

»Und es klappt ziemlich gut, was?« Seine Augen leuchteten.

Ich hätte so gerne etwas Herablassendes gesagt, aber ich war wie gelähmt.

Er senkte seine Lippen noch ein winziges Stück weiter nach unten. Nur noch Millimeter trennten uns.

Wir hatten uns einmal bei einem Theaterstück in der Schule geküsst. Für uns beide der erste Kuss, und trotzdem ohne Bedeutung. Es hatte sich nicht so angefühlt wie jetzt.

Das Klopfen meines Herzens legte einen Trommelwirbel hin, und meine Brust zog sich schmerzhaft zusammen.

Himmel, das ging zu weit. Viel zu weit. Wir durften uns nicht so nah sein.

Er war nur Kian.

Entschlossen stemmte ich meine Hände gegen seinen Brustkorb und schob ihn von mir. Er ließ sich neben mich auf den Rücken fallen und seufzte schwer.

»Du gibst mir einen Korb?«

Ich sah ihn an und konnte endlich wieder frei atmen. Ein Lächeln umspielte meine Lippen.

»Ich kann dir ja nicht unnötig Hoffnungen machen.«

Er verzog das Gesicht.

»Es bricht mir das Herz, dass du dir keinen Kuss von mir wünschst.«

»Du wirst es überleben.«

»Da wäre ich mir nicht so sicher.«

Ich seufzte und wandte den Blick ab.

Wir blieben nebeneinander liegen, ohne uns zu berühren. Es war eine angenehme Stille. Die Art von Stille, in der beide in ihren eigenen Gedanken schwebten und wir trotzdem nicht alleine waren.

Ich drehte meinen Kopf, um ihn wieder anzusehen. Er hatte die Augen geschlossen und atmete ruhig.

Als er sie öffnete, fiel sein Blick auf mich. Seine Lippen verzogen sich zu einem Grinsen.

»Und schon wieder starrst du mich an.«

Ich verdrehte die Augen.

»Und schon wieder stelle ich fest, wie eingebildet du geworden bist.«

»Und heiß«, fügte er hinzu.

Ich verdrehte erneut die Augen. Jemand musste ihn dringend auf den Boden der Tatsachen zurück bringen. Mein Körper schien allerdings ein Eigenleben zu haben.

»Jap«, hörte ich mich sagen und schlug mir im selben Moment die Hand vor den Mund. Das hatte ich nicht wirklich laut ausgesprochen? Seine Augen leuchteten, und plötzlich fand ich mich unter ihm wieder. Er stützte die Hände rechts und links neben meinem Kopf ab und sah mich an. Sein Blick war so intensiv, dass ich scharf die Luft einzog.

»Du gibst es zu?« Seine Stimme hatte einen rauen Unterton angenommen.

Ich rollte die Augen, um mein Geständnis abzuschwächen.

»Gibt es nicht wesentlich interessantere Dinge, über die wir reden könnten?«, fragte ich, um ihm auszuweichen.

Er musterte mich, noch immer grinsend.

»Das hier ist gerade das Spannendste.«

»Das hier?«

Er nicke heftig.

»June Pepper hat gestanden, dass sie mich heiß findet. Das sollten wir feiern, findest du nicht?«

Ich schnaubte.

»Ich finde dich nicht heiß, ich finde dich einfach nur ...«

Ich verstummte, bevor ich *schön* sagen konnte. Das wäre wirklich zu weit gegangen. »Und außerdem«, fuhr ich schnell fort. »Findest du mich süß, also sei mal ganz leise.«

Jetzt wurde sein Blick ernst. Jegliches Grinsen war aus seinem Gesicht verschwunden.

»June, du bist viel mehr als süß.« Seine Stimme hatte

wieder diesen rauen Unterton angenommen. Keine Spur mehr von Belustigung. Mein Herz zog sich zusammen.

»Du bist …«

Die Zimmertür wurde schwungvoll aufgerissen, und Pekka stand im Raum.

»Pizza ist da«, verkündete er, bevor er zwischen uns beiden hin- und hersah. »Hab ich gestört?«

Ich hätte nicht erwartet, diese Frage jemals aus Pekkas Mund zu hören.

»Ja«, knurrte Kian leise.

»Nein«, sagte ich.

Erst zwei Stunden später, nach dem Abendessen und nachdem wir ein bisschen Zeit mit Simon und Pekka verbracht hatten, waren wir wieder alleine. Kian lag auf dem Bett und las in einem Buch, während ich am Schreibtisch saß. Ich machte Hausarbeiten, aber der Stapel Papier, den ich vorhin zur Seite gelegte hatte, lächelte mich die ganze Zeit an. Vorsichtig nahm ich die oberste Seite in die Hand und starrte auf die Worte, die darauf gedruckt waren.

*Modern Publishing*, hieß der Kurs, in dem ein dreimonatiges Praktikum mit einbegriffen war. Ich könnte in dieser Zeit in einer Literaturagentur arbeiten, ich könnte erfahren, wie es sich anfühlen würde. Ich schloss für eine Sekunde die Augen. Dann ließ ich die Seite wieder auf den Tisch fallen.

Das würde ich niemals schaffen.

Hände legten sich auf meine Schultern.

Ich hob den Kopf in den Nacken, um Kian anzusehen.

Er starrte auf die Seite vor mir. Ich folgte seinem Blick, und sofort brach Schweiß auf meiner Stirn aus. Fahrig griff ich nach anderen Papieren und schob sie über die Kursbeschreibung.

»Praktikum in Verlag oder Literaturagentur?«, fragte Kian.

Meine Hände klammerten sich um die Tischkante.

»Ich hab mir nur die Kurse für den nächsten Term angesehen.«

Er riss die Augen auf. »Nächster Term«, murmelte er leise. »Du planst ja weit im Voraus.«

Ich runzelte die Stirn. Weit? Der nächste Term fing nach dem Sommer an.

»Tust du das nicht?«, fragte ich, um von mir abzulenken.

Seine Hände krampften sich in meine Schultern.

»Ich plane nicht«, sagte er nach einer Minute des Schweigens. »Ich lebe.«

*Okay.*

Ich drehte mich, um ihn anzusehen. In seinen Augen loderte ein Feuer. Aber kein gutes.

Ich öffnete den Mund, um etwas zu sagen, doch er kam mir zuvor.

»Hast du dich schon entschieden?« Er griff nach den Papieren, die vor mir auf dem Tisch lagen.

*Ablenkung.*

Er tat genau das Gleiche wie ich. Wir versuchten hinter die Mauern des anderen zu blicken, um unsere eigenen höher ziehen zu können.

Ich griff nach seiner Hand und umklammerte sie.

Früher hätte er sich diese Papiere nicht mal ansehen müssen. Er hätte einfach gewusst, welche Kurse infrage kamen. Er hatte mich gekannt.

Langsam löste ich meine Hände von seinen und zog die Kursbeschreibung unter den anderen Papieren hervor.

Ich ließ zu, dass er sie nahm und las.

»Möchtest du das machen? Später?«

Ich erschrak vor dieser Frage, die ich mir selbst nie traute zu stellen.

»Was meinst du?«, krächzte ich, um Zeit zu gewinnen. Meine Hände zitterten.

Er lächelte leicht. »Möchtest du Lektorin werden?«

Mit jeder Sekunde die verstrich, sickerten seine Worte tiefer. Sein Blick hielt meinen fest, ich schaffte es nicht, wegzusehen. Seine Worte schwirrten in meinem Kopf. Ich presste meine verschwitzten Hände gegen meinen Bauch, während sich ein verräterisches Brennen hinter meinen Augen bemerkbar machte.

*Willst du Lektorin werden?*

Ich konnte ihm nicht antworten, ich fand keine Worte, und meine Tränen hätten ohnehin zu sehr auf meine Stimme gedrückt. Ich nahm Kian die Papiere aus der Hand und warf sie auf den Schreibtisch. Langsam stand ich auf.

»June?«

Ich presste mir die Hände vors Gesicht und schüttelte den Kopf.

»Hey.« Vorsichtig zog Kian an meinen Händen. »June, sieh mich an.«

Widerwillig hob ich den Blick, Tränen verschleierten

meine Sicht. Ich blinzelte, um wieder klar sehen zu können. Gerade rechtzeitig erkannte ich, wie sich etwas in seinem Blick veränderte.

»Ich wollte nichts Falsches fragen.«

Es kostete mich große Anstrengung, die Tränen nicht über meine Wangen rollen zu lassen.

Ich schüttelte den Kopf.

»Du hast nichts Falsches …« Ich rang nach Luft, da mir andernfalls ein Schluchzer über die Lippen gekommen wäre.

»Ich bin nur einfach ein totales Wrack.« Die Worte rutschten mir von den Lippen, als müsste statt des Schluchzers irgendetwas anderes aus mir heraus.

Kian riss die Augen auf.

»Das stimmt nicht.« Seine Stimme klang verzweifelt.

Wenn er wüsste.

Ich war zerbrochen.

Ich würde niemals die Kraft haben, ihm zu sagen, warum eine einzige Frage über meine Träume mich so sehr aus der Bahn werfen konnte. Ich wollte meine Träume verwirklichen, aber das hieß nicht, dass ich den Mut dazu besaß. Schon gar nicht den Mut dazu, sie vor anderen zu rechtfertigen.

Er umschloss mein Gesicht mit beiden Händen.

»Das stimmt nicht«, wiederholte er, obwohl wir beide wussten, dass es eine Lüge war.

Wenig später gingen wir ins Bett. Wir sprachen nicht mehr über meine Kurse oder über die Zukunft.

Wir kuschelten uns nebeneinander in die Kissen, ohne uns zu berühren. Gemeinsam starrten wir an die Decke.

Ich drehte den Kopf und sah Kian an, betrachtete die Konturen seines Gesichts und verlor mich in diesem Anblick.

Er war der Mensch, dem ich immer alles hatte anvertrauen können. Ohne jegliche Ausnahme.

Die Ausnahmen machte ich erst, seit er nach Sydney gegangen war.

Gerade, als ich den Blick wieder abwenden wollte, drehte er sich mir zu. Er sah mir in die Augen und in meine Seele. Drang zu dem Ort vor, der einst wie ein Teil von ihm gewesen war.

»Es ist nur ein dummer Traum«, brach es schließlich aus mir heraus.

»Was ist nur ein Traum?«, hakte er vorsichtig nach.

Ich schluckte schwer. Ich hätte meine Klappe halten sollen. Sonst konnte ich das schließlich auch so gut.

Aufmerksam sah er mich an. »Was ist dein Traum, June?« Seine Stimme war beinahe ein Flüstern.

Seinem Blick ausweichend, starrte ich an die Decke.

Ich hatte es noch nie ausgesprochen.

»Ich möchte nicht Lektorin werden«, murmelte ich leise. »Jedenfalls nicht nur.«

»Was möchtest du werden?«, fragte Kian. Er drang mit dieser Frage weiter vor, als er es wissen konnte.

Und ich, ich gab ihm alles.

»Ich würde irgendwann gerne meine eigene Literaturagentur haben.«

Ich sprach viel zu schnell und undeutlich. Als er nichts erwiderte, öffnete ich die geschlossenen Augen.

Auf Kians Lippen war der Ansatz eines Lächelns getreten.

»Ich finde nicht, dass es ein *dummer* Traum ist.« Seine Hand hatte eine meiner Haarsträhnen eingefangen und drehte sie zwischen seinen Fingern. Ich schloss die Augen wieder.

»Du brauchst nur ein bisschen mehr Vertrauen in dich selbst.«

Genau da lag das Problem.

Ich müsste meine Angst überwinden, selbstsicher auftreten und fremde Menschen von meiner Arbeit überzeugen.

Ich brummte etwas Unverständliches.

Er veränderte seine Position, sodass wir näher beieinanderlagen. Sanft berührten seine Finger meine Wange.

Mein Herz raste.

Seine Lippen waren nur Zentimeter von meinen entfernt.

Ich verkrampfte mich. Aber Kian küsste mich nicht, sondern lehnte seine Stirn vorsichtig gegen meine.

»Ich glaube an dich«, flüsterte er. »Auch wenn du es nicht tust.«

Ich unterdrückte die Welle der Gefühle, die aus mir herauszubrechen drohte, und versuchte zu lächeln.

Erst jetzt, da sein Atem über meine Haut streifte, merkte ich, dass ich meinen eigenen eine ganze Weile angehalten hatte. Langsam atmete ich wieder ein.

»Danke«, flüsterte ich tonlos.

Er hatte keine Ahnung, wie viel mir diese Worte bedeuteten.

Wir waren uns so nah, dass ich seinen Herzschlag spüren konnte. Er war nicht so schnell wie mein eigener, aber dennoch aus dem Rhythmus geraten. Gegen meinen Willen machten meine Hände sich selbstständig und fuhren über seine Schultern und durch sein Haar. Kian sog scharf die Luft ein, und der Beat in seiner Brust beschleunigte sich. Er tastete nach meiner Hand, zog sie aus seinem Haar und verschränkte unsere Finger miteinander, was seinen Herzschlag wieder etwas beruhigte. Ich schloss die Augen und versuchte, ruhig zu atmen.

Himmel, hatte ich gerade wirklich gedacht, er wollte mich küssen?

Kian würde mich niemals küssen.

Kian war mein bester Freund.

## Kapitel 14

Ich konnte nicht fassen, dass ich davon geträumt hatte, den Mann, der gerade die Badezimmertür geöffnet hatte, zu küssen. Er ging mir auf die Nerven.

»Kian, ich dusche.«

Er stieß ein Lachen aus. »Das habe ich mitbekommen.« Ungerührt klappte er den Toilettendeckel hoch. Ich stöhnte auf.

»Bitte. Geh. Raus.«

Wieder stieß er nur ein Lachen aus.

Wie war er überhaupt hereingekommen? Hatte ich wirklich nicht abgeschlossen?

»June, wir haben uns so oft ein Bad geteilt, da kommt es auf dieses eine Mal wirklich nicht mehr an.«

Manchmal wollte ich ihm wirklich gerne in die Eier treten. Seufzend wusch ich mir die Seife aus den Haaren.

Wenigstens der Duschvorhang war blickdicht. Immerhin etwas.

Ich hörte das Plätschern in der Toilette und konnte ein erneutes Stöhnen nicht unterdrücken.

»Kian, ich dusche wirklich gerne. Alleine.«

»Bist du dir sicher?« Er betätigte die Klospülung, und ich verdrehte die Augen.

Ich erstarrte, als sich der Duschvorhand bewegte und

Kians Gesicht dahinter auftauchte. So schnell ich konnte, riss ich ihm den Vorhang aus der Hand, um damit das Nötigste zu bedecken. Der Blick, mit dem er mich ansah, sagte mir allerdings, dass er *alles* gesehen hatte.

»Todsicher« antwortete ich ihm eisig, in der Hoffnung, er würde sich verziehen. Tat er aber nicht.

»Schade, ich hatte heute Morgen nämlich noch keine Dusche.« Er grinste. »Und ich dusche wirklich gerne. In Gesellschaft.«

Ich fixierte ihn mit einem vernichtenden Blick.

»Vorzugsweise deine Gesellschaft.« Er zupfte an dem Duschvorhang, den ich krampfhaft umklammerte. »Außerdem würde ich mir das hier gerne genauer ansehen.«

Okay, das reichte. Eindeutig. Warnend hob ich einen Finger in Richtung Tür, trotzdem musste auch ich mir ein Lächeln verkneifen. »Du solltest besser diese Tür benutzen.«

Wieder lachte er.

»Auch nicht, wenn ich dir danach einen Kaffee mache?« Er setzte ein unschuldiges Gesicht auf und sah mich bettelnd an.

»Wenn du jetzt diese Tür benutzt und mir einen Kaffee machst, werde ich vielleicht einen etwas tieferen Ausschnitt anziehen.«

»Mach mir keine leeren Versprechungen, du hast kein einziges Oberteil mit einem tiefen Ausschnitt.«

Verflucht. Er hatte recht.

»Darauf achtest du also, ja?«, fragte ich, während ich versuchte, den Duschvorhang etwas höher zu ziehen.

»Jeden Tag.«

Ich stöhnte auf und wedelte mit der Hand, um ihn zu verscheuchen. »Verpiss dich endlich.«

Er fasste sich an die Brust, als hätte ich ihn schwer getroffen.

»Wie oft willst du mir noch das Herz brechen?«

»So oft es nötig ist, bis du dieses Bad verlässt«, zischte ich.

Endlich trat er ein paar Schritte zurück. Grinste aber noch immer.

»Tür zu«, rief ich ihm nach und ließ den Duschvorhang zurück an seinen Platz gleiten.

»Du hast es so gewollt. Kein Kaffee für dich.« Damit fiel die Tür ins Schloss.

*Mistkerl.*

Hitze schoss in meinen Magen, als ich daran dachte, dass er mich nackt gesehen hatte.

Und nicht nur in meinen Magen.

*Himmel.* Kopfschüttelnd stellte ich das Wasser ab.

Was war das gerade? Würde ich Kian nicht über alles lieben, hätte ich mich vielleicht belästigt gefühlt. Aber so war es nicht. Er hatte mich angesehen, als wäre ich der schönste Mensch auf der Welt.

Zaghaft zupfte ein Lächeln an meinen Mundwinkeln. Trotzdem, ich würde nie wieder vergessen, diese Tür abzuschließen, so viel stand fest.

Als ich in die Küche trat, schlug mir ein herrlicher Duft entgegen. Simon stand am Herd und wendete Pfannkuchen.

Kian saß am Tisch und reduzierte den Stapel Pfannkuchen auf dem Teller vor ihm.

Als Simon mich erblickte, holte er eine Tasse aus dem Schrank und wollte sie mit Kaffee füllen, da hob Kian die Hand.

»Kein Kaffee für June.«

Stöhnend ließ ich mich am Tisch nieder und warf ihm vernichtende Blicke zu.

Simon zuckte nur die Schultern, füllte die Tasse, ohne auf Kian einzugehen, und stellte sie vor mir ab. Ich bedankte mich lächelnd, bevor ich mich zu Kian umdrehte.

»Wenigstens ein Gentleman in diesem Haus.« Ich seufzte theatralisch.

Kian nahm sich grinsend einen neuen Pfannkuchen, und auch ich griff nach einem. Dummerweise berührten sich dabei unsere Finger, und er hielt meine für winzige Sekunden fest. Mein Blick schnellte zu seinen Augen, und der Ausdruck darin ließ mich kurz vergessen, was ich eigentlich hatte tun wollen.

Einen Pfannkuchen nehmen. Richtig.

Ich zog meine Hand zurück und biss in den Pfannkuchen. Kian starrte mich an.

Simon hatte auch den letzten Rest Teig zu einem Genuss verarbeitet und auf dem Berg vor Kian und mir abgelegt.

Er räumte seine Pfanne und das Besteck, das er benutzt hatte, ins Waschbecken und teilte mir mit, dass wir ja später den Abwasch machen könnten, da wir uns an seinem Essen bedienten.

Ich stöhnte, obwohl es mehr als fair war.

Später machten Kian und ich tatsächlich den Abwasch. Das Gute an Samstagen war, dass man endlich Zeit für derartige Taten hatte. Um uns den Spaß zu versüßen, hörten wir ein Album von *Yellowcard*. Ich hievte das Geschirr aus dem Waschbecken auf die Ablage daneben und ließ Wasser einlaufen, während Kian sich ein Handtuch nahm. Wir tippten beide mit den Füßen im Takt. Ich manchmal auch außerhalb des Taktes, aber wen störte das schon?

Ich versenkte die ersten Teller im Spülwasser, während ich leise die Melodie von *The Sound Of You And Me* summte. Wir kannten die Lyrics beide in- und auswendig, es gab keine Stelle in diesen Songs, die uns nicht vertraut war.

Eine schöne Vorstellung, dass wir wenigstens über die Musik verbunden gewesen waren.

Sieben Jahre.

Während ich die Teller wusch, tanzte Kian zwischen Spülbecken und Schrank hin und her.

Unsere Hände berührten sich jedes Mal, wenn ich ihm einen Teller reichte, und jedes Mal war es mir überdeutlich bewusst. Irgendwann verstaute Kian die letzte Schüssel und schloss die Schranktür, bevor er sich zu mir umdrehte. Es hatte gar nicht so lange gedauert, wie wir gedacht hatten.

Er warf mir das Handtuch zu, und ich trocknete mir die Hände ab, bevor ich es aufhängte.

Kian tanzte durch den Raum.

Lächelnd lehnte ich an der Ablage und beobachtete ihn. Auch wenn ich mir sicher war, dass er sich gerade keine besonders große Mühe gab, machte er eine ziemliche gute Figur bei dem, was er tat. Er drehte sich ein bisschen im Kreis, erwischte mich beim Starren und breitete die Arme aus. Eine stumme Aufforderung, mit ihm zu tanzen.

Ich lächelte.

Mit wenigen Schritten war ich bei ihm und ließ mich von ihm herumwirbeln.

Wir tanzten wild und ausgelassen, ohne jegliche Raffinesse.

Ich liebte jede Sekunde.

Es gab nur noch mich und Kian.

Ich ertrank in seinem Blick und er in meinem.

Wir blieben stehen. Schaukelten beinah nur noch.

Meine Hände lagen in seinem Nacken, seine an meiner Hüfte.

Mein Herz pochte gegen seines.

»Wir sind zu langsam, um auf der Musik zu sein«, murmelte er.

Ich wollte nichts daran ändern.

Er scheinbar auch nicht.

Der Song wurde von *Sing For Me* abgelöst.

Seine Stirn sackte gegen meine.

Ich schloss die Augen.

Wir atmeten die Luft des anderen.

»Ich will dich etwas fragen.« Seine Stimme war nicht mehr als ein Flüstern.

Mein Herzschlag beschleunigte sich.

»Frag nicht«, flüsterte ich zurück. »Bitte frag nicht.«

Unsere Lippen schwebten übereinander.
Millimeter.
»Du wirst es bereuen.« Sein Atem berührte meine Haut. Ich erschauderte leicht.
*Küss mich*, flehte ich stumm.
»Egal.« Meine Stimme war nicht mehr als ein Flüstern.
Die erste Begegnung unserer Lippen war nur der Hauch einer Berührung, als wüssten wir beide nicht, was wir da eigentlich taten. Die zweite Begegnung war intensiver. Er verstärkte den Druck seiner Lippen auf meinen und küsste mich richtig.
Mein Herz raste.
*Follow your heart, it's never wrong ...*
Obwohl die Lyrics des Songs wie aus weiter Ferne zu mir durchdrangen, verstand ich doch jedes Wort.
Ich folgte meinem Herzen und erwiderte seinen Kuss.
Obwohl es Kian war, den ich küsste.
Obwohl dieser Kuss tiefer ging als unsere Freundschaft.
Er tastete sich langsam heran und immer weiter vor, was mich völlig verrückt nach mehr machte.
Ich öffnete meine Lippen und konnte ein Stöhnen nur mit Mühe unterdrücken, als unsere Zungen übereinanderfuhren. Kian hatte es nicht unterdrücken können, und das Geräusch vibrierte in meiner Brust. Das brennende Gefühl breitete sich in meinem gesamten Körper aus.
Ich bekam den besten Kuss meines Lebens von einem Mann, mit dem ich nackt zusammen im Sandkasten gespielt hatte.
Der Kuss wurde träger.

Die letzte Berührung unserer Lippen war wieder nur der Hauch einer Berührung.

Flackernd öffnete ich meine Lider und starrte in Kians Augen. Seine Pupillen waren geweitet, das Braun darin fast schwarz. Seine Stirn ruhte an meiner. Seine Hände hielten meine Wangen fest umschlossen. Ich umklammerte seine Handgelenke.

So standen wir da. Schwiegen uns an. Und zum ersten Mal, seit ich Kian kannte, hatte ich das Gefühl, dass die Stille, die uns umgab, nicht zum Aushalten war.

Ich holte Luft. »Freundschaft ist viel wertvoller.«

Er senkte den Blick.

»Du wirst mich nicht verlieren June.«

Sein Blick suchte meinen. »Niemals.«

Meine Augen brannten. Obwohl er unmöglich wissen konnte, wie viele Freunde ich schon verloren hatte, konnte er doch so einfach fühlen, wovor ich Angst hatte.

»Trotzdem«, flüsterte ich. Obwohl ich mir insgeheim weitere Küsse wie diesen wünschte.

Ich konnte sehen, wie etwas in seinen Augen zerbrach und er sein Grinsen wie eine Maske aufsetzte.

»Du gibst mir wieder einen Korb?«

Ich nickte und zog ihn in eine Umarmung.

Eine freundschaftliche Umarmung.

## Kapitel 15

Ella holte uns ab, bevor eine peinliche Stille entstehen konnte. Wir fuhren nebeneinander zum See, aber ich war mit meinen Gedanken noch immer in der Küche. Ich verfluchte Kians Kuss, und gleichzeitig wünschte ich ihn mir so sehr ein zweites Mal herbei, dass es schmerzte.

»Er hat mich immer noch nicht angerufen«, holten Ellas Worte mich zurück auf die Straße.

Kian hob beide Augenbrauen. »Dieser Dilan ist nicht der Richtige für dich.«

»Er organisiert Demos für die Umwelt und ist Feminist«, sagte ich trocken.

Kian verdrehte die Augen.

»Aber er ignoriert mich.« Ella seufzte.

Kian zuckte die Schultern und wich einem Zweig aus, der mitten auf dem Fahrradstreifen lag. »Du bist eh kein Beziehungsmensch.«

Ella starrte auf einen Punkt vor uns. Sie presste die Lippen zusammen, ehe sie Kian anfunkelte.

»Nicht alle haben einen besten Freund, der mit ihnen schläft.«

Ich zuckte zusammen.

Spürte Kians Lippen wieder auf meinen.

Er stieß ein heiseres Lachen aus, dann schüttelte er

den Kopf. »Ich hatte gehofft, du sagst das Gegenteil.« Er zwinkerte ihr zu. Belustigung in seinem Blick. Keine Spur von dem Funkeln, das zusätzlich in seinen Augen lag, wenn er diese Witze mir gegenüber machte.

Ella warf mir einen Blick zu, ein müdes Grinsen auf den Lippen.

»Vorsicht, sonst wird June eifersüchtig.«

Ich schnaubte. Auf Ella? Nicht in hundert Jahren. Ich zeigte ihr einen Vogel.

Wir verbrachten einen tollen Tag am See. Während der Dry City Lake ruhig neben uns lag, redeten wir, picknickten, lachten und rissen Witze. Aber im Gegensatz zu sonst schien die Welt heute stehen zu bleiben, wann immer Kians Blick meinen traf. Es war unmöglich, den Kuss zu vergessen.

Ella sprang von ihrem Handtuch auf. »Wer zuerst im Wasser ist.«

Sie sprintete los. Kian und ich rannten hinterher. Ich beschleunigte meine Schritte, um Ella einzuholen, dummerweise übersah ich dabei die Baumwurzel, die kurz vor dem See aus dem Boden ragte. Meine Füße wurden praktisch unter mir weggezogen, und ich fiel. Mit dem Gesicht voran. Erst im letzten Moment streckte ich die Hände aus. Gerade rechtzeitig. Eine Sekunde später, und mein Gesicht hätte Bekanntschaft mit dem Boden gemacht. Meine Nase schwebte nur Millimeter über den Grashalmen. Stöhnend drehte ich meinen Kopf und ließ meine Wange auf den Boden sinken. Erst da drang das Lachen zu mir durch. Widerwillig drehte ich mich um. Kian stand ungefähr einen Meter neben mir und lachte. Laut und frei.

Früher hätte ich spätestens jetzt gegrinst, vermutlich sogar mitgelacht.

Früher.

Ella tauchte in meinem Blickfeld auf. Sie reichte mir ihre Hände und ich ließ mich von ihr hochziehen.

Das Lachen klingelte in meinen Ohren.

Ella klopfte mir den Dreck von der Jacke, bevor sie Kian einen bösen Blick zuwarf.

In mir breitete sich Panik aus. Ein Sturz und das anschließende Lachen waren mir viel zu vertraut.

Kians Lachen hätte auch das von Jase sein können.

Meine Hände zitterten, und ich ballte sie zu Fäusten.

*Selbst zu dumm, um zu laufen.*

Ich spürte Ellas Hand auf meiner Schulter, konnte aber nur Kian anstarren. Ausgerechnet er. Ausgerechnet er lachte mich aus, der Mensch, von dem ich es niemals erwartet hätte.

Ella rüttelte an meiner Schulter. »June, sieh mich an, nicht ihn«, flehte sie.

Ich konnte mich nicht bewegen. Erst als sie mich an beiden Schultern packte und zu sich herumriss, sah ich sie an.

Ella lachte nicht. Ihr Blick war wissend und mitfühlend.

»Hör auf, Kian«, sagte sie, ohne den Blick von mir zu nehmen.

Er reagierte nicht.

*Was kannst du eigentlich?*

Inzwischen zitterten auch meine Beine.

»Kian, hör auf!«, wiederholte Ella, diesmal schrie sie fast.

Das Lachen erstarb.

»Shit, hast du dich verletzt, June?«

Mit wenigen Schritten war er bei uns. Der Belustigung in seinem Gesicht war Besorgnis gewichen.

»Nein«, krächzte ich. Nicht körperlich.

Ich taumelte einen Schritt zurück.

Kian wollte mir folgen, doch Ella hatte eine Hand auf seinen Brustkorb gepresst und hielt ihn damit auf.

Ich drehte mich um und lief zurück zu unseren Fahrrädern.

Kurz bevor ich sie erreicht hatte, schob sich eine Hand in meine. Ella lächelte mich an. Krampfhaft versuchte ich, es zu erwidern, doch sie schüttelte unmerklich den Kopf, als wüsste sie, dass ich es nicht konnte. Kian tauchte an meiner anderen Seite auf. Er trat vor mich und hinderte mich damit am Weitergehen.

»Was ist los?« Fast eindringlich stellte er diese Frage.

»Ist es, weil ich gelacht habe? June, das tut mir leid.« Er schluckte und biss sich auf die Unterlippe. »Es sah nur wirklich witzig aus. Das war nicht böse gemeint.«

Das wusste ich. Verflucht. Das wusste ich wirklich, aber deswegen schmerzte es nicht weniger.

»Kian, halt einfach mal fünf Minuten die Klappe«, motzte Ella ihn an. Sie zog mich in ihre Arme und hielt mich, so fest sie konnte.

Ich klammerte mich zitternd an sie.

Kian schwieg.

Das Problem war nur, es war nicht aufgehoben. Ich wusste, dass er wieder nachfragen würde.

## Kapitel 16

An diesem Morgen war ich froh, als der Wecker klingelte. Ich wollte nichts als aufstehen, und Koffein in mich hineinkippen. Seit dem Kuss vor zwei Tagen konnte ich nicht mehr schlafen. Ich lag wach und dachte darüber nach, während Kian neben mir seelenruhig schlief und ich problemlos eine ganze Reihe an Fotos hätte aufnehmen können. Aber meine Gedanken plagten mich nicht nur nachts, sondern auch tagsüber.

*Do you remember when I said you were my only one ...*

Mitten auf dem Gehweg trat ich in die Bremsen und stoppte mein Rad so abrupt, dass Dreck aufwirbelte. Ich riss mir die Kopfhörer aus den Ohren und stopfte sie in meine Tasche.

Das war echt mies.

Seit Samstag konnte ich dieses Album nicht mehr hören, weil jeder einzelne Satz der Lyrics mich an diesen verfluchten Kuss erinnerte.

*Toll*. Das war eins meiner liebsten Alben gewesen.

Erst, als ich im Antiquariat ankam, atmete ich erleichtert durch. Das hier war der richtige Ort, um auf andere Gedanken zu kommen. Hier fühlte ich mich wohl, und hier würde ich vielleicht sogar diesen Kuss und auch die Erinnerungen an damals wenigstens für eine Weile in meinen Hinterkopf verbannen können. Die Türglocke bimmelte leise, als ich eintrat. Ms Louis kam mir lächelnd entgegen.

»Dahinten sucht jemand einen Fantasyroman.« Sie deutete in die ungefähre Richtung, in der wir dieses Genre aufbewahrten. Ich nickte und beeilte mich, meine Tasche nach hinten zu bringen, bevor ich den Weg zu dem Kunden einschlug. Ms Louis machte sich nicht viel aus Fantasy, weshalb sie diese Kunden meistens mir überließ. Im Vorbeigehen zog ich ein etwas dickeres Buch aus dem Regal. Es war der Auftakt einer Trilogie, und ich hatte es, trotz seiner knapp 850 Seiten, in wenigen Tagen verschlungen.

Ich bog um die Ecke und wollte gerade Hallo sagen, als mir die Worte im Hals stecken blieben.

Ich starrte in giftgrüne Augen.

Mein Körper verharrte an Ort und Stelle. Meine Hände versagten ihren Dienst und ließen das Buch fallen.

Ich kannte diese Augen.

Viel zu gut.

Was tat er hier?

Er las nicht. Nie.

*Er.* Jase.

*Jase.* Sein Name hallte in meinem Kopf wider. Panik überschwemmte mich, und damit kam Leben zurück in meine Gliedmaßen. Hektisch bückte ich mich nach dem Buch und presste es an meine Brust, in der Hoffnung, es würde mir Halt geben. Gleichzeitig taumelte ich einen Schritt zurück.

Er sah genauso aus wie im Club. Verwaschene Jeans, schlichtes T-Shirt. Und noch immer dieselben blonden Locken wie damals. Nur seine Gesichtszüge waren kantiger als vor sechs Jahren. Das Schlimmste aber war, dass er noch immer dieselbe einschüchternde Wirkung auf mich hatte.

»Hi«, presste er leise hervor. Seine Lippen verzogen sich zu einem halben Lächeln.

Seine Stimme versetzte mich zurück in die Schulflure. Ich wich einen Schritt zurück. Er durfte nicht weitersprechen, er würde mich mit jedem weiteren Satz zunichtemachen.

»June …« Er folgte mir, und ich zuckte zusammen. Meinen Namen kannte ich aus seinem Mund nur noch in einem gehässigen Tonfall.

Ich konnte ihm nicht antworten, es war, als hätte er meine Stimmbänder stillgelegt. Genau wie früher. Meine Hände zitterten, und ich umklammerte das Buch fester. Tatsächlich gab mir der harte Einband ein wenig Halt. Jase öffnete den Mund, um etwas zu sagen, schüttelte dann aber den Kopf. Fast schuldbewusst senkte er seinen Blick auf den Boden. Ich krallte meine Hände noch fester in den Einband des Buches. Er hob wieder den Kopf und versuchte sich erneut an einem Lächeln.

»Was wolltest du mir da empfehlen?« Er deutete auf das Buch. Ich schnappte nach Luft. Das konnte ja wohl unmöglich sein Ernst sein. Er konnte doch nicht von mir erwarten, dass ich Small Talk mit ihm führen, geschweige denn, ihm ein Buch empfehlen würde? Ich schluckte, versuchte das trockene Gefühl in meinem Hals loszuwerden, aber es ließ sich nicht vertreiben. Nach all den Jahren war ich noch immer genauso schwach.

Wut keimte in mir auf. Ich musste verdammt noch mal etwas sagen. Nur war genau das das Problem. Etwas zu sagen.

»Na, habt ihr was Gutes gefunden?«

Ms Louis. Ich drehte mich zu ihr um, als wäre ich eine Ertrinkende und sie das einzige Land weit und breit. Meine Muskeln entspannten sich ein bisschen.

»Ja«, sagte Jase und lächelte sie an.

»Nein«, sagte ich im selben Moment. Es war das Erste, was ich sagte, und sein Blick schnellte zu mir. Er ließ ihn kurz auf mir verweilen, bevor er sich wieder an Ms Louis wandte.

»Ma'am, könnte ich vielleicht kurz mit June alleine sprechen?«

Eine Falte bildete sich auf Ms Louis Stirn.

»Kennt ihr euch?« Missbilligend sah sie zwischen mir und Jase hin und her. Jase schenkte ihr ein breites Lächeln.

»Von früher«, beantwortete er ihre Frage, und ich hätte am liebsten geschrien.

*Wir kennen uns von früher* war genauso sehr eine Untertreibung wie *Es ist viel passiert*.

»Oh.« Ms Louis Augen leuchten. »Selbstverständlich, bestimmt habt ihr euch viel zu erzählen.«

Nein. *Nein.* Jase hatte sie ernsthaft mit seinem Lächeln um den Finger gewickelt. Und das in nur wenigen Sekunden. Respekt. Aber anstatt zu widersprechen, anstatt irgendetwas zu sagen, schwieg ich. Genau wie damals. Ich hatte mich kein Stück gebessert, noch immer war ich das kleine, feige, vor Panik fast in sich zusammenfallende Mädchen.

»Setzt euch doch nach draußen, ich mache euch einen Tee. Oder lieber einen Kaffee?« Fragend sah sie uns an.

»Einen Kaffee für June und einen Tee für mich.« Wieder lächelte Jase sie an.

»Herrlich, du kennst sie.« Gut gelaunt entfernte Ms Louis sich.

*Herrlich?* Dass Jase mich kannte, war so ungefähr das Gegenteil von herrlich. Es hatte mich damals in die Tiefen gestürzt. Er hatte genau gewusst, wie er mich zerstören konnte.

Jase deutete in Richtung Ausgang. Eine stumme Aufforderung, Ms Louis' Vorschlag nachzukommen. Obwohl sich alles in mir dagegen sträubte, zwang ich mich, ihm zu folgen. So bekam ich ihn wenigstens aus dem Laden raus.

Er setzte sich mir gegenüber an den kleinen Tisch vor den Fenstern und betrachtete mich, ohne, dass sein Gesicht jegliche Emotion durchsickern ließ. Ich umklammerte noch immer das Buch in meiner Hand.

»Wie geht es dir?«, fragte er schließlich leise. Ich unterdrückte ein ironisches Lachen. Wie sollte es mir schon gehen, wenn er mir gegenübersaß? Als ihm klar wurde, dass ich nicht antworten würde, seufzte er und ergriff wieder das Wort. »June, es tut mir leid.«

Angst breitete sich bei seinen Worten in meinem Magen aus. Ich wusste nicht, was er hier plante, aber eines wusste ich ganz sicher: Das, was er damals getan hatte, würde ich nicht noch ein zweites Mal durchstehen.

Ich war froh, als Ms Louis ihn unterbrach, indem sie Kaffee und Tee brachte. Während Jase sofort nach seiner Tasse griff, ließ ich meine unberührt auf dem Tisch stehen. Hilfe suchend drehte ich mich zu Ms Louis um, aber sie war schon wieder verschwunden.

»Ich weiß, du willst mich nicht sehen, und es tut mir leid, dass ich hier einfach so auftauche.« Jase stellte die Tasse zurück auf den Tisch. »Aber ich bereue wirklich, was damals passiert ist, und als ich dich letztens in dem Club gesehen habe …«, er verstummte, als er meinen Blick bemerkte. Ich presste meinen Kiefer so fest aufeinander, dass es schmerzte.

»June.« Er senkte die Stimme, bis sie nur noch ein Flüstern war. »Ich bin nicht hier, um dich fertigzumachen, bitte entspann dich ein wenig.«

Entspannen? Dass ich nicht lache!

Jase hatte sich damals keine einzige Chance entgehen lassen, mich fertigzumachen. Er hatte immer weiter, immer tiefer zugestochen und keinen Gedanken daran verschwendet, wie es mir dabei ging. Und jetzt glaubte er allen Ernstes, ich würde mich in seiner Gegenwart entspannen?

»Das habe ich lange genug getan, finde ich«, sprach er leise weiter. Reue schwang in seiner Stimme mit. Oder bildete ich mir das nur ein?

»Ich will mich wirklich entschuldigen.« Emotionslos hob er einen Mundwinkel. »Ich weiß, das geht nicht von heute auf morgen, und sicher nicht jetzt sofort.« Er suchte meinen Blick. »Aber vielleicht kannst du mir irgendwann glauben.«

Ich schwieg. Ausnahmsweise nicht, weil ich meine

Stimme verloren hatte, sondern weil mir die Worte fehlten. Ich hätte gerne sarkastisch aufgelacht, aber seine Worte klangen so verflucht ehrlich.

»Bitte sag etwas.«

»Geh«, brachte ich mit erstickter Stimme hervor. Jase zuckte zusammen, als hätte ich ihn geohrfeigt.

»Nein, June, du verstehst mich falsch. Ich bereue es. Wirklich.« Verzweifelt fuhr er sich durch die blonden Locken. »Ich weiß, dass ich nicht wiedergutmachen kann, was ich getan habe, aber ich möchte mich wirklich entschuldigen. Bitte, lass es mich versuchen.«

Ich verzog das Gesicht. Er hatte mein Vertrauen schon einmal missbraucht. Wie konnte er erwarten, dass ich ihm irgendetwas glaubte?

»Geh«, wiederholte ich, diesmal mit etwas mehr Klarheit in der Stimme.

»Bitte«, flehte er. »Willst du mir nicht lieber irgendwas an den Kopf werfen? Ich hab es verdient, dass du mich beleidigst.«

Fassungslos starrte ich ihn an. War er irre?

Jase hatte mir gezeigt, wie scheiße es war, andere Menschen zu beleidigen, wenn man es tatsächlich ernst meinte. Seit damals hatte ich niemandem mehr eine Beleidigung an den Kopf geworfen. Gut, bis auf Ella und Kian, aber das war etwas anders. Wir taten es zum Spaß, um darüber zu lachen. Wir wussten, dass es keiner von uns ernst meinte. Langsam schüttelte ich den Kopf.

»Nein, Jase«, antwortete ich ihm ruhig. »Denn ich bin nicht so wie du.«

Meine Worte trafen ihn härter als jede Beleidigung. Ich konnte es in seinem Blick sehen. Aber vielleicht bildete ich mir das auch nur ein. Bei Jase wusste man nie.

»Glaubst du, wir können uns wiedersehen?«

Ich starrte ihn einen Moment lang an, dann schüttelte ich fassungslos den Kopf.

»Du kannst auch Kian mitbringen.«

Jede einzelne Alarmglocke in meinem Kopf schrillte auf.

Ich hob den Blick und sah Jase an, alle Vorsicht wich von mir. Plötzlich hatte ich keine Angst mehr vor ihm, sondern nur noch um Kian.

»Kian weiß nichts von damals«, sagte ich. »Und das wird auch so bleiben.«

Überrascht sah Jase mich an. »Du hast Geheimnisse vor ihm?« *Bam.* Genau ins Schwarze getroffen. Ich zuckte zusammen. Das war der Jase, den ich kannte.

»Ich versuche lediglich, sein Bild von euch allen aufrechtzuerhalten«, presste ich schließlich hervor. Auch wenn es eine Lüge war. Ich hätte kein Problem damit, würde Kian Jases wahres Gesicht kennen. Das Problem war, es ihm zu erzählen.

»June, Kian und ich, wir …«

»Es gibt kein Kian und du«, schnitt ich ihm das Wort ab und überraschte mich selbst damit. »Wenn Kian von damals wüsste, könntest du von Glück reden, noch am Leben zu sein.« Ich rang nach Luft, weil diese Worte mich zu viel Sauerstoff gekostet hatten. Jase verzog das Gesicht.

»Ich weiß«, flüsterte er. »Scheiße, das weiß ich.« Er sah

mich lange an. Bis er sich eine Serviette unter dem Stein, der sie am Wegfliegen hinderte, hervorzog und etwas daraufschrieb. Er schob sie mir über den Tisch hinweg zu und steckte den Stift zurück in seine Jacke. Eine Nummer war auf das Stück Papier geschrieben. »Ich möchte es wirklich wiedergutmachen. Bitte, versuch mich anzurufen.«

Plötzlich war die Angst wieder da und raubte mir erneut die Fähigkeit, Worte zu formen. Ich konnte nicht sprechen.

»Denk wenigstens darüber nach«, murmelte er, bevor er sich endlich verabschiedete. Ich antwortete ihm nicht. Ich starrte nur auf das Stück Papier vor mir. Benommen lauschte ich seinen Schritten, die immer leiser wurden und schließlich ganz verklangen. Erst, als ich mir sicher sein konnte, dass er außer Sichtweite war, konnte ich mich wieder bewegen. Ich sackte in mich zusammen. Ein Schluchzer erschütterte meinen Körper.

Ich starrte auf die Zahlen vor mir, ohne sie richtig zu sehen.

Langsam löste ich den Griff um das Buch, das ich noch immer in der Hand hielt, und legte es in meinen Schoß. Dann nahm ich die Serviette und riss sie in zwei Teile.

Ich hatte keine Ahnung, wie ich es nach Hause geschafft hatte, aber als ich endlich den Schlüssel im Schloss herumdrehte und unsere Wohnungstür aufschwang, gaben meine vier Wände mir wenigstens ein bisschen Halt.

Ich hatte Jase den gesamten Weg über nicht aus dem Kopf bekommen, ebenso wenig seine Worte. Immer wieder ging ich sie durch, als könnte ich dadurch endlich

Antworten bekommen. Aber da waren keine. Es brachte mich nur noch mehr durcheinander. Hinter meiner Stirn pochte es.

Ich befreite mich von Schuhen und Jacke, ließ meinen Rucksack achtlos neben der Garderobe fallen und ging ins Bad. Dort ließ ich meine Klamotten ebenso achtlos zu Boden fallen wie zuvor meinen Rucksack. Unter der Dusche zuckte ich zuerst vor dem kalten Strahl zurück, aber als ich mein Gesicht darunterhielt, schloss ich die Augen. Ich zitterte, aber die Kälte tötete für eine Weile meine Gedanken.

Nur in ein Handtuch gewickelt, verließ ich das Bad. In meinem Zimmer kroch ich ins Bett. Ich lehnte meinen Rücken gegen die Wand, und auch mein Kopf sackte nach hinten. Tränen verschleierten meine Sicht. Die Worte von damals brachen über mir zusammen wie eine alles niederreißende Welle. Worte, denen alle Glauben geschenkt hatten. Sogar ich selbst irgendwann. Sie hatten mich von innen heraus zerfressen, und sie taten es noch heute, obwohl das alles so lange her war, dass ich es längst vergessen haben sollte.

Ein Schluchzer entrann meiner Kehle. Ich zog meine Knie an und ließ meinen Kopf daraufsinken.

Ich musste das alles endlich vergessen. Ich musste verdammt noch mal daran arbeiten. Gleich nachdem ich diese Heulattacke überwunden hatte.

Irgendwann wusste ich nicht mehr, wie spät es war. Aber die Tränen rannen noch immer über meine Wangen.

Ich zuckte zusammen, als jemand meinen Namen sagte, entspannte mich aber im selben Moment wieder. Es war nur Kian. Ich hob den Kopf, um ihn anzusehen, konnte durch den Tränenschleier allerdings nichts erkennen.

»Scheiße, June, was ist passiert?« Die Matratze neben mir gab nach und ich blinzelte mehrmals, bis ich seine Umrisse richtig erkennen konnte. Er hatte das Gesicht sorgenvoll verzogen. Sein Anblick drückte nur noch mehr auf meine Tränendrüsen.

»Hey«, raunte er leise.

Er schlang die Arme um mich, ich presste mein Gesicht an seine Brust und atmete seinen vertrauten Geruch ein.

Zuhause.

Mehr Tränen trauten sich nach draußen.

Er ließ mich eine ganze Weile weinen, bevor er eine Hand an meine Wange legte, sodass ich ihn ansehen musste.

»Rede mit mir«, flüsterte er.

Ich wollte nicht reden. Ich wollte vergessen.

»Ich mache mir Sorgen.« Er kam ein Stück näher und, Scheiße, das half dabei, zu vergessen. Ich verringerte den Abstand zwischen uns, bis ich seinen Atem auf meinem Gesicht spürte. Auf meiner nassen Haut fühlte er sich kalt an.

Ich wollte mehr. Genug, damit mein Gehirn nicht mehr wusste, wie man dachte. Genug, damit ich all diese Erinnerungen an Jase vergaß.

Vorsichtig legte ich meine Lippen auf seine. Er erstarrte, was mich nicht davon abhielt, meinen Mund auf seinem zu bewegen. Seine Hände krampften sich in meine Haut. Er bewegte sich keinen Millimeter. Bis er seinen Mund von meinem wegzog.

»Ich will das«, murmelte er. Seine Stimme war rau und viel tiefer als noch gerade eben. Kurz fanden unsere Münder sich erneut, aber auch dieses Mal zog Kian uns auseinander. »Aber nicht so.« Er atmete hörbar aus. »Du solltest mich nicht küssen, nur um nicht reden zu müssen.«

Ich vergrub mein Gesicht an seiner Brust.

Wie konnte ich so rücksichtslos sein?

Er machte sich ernsthafte Sorgen, und ich machte mir nicht die Mühe, ihn zu beruhigen, sondern küsste ihn? Großartig. Ich war eine tolle Freundin.

»Es ist okay«, flüsterte er, als hätte er meine Gedanken gelesen. Vorsichtig zog er mich komplett auf seinen Schoß.

In eine freundschaftliche Umarmung.

Eine Weile atmeten wir einfach nur zusammen, und meine Tränen versiegten.

Endlich.

Auch er bemerkte es, und wie von selbst fanden sich unsere Blicke. Er hob eine Hand und strich mir über die Wange.

Eine kleine Geste, mit der er die letzten Tränen beiseitewischte.

»Ich bin Jase begegnet.« Ich zuckte im selben Moment zusammen, in dem die Worte aus mir herausplatzten. Ich wollte den Kopf schütteln und den Blick abwenden, aber Kian umfasste mein Kinn, sodass ich seinem Blick standhalten musste.

Er schluckte schwer. »Was ist zwischen euch passiert?«

Diese Frage, der Blick aus seinen Augen und seine Nähe, das alles war mir auf einmal viel zu viel. Ich schob seine

Hände von mir und rutschte von seinem Schoß. Als hätte eine unsichtbare Macht uns diesen Befehl erteilt, rutschten wir in unterschiedliche Ecken des Bettes, weg voneinander.

»Kian, ich …« *Kann nicht darüber reden*, hätte ich beinah gesagt, stattdessen biss ich mir auf die Unterlippe. Dieses Argument zog vielleicht bei Simon oder Pekka, aber nicht bei Kian.

»Du kannst nicht darüber reden?«, fragte er, und ich verfluchte sein Talent, Gedanken lesen zu können. Langsam nickte ich. Er seufzte, aber schließlich lächelte er. »Ich kann dich nicht zwingen.«

Ich öffnete den Mund, doch er unterbrach mich mit einem Kopfschütteln. »Ich bin der Letzte, der dich dazu zwingen kann, June.«

*Okay.*

»Und will«, fügte er hinzu.

Wir schwiegen.

All die unausgesprochenen Sätze hingen zwischen uns in der Luft, und mein schlechtes Gewissen nagte schmerzhaft an mir. Dabei lag es nicht nur an mir, dass wir uns nicht mehr in- und auswendig kannten. Kian hatte noch kein einziges Wort über seine Zeit in Sydney verloren, und ich hatte ihn auch nicht gefragt.

Wir sahen einander an. Seine Mundwinkel wanderten in die Höhe. »Ich hab wirklich eine verdammt gute Selbstbeherrschung, aber ich bin kein Heiliger.« Verständnislos starrte ich ihn an. Ich konnte das ungläubige *Hä?*, das auf meinen Lippen lag, gerade noch zurückhalten. Wortlos deutete er auf meine Brust. »Bitte, zieh dir etwas an.«

Langsam sah ich an mir herunter und hätte meinen hochroten Kopf am liebsten in den Kissen vergraben. Himmel, ich trug noch immer nur ein Handtuch. Kians Grinsen wurde noch eine Spur breiter.

»Du kannst es natürlich auch einfach ausziehen …« Dahin flogen die Schamgefühle. Ein Kissen traf seinen Kopf.

»Träum weiter«, stieß ich zwischen zusammengebissenen Zähnen aus, musste aber lächeln.

»Oh, jede Nacht.«

Jetzt musste ich richtig lachen. Zum ersten Mal, seit ich Jase heute begegnet war, musste ich lachen. Es war erstaunlich, wie leicht Kian das schaffte.

»Demütigend, wie wenig du meine Worte ernst nimmst.« Er schüttelte den Kopf, konnte sich das Grinsen aber selbst nicht verkneifen. Ich stand auf und ging zu meiner Kommode hinüber. Ich zog meine Schlafanzughose und ein viel zu großes T-Shirt heraus und dreht mich wieder zu Kian um.

»Muss ich dich rausschmeißen, oder schaffst du es, wegzusehen?«

»Wird schwierig, aber dank meiner ausgeprägten Selbstbeherrschung sollte ich es schaffen.« Er zwinkerte mir zu, was bescheuert und gut zugleich aussah. Ich verdrehte die Augen, und er kniff seine zusammen. »Das ist so unnötig«, murrte er dabei. »Ich hab dich schon oft genug nackt gesehen.«

»Betonung auf *genug*«, erwiderte ich trocken und löste mein Handtuch. Ich streifte mir die Kleidungsstücke so schnell über, wie ich es vermutlich noch nie in meinem Leben getan hatte, erst dann kroch ich zurück zu ihm ins

Bett. Er presste die Lider noch immer aufeinander, obwohl er längst mitbekommen haben musste, dass die Matratze neben ihm nachgegeben hatte. Machte der Idiot sich etwa über mich lustig?

Grinsend öffnete er die Augen und stürzte sich ohne jegliche Vorwarnung auf mich. Er kitzelte mich. Die nächsten zehn Minuten lachte ich so viel, wie ich es vor einigen Stunden nicht mehr für möglich gehalten hätte.

## Kapitel 17

Am darauffolgenden Tag schwänzte ich meine Schicht im Buchladen, um Kian an seinem neuen Arbeitsplatz zu besuchen. Ms Louis hatte damit kein Problem und mir am Telefon versichert, dass sie Kians Gesellschaft ebenfalls vorziehen würde. Ich hatte lediglich gelacht und ihr gesagt, dass ich einen Raum voller Bücher in den meisten Fällen jedem Menschen vorziehen würde, aber sie hatte mir nicht geglaubt. Und wenn ich ehrlich war, hatte ich mir selbst auch nicht geglaubt.

Es zauberte mir ein Lächeln auf die Lippen, als ich Kians Handschrift auf der kleinen Tafel vor der Tür entdeckte.

*Ich freu mich schon den ganzen Tag auf deinen Besuch.*

Das war mit Sicherheit nicht die Lebensweisheit, die am Morgen daraufgeschrieben worden war. Kopfschüttelnd überbrückte ich die wenigen Schritte zwischen mir und der Tür. Schlug mein Herz tatsächlich schneller?

Die vertraute Wärme des *Clara's* wehte mir entgegen, und das Lächeln in meinem Gesicht wurde breiter.

Nach all den Jahren fühlte es sich noch immer an, als würde man nach Hause kommen. Kian war der Erste, den ich sah. Meine Augen weiteten sich. Er trug ein schwarzes T-Shirt, auf dessen Rückseite der Name des Cafés prangte, und über seiner Jeans eine Schürze, die ihm bis knapp über die Knie ging. Ein einfaches Kellner-Outfit. Nur saß das T-Shirt so verflucht eng, dass man jeden einzelnen Muskel darunter sehen konnte. Er sah verdammt gut aus. Aber es war nicht nur das Outfit, sondern auch die Art, wie er neben dem Tisch stand und mit seinen Kunden sprach. Der aufmerksame Blick, mit dem er die Bestellung aufnahm, zog mich in seinen Bann.

Der kleine Junge an dem Tisch neben ihm, lächelte als Kian ihm unauffällig ein Bonbon zusteckte. Ich schmolz dahin.

Unbemerkt von seinen Eltern steckte er sich das Bonbon in den Mund, und Kian nahm das Papier wieder entgegen. Ich konnte meinen besten Freund nur anstarren. Ich hatte ihn schon so oft kellnern gesehen. Es war der einzige Job, den er jemals gemacht hatte, aber gerade wurde mir bewusst, warum. Er war gut darin, und das Funkeln in seinen Augen verriet, dass er es gerne tat.

Als Kian sich abwand und in Richtung der Theke zurückschlenderte, beeilte ich mich, ihm ein paar Schritte entgegenzulaufen.

»Ey, Bodybuilder, reicht dein Charme nicht aus, um das Vertrauen von Kindern zu gewinnen, musst du echt die Bestechungsnummer abziehen?«, fragte ich, als ich ihn erreicht hatte. Er wirbelte so schnell zu mir herum, dass er dabei fast einen Teller fallen ließ. Schnell stellte er ihn auf der Theke ab.

»Und du? Wie lange hast du in der Tür gestanden und gestarrt?«, fragte er ebenso wie ich ohne eine Begrüßung.

»Ich habe die Zeit nicht gestoppt, aber es dürften gut zwei Minuten gewesen sein.« Olaf begrüßte mich mit einem Küsschen auf die Wange, bevor er zwei Teller mit göttlich aussehendem Essen auf der Theke abstellte und wieder verschwand. Ich verdrehte die Augen. Kian stieß ein Lachen aus und deutete auf mich. »Ich wusste es.«

So wie er wahrscheinlich auch wusste, wie verdammt gut er aussah. Ich schob den Gedanken beiseite. Es machte ja doch keinen Unterschied. Jedenfalls nicht wirklich.

Kian griff nach den beiden voll beladenen Tellern und balancierte sie gekonnt auf einem Arm, während er mich mit dem anderen beiseiteschob.

»Ich hab dir unseren Tisch frei gehalten, soll ich dir einen Kaffee bringen?«

Ich nickte, während er seine Kunden bediente. Sein Lächeln schien mehr zu beinhalten als nur den Willen, freundlich zu sein.

Ich machte mich auf den Weg in den hinteren Teil des Cafés zu *unserem* Tisch. Kians Worte. Bei denen mein Herz unnötigerweise einen Sprung gemacht hatte.

Er hatte tatsächlich ein kleines *Reserviert*-Schild auf den Tisch gestellt. Ich setzte mich und schüttelte den Kopf. Ich widerstand dem Drang, mich nach dem Spinner umzusehen und ihn zu beobachten, stattdessen zog ich meinen Laptop aus dem Rucksack und klappte ihn auf. Es warteten noch ein paar Dinge darauf, erledigt zu werden, und hier war definitiv ein besserer Ort zum Lernen als Zuhause.

Es war zwar nicht ruhiger, aber die Atmosphäre hier war toll.

»Mit viel Kakao und Vanillesirup. Einfach widerlich.« Kian stellte eine große Tasse neben meinen Laptop ab. Ich funkelte zurück. Er trank seinen Kaffee mit Minz Creamer. *Das* war widerlich.

»Wie deine Sprüche«, erwiderte ich trocken und wandte mich wieder meinem Laptop zu, ohne ihn eines weiten Blickes zu würdigen.

»Oh nein, du kannst mir nichts vormachen.« Er beugte sich zu mir hinunter, bis seine Lippen kurz über meinem Ohr schwebten. »Ich weiß, wie gut du meine Sprüche findest.« Eine Gänsehaut breitet sich in meinem Nacken aus. Entschlossen schob ich ihn von mir und bedachte ihn mit hochgezogenen Augenbrauen.

»Na klar, ich kann mich gar nicht mehr halten vor Lachen.« Die Ironie triefte nur so aus meiner Stimme, aber Kian beeindruckte das nicht.

Als er lachend verschwand, atmete ich hörbar aus. Er hatte ein Kribbeln auf meiner Haut hinterlassen, das dem Gefühl nach dem Kuss verdammt ähnlich war. Ich zog die Schultern hoch und rieb mir über die Arme, obwohl mir kein bisschen kalt war. Ich konnte nur hoffen, dass es ab jetzt nicht immer so sein würde. Ich wollte nicht, dass sich noch mehr zwischen uns veränderte, und noch weniger wollte ich, dass er dieses Gefühl in mir auslöste. Das, was sich bereits verändert hatte, ignorierte ich, so gut es ging.

Ich öffnete ein neues Dokument auf meinem Laptop, um mit der Arbeit zu beginnen. Wie immer hatte ich mir schon längst alle Informationen herausgesucht und sie fein säuberlich aufgeschrieben. Die nächsten Stunden verbrachte ich damit, sie in einem Text zusammenzufügen.

»Immer noch am Arbeiten?« Kians Stimme drang wie durch Watte zu mir. Ich nahm kaum wahr, wie er sich neben mich setzte. Erst, als er mit dem Finger vor meinem Gesicht schnippte, sah ich auf und nickte.

Er trug wieder seine normalen Klamotten. Die braunen Locken waren ein wenig durcheinander. Eigentlich wie immer. Früher hatte ich ihn damit aufgezogen, heute musste ich allerdings zugeben, dass es ihm unverschämt gut stand. Er lehnte sich in seinem Stuhl zurück und lächelte mich an.

»Weißt du, June, ich habe nachgedacht.«

Stirnrunzelnd speicherte ich mein Dokument und wandte mich ihm zu.

»Worüber?«

»Über dich.«

Mein Herz setzte einen Schlag aus.

»Ich finde, du solltest den Kurs mit dem Praktikum nächstes Jahr belegen.« Er verschränkte die Arme hinter dem Kopf. »Ich helfe dir auch bei den Bewerbungen.«

Mein Puls raste. Meine Handflächen schwitzten.

»Wenn es dein Traum ist, sollten andere Optionen nicht mal zur Debatte stehen.«

Ich war verloren. Das verräterische Brennen hinter meinen Augen würde sich nicht mehr lange aufhalten lassen. Langsam schüttelte ich den Kopf. »Ich werde nicht gut genug sein«, flüsterte ich tonlos.

Jetzt schüttelte Kian den Kopf. »Das weißt du nicht, wenn du es nicht versuchst.«

Ich antwortete nicht. Ich wollte ihm nicht sagen, wie groß meine Angst war, zu scheitern und davor, was dann die Leute sagen würden.

Er suchte meinen Blick, während ich versuchte, seinem auszuweichen.

»Was habe ich verpasst?«, fragte Kian leise. »Die June, die ich kenne, hätte für ihren Traum gekämpft.«

Ich schwieg. Die June, die er gekannt hatte, existierte nicht mehr. Man hatte sie mir genommen, nachdem er gegangen war.

»Es gibt nichts, wovor du Angst haben musst«, sagte er und versuchte, meinen Blick aufzufangen, doch ich wich ihm noch immer aus.

Ich war froh, als Olaf, der abschließen wollte, nach uns rief. Ich hatte gar nicht gemerkt, dass es draußen schon dunkel geworden war und ich die Letzte war, die noch im Café saß. Es erklärte allerdings Kians Kleidungswechsel. Er bedachte mich mit einem letzten prüfenden Blick.

»Wirst du darüber nachdenken?«

»Vielleicht«, murmelte ich, konnte ihm aber noch immer nicht in die Augen sehen.

## Kapitel 18

»Komm schon, June.« Kate hielt mir die Tür nach draußen auf, und ich schlüpfte hindurch, ohne sie eines Blickes zu würdigen. Es regnete in Strömen, und zwar schon den ganzen Tag. Ich zog mir die Kapuze meiner Regenjacke tief ins Gesicht und schüttelte den Kopf.

»Vergiss es, ich werde dir Kians Nummer nicht geben.«

Ein Wassertropfen löste sich von Kates Nase, was witzig aussah, ihrem bettelnden Hundewelpen-Blick allerdings keinen Abbruch tat.

»Komm schon, es ist Freitagabend, und ich hatte seit zwei Wochen keinen Sex mehr.«

»Dein Problem, nicht meins«, erwiderte ich trocken. *Jedenfalls ganz bestimmt nicht Kians.*

»Und du willst mir weismachen, ihr seid nur Freunde?«, fragte sie, während sie eine Pfütze umrundete.

Ja, verdammt. Wir waren nur Freunde. Als wir um die Ecke bogen, seufzte sie verzückt auf. Langsam folgte ich ihrem Blick und hätte am liebsten frustriert aufgestöhnt.

Kian stand mit einem riesengroßen roten Regenschirm neben meinem Fahrrad und telefonierte. Kate hatte sich schon in Bewegung gesetzt und war mit wenigen Schritten bei ihm. Ich kam leider nicht ganz so schnell hinterher, sah aber, wie Kian verwundert den Kopf hob und auflegte, als Kate ihn ansprach. Keine zwei Sekunden später glitt sein Blick zu mir. Fragend hob er eine Augenbraue, ich schüttelte energisch den Kopf. Seine Mundwinkel zuckten.

Ich war endlich bei den beiden angekommen und durchbohrte erst Kate und dann meinen besten Freund mit Todesblicken. Das Zucken um Kians Mundwinkel verstärkte sich. Großartig.

»Sag Nein, was auch immer sie dich gefragt hat.« Ich schob mich an den beiden vorbei zu meinem Rad. »Was tust du überhaupt hier?«, fragte ich ihn fast im selben Atemzug und beugte mich hinunter, um das Schloss zu öffnen. Kian trat neben mich, um den Regenschirm über mich zu halten. Er war so groß, dass wir problemlos zu zweit darunterpassten. Wir und mein Fahrrad.

»Dir einen Regenschirm bringen, ich war mir sicher, dass du heute Morgen keinen mitgenommen hattest.«

»Ja, weil ich Fahrrad fahre«, erwiderte ich und zog das Rad aus dem Ständer.

Kate zupfte derweil an seinem Handy, das er noch immer in der Hand hielt.

»Darf ich dir wenigstens meine Nummer geben?«

Ich warf ihr einen vernichtenden Blick zu, während Kians Mundwinkel schon wieder in die Höhe wanderten. Ohne zu zögern, überließ er ihr das Handy. Ich schob mein Rad an ihnen vorbei und stapfte voraus.

Als wir Kate endlich an ihrem Wohnheim abgeliefert hatten und uns langsam entfernten, konnte ich wieder normal atmen.

»Gib mir dein Handy.« Auffordernd streckte ich Kian meine Hand entgegen. Er zog eine Augenbraue in die Höhe.

»Mit welchen Absichten?«

Ich schnaubte. »Damit ich ihre Nummer löschen kann.«

»June«, unterbrach er mich. Ich war allerdings noch nicht fertig.

»Sie ist wie Pekka«, informierte ich ihn über das Offensichtliche. Er lachte.

»Mach dir keine Sorgen, du hast mich ganz für dich allein.«

Ich biss die Zähne aufeinander. Er nahm den Regenschirm von der einen in die andere Hand und legte seinen freien Arm um mich.

»Meine Liebe zu dir ist stärker als der Drang nach körperlicher Nähe.« Er säuselte es fast, und ich konnte nicht anders, ich fiel in sein Lachen ein. Spielerisch boxte ich gegen seine Schulter.

»Spinner.«

»Ich meine es ernst.« Gespielt gekränkt sah er mich an.

»Das beruhigt mich natürlich«, stieß ich zwischen zwei Lachern hervor. Er verdrehte die Augen.

»Du solltest dringend an deiner Menschenkenntnis arbeiten.«

»Nicht nötig, ich kenne dich«, murmelte ich, auch wenn ich wusste, dass genau das nicht mehr zu hundert Prozent zutraf.

Ich kreischte, gleichzeitig sprang ich begeistert auf, um Pekka um den Hals zu fallen. Das Essay, an dem ich gearbeite hatte, war vergessen. Lachend erwiderte er meine Umarmung.

»Du bist …«, mir fehlten die richtigen Worte.

»Großartig? Fantastisch? Der Beste?«, schlug er vor, und ich bestätigte ihn sofort darin. Ausnahmsweise. Normalerweise hätte ich ihm einen Vogel gezeigt, aber nicht heute. Heute hätte ich ihn knutschen können.

»Das ist kein besonders guter Scherz«, kam es von Simon, der neben Kian auf dem Sofa saß und sich mit ihm ein Autorennen lieferte.

Pekka hob spöttisch eine Augenbraue.

»Sehe ich aus, als würde ich euch verarschen?«

Der Blick, mit dem wir ihn alle bedachten, war deutlich, denn der Spott wich aus seinem Gesicht, und er hob beschwichtigend die Hände. »Okay, okay.« Er grinste. »Aber dieses Mal meine ich es wirklich ernst.«

Er ließ sich zu den anderen aufs Sofa fallen, während ich mich wieder hinter meinen Laptop setzte.

»Meine Eltern sind über das Wochenende nicht da.« Pekka warf einen Blick in meine Richtung. »Das Haus liegt direkt am Meer.«

Ich konnte das erneute Kreischen gerade noch zurückhalten. Ein Wochenende am Meer.

Hammer.

Zwar war Bristol und damit das Meer nicht weit entfernt, aber wir redeten hier von einem Ferienhaus ganz für uns allein. Für umsonst.

Pekka streckte sich und entriss Simon den Controller. Er ließ Kian vorbeiziehen und fuhr Simons Wagen volle

Kanne gegen eine Wand. Kian gewann wenig später, und Pekka nickte zufrieden. Sein einziges Ziel war es gewesen, möglichst schnell mitspielen zu können. Typisch. Simon warf mir einen genervten Blick zu, doch ich grinste nur.

»Wir fahren echt alle zusammen weg?«

»In die Niederlande«, bestätigte er und stand auf.

»Ans Meer«, fügte Kian vom Sofa aus hinzu und warf mir einen vielsagenden Blick zu, wodurch er Pekkas Manöver zu spät bemerkte und fluchte.

»Hammer«, murmelte ich.

Schon jetzt malte ich mir den Strand und die Wellen aus. Zufrieden seufzend versank ich in diesem Strudel der Vorfreude und tauchte erst wieder daraus auf, als ich Kians Stimme hörte.

»So süß, wenn sie träumt.«

Ich öffnete die Augen, die ich unbewusst geschlossen hatte, und funkelte ihn an. Hätte ich ein Kissen gehabt, hätte dieses Bekanntschaft mit seinem Gesicht gemacht. Ich verkniff mir den bissigen Kommentar und aktivierte den Bildschirm meines Laptops wieder, um endlich an meinen Uni-Aufgaben zu arbeiten.

Kian und Pekka taten mir den Gefallen und stellten den Ton aus, während Simon in der Küche verschwand, um Abendessen zu machen. Es war einfach zu praktisch, mit einem Koch unter einem Dach zu wohnen.

Ich schrieb den gesamten Nachmittag, bis zum Abendessen, das göttlich war, und noch länger. Es war halb Elf, als ich den letzten Punkt setzte. Beide Essays waren geschrieben, ich würde sie nur noch einmal überarbeiten müssen, und dann wäre ich endgültig fertig.

»Hey, Streberin, wie wäre es mit schlafengehen?« Kian kam ins Wohnzimmer geschlendert und stellte sich hinter meinen Stuhl. Ich legte den Kopf in den Nacken, um ihn anzusehen. Er hatte sich schon ein paar Tage nicht rasiert und die Stoppeln standen ihm ziemlich gut. Vermutlich hätte alles an ihm gut ausgesehen. Ich zog die Augenbrauen zusammen, verärgert über meine eigenen Gedanken.

Schnell heftete ich den Blick wieder auf den Bildschirm.

»Ich wollte gerade Schluss machen«, sagte ich. Er blieb hinter mir stehen, während ich das Dokument speicherte, den Laptop herunterfuhr und ihn zuklappte. Mit Absicht vermied ich es, ihn anzusehen, während ich mich auf den Weg ins Bad machte. Gegen die Anziehung, die ich zu ihm spürte, konnte ich einfach nichts tun.

»June, mach hinne, es gibt Menschen, die aufs Klo müssen.«

Ich verdrehte die Augen. Wie lange war ich jetzt hier drin? Eine Minute? Ich steckte mir die Zahnbürste in den Mund und entriegelte die Tür. Kian schoss an mir vorbei in Richtung Toilette. Ich konnte ein Lachen nicht unterdrücken.

»So eine schwache Blase?«, fragte ich undeutlich, während ich der Tür einen Schubs gab und sie zufiel. Kian schnaubte. Ich wandte ihm den Rücken zu. Als er fertig war, er musste wirklich lange nicht mehr auf dem Klo gewesen sein, ging ich zum Waschbecken, um die Zahnbürste loszuwerden.

Als ich mich wieder zu Kian umdrehte, stand er näher bei mir, als ich es erwartet hatte. Sehr viel näher, nämlich genau vor mir. So nah, dass seine Brust meine berührte. Ich ignorierte das schnelle Pochen meines Herzens und wollte einen Schritt zurücktreten. Dummerweise bohrte sich das Waschbecken in meinen Rücken. Er deutete ein halbes Lächeln an, und augenblicklich wurde mein Blick von seinen Lippen angezogen. Erinnerungen an unseren Kuss flackerten vor meinem geistigen Auge auf und fachten die Hitze in meinem Inneren nur noch mehr an. Er hatte so schöne Lippen, und nachdem ich wusste, wie sie sich anfühlten, sehnte ich mich noch viel mehr nach ihnen als zuvor.

Er kam mir näher. Wir atmeten dieselbe Luft, ganz so als wäre dieser Fleck der einzige im Raum, der uns Sauerstoff geben könnte, und wir hätten keine andere Wahl, als uns so nah zu sein. Dabei hatten wir eine Wahl. Wir mussten das hier nicht tun.

»Ich sollte dich nicht küssen«, murmelte er, die Tiefe und Rauheit seiner Stimme jagten Schauer über meinen Rücken. Himmel. Hatte sich das schon beim letzten Mal so intensiv angefühlt? Ich konnte mich nicht erinnern.

»Nein«, murmelte ich, und gleichzeitig fielen unsere Blicke auf den Mund des anderen. Nein, er sollte mich wirklich nicht küssen, aber das bedeutete nicht, dass mein Körper nicht genau das verlangen würde.

»Es wäre falsch«, fügte ich hinzu, um mich selbst davon zu überzeugen.

»Verdammt falsch.« Kians Nicken war nicht mehr als eine winzige Bewegung, die seine Lippen meinen noch näher brachte. Alles in mir sehnte sich nach seinen Berührungen.

Wir setzten hier unsere Freundschaft aufs Spiel.

Langsam hob ich meine Hände und legte sie an seine Brust. Ich hatte ihn wegschieben wollen, aber ich konnte die Kraft dazu nicht aufbringen. Kian legte seine Hände auf meine. Ich spürte seinen viel zu schnellen Herzschlag.

Ich schloss die Augen, und als ich sie wieder öffnete, schaffte ich es, ihn von mir zu schieben. Gleichzeitig ließen wir die Hände sinken.

»Ich glaube, ich schlafe heute lieber auf dem Sofa.« Kians Stimme war kaum mehr als ein gekrächztes Flüstern. »Sonst kann ich für nichts garantieren.«

Ich nickte langsam, obwohl sich alles in mir dagegen sträubte.

»Vielleicht nicht nur heute«, hörte ich mich sagen und hätte mir am liebsten selbst eine Ohrfeige verpasst. Etwas in seinem Blick veränderte sich, doch er stimmte mir zu.

Wir gingen schlafen, und zum ersten Mal, seit Kian wieder da war, hatte ich Platz in meinem Bett und konnte mich ausstrecken.

Aber wem wollte ich hier eigentlich etwas vormachen? Eingequetscht neben Kian zu liegen und am nächsten Morgen zu lachen, weil wir einander im Schlaf aus dem Bett geschubst hatten, war um einiges schöner, als ganz alleine hier zu liegen, an die Decke zu starren und an die Person im Nebenraum zu denken.

## Kapitel 19

»Ich kann nicht glauben, dass wir echt schon morgen fahren.« Ich versuchte, eine Jeans in meinen Rucksack zu quetschen, obwohl er offensichtlich voll war. Kian grinste und zog den Reisverschluss seiner eigenen Tasche zu. Natürlich hatte er es geschafft, so zu packen, dass alles hineinging und nichts übrig blieb. Ich gab auf und warf die Jeans auf mein Bett. Ich würde sie einfach morgen früh anziehen. Mit einem Ächzten zog ich den Reisverschluss zu.

»Ein bisschen voll, hm?« Kian deutete auf meinen Rucksack.

Ich quittierte sein Grinsen mit einem Schnauben.

»Ist mir noch gar nicht aufgefallen.«

Er lachte.

Ich seufzte.

Nebeneinander setzten wir uns aufs Bett.

»Ich bin nervös.« Ich ließ meinen Kopf gegen die Wand sinken.

»Gibt es einen Grund dazu?«

Ich betrachtete ihn eine Weile schweigend. Die letzten Wochen waren wir einem Muster gefolgt. Kian hatte auf dem Sofa geschlafen, und wir waren uns nie näher als nötig gekommen. Jegliche Anziehungskraft zwischen uns hatten wir erstickt.

Mühsam wand ich den Blick von ihm ab.

»Ich habe Angst, dass sich etwas ändert.«

*Zu ehrlich.*

Ich war zu ehrlich in seiner Gegenwart.

»Zwischen uns«, murmelte ich. Er wartete, bis ich ihn ansah, erst dann antwortete er mir.

»Es wird sich nicht ändern. Nicht, wenn du es nicht willst.«

Ich konnte seinem Blick nicht standhalten. Er war viel zu intensiv.

»Im Ernst, June, wir werden nichts tun, was du nicht willst.« Es steckte so viel mehr hinter seinen Worten. Es war ein Versprechen, das er mir schenkte.

»Danke«, murmelte ich, weil ich genau wusste, wie viel Überwindung ihn diese Worte gekostet hatten.

»Wir werden nur Freunde sein, die zusammen wegfahren.«

Es klang, als wollte er damit nicht nur mich überzeugen.

Zusammengepfercht saßen wir am nächsten Tag in Simons großem VW-Bus. Simon fuhr, und Ella saß neben ihm, um aufzupassen, dass er den Wagen nicht zu Schrott fuhr. Ihre Worte, nicht meine. Unnötig zu erwähnen, dass sie keinen Führerschein hatte.

Mit siebzehn hatten wir gemeinsam beschlossen keinen zu machen, um uns in jeder Gemütslage für eine umweltfreundliche Alternative entscheiden zu müssen.

Manchmal verfluchte ich, dass sowohl Simon als auch Pekka einen Wagen besaßen, denn so war dieses Vorhaben aussichtslos. Auf der anderen Seite fuhren wir zu sechst, was den Fußabdruck reduzierte. Ella hatte trotzdem schlechte Laune. Sie hatte Zug fahren wollen, was uns jedoch das Dreifache gekostet hätte.

Ich saß eingequetscht zwischen Pekka und Kian, während Kate uns gegenübersaß. Auf dem Platz neben ihr thronten die Essenvorräte für die Fahrt. Ich warf der Metalldose mit den Keksen einen sehnsüchtigen Blick zu. Ella hatte sie selbst gebacken. Kate grinste mich an und warf sie zu mir herüber.

Sie wurde in dem Moment leer, als Simon auf die erste Autobahn fuhr. Leider hatte ich nicht so viele Kekse bekommen wie erhofft, denn die Dose war von einem zum andern gewandert.

Vor uns lagen noch sechs Stunden Fahrt, und wir machten uns schon jetzt Gedanken, ob der Proviant reichen würde. Sicher waren wir uns nicht.

Pekka brachte uns Niederländisch bei. Er sagte uns, wie man die wichtigsten Sätze und Wörter aussprach, und wir mussten sie reihum wiederholen, und zwar so lange, bis es auch jeder von uns richtig ausgesprochen hatte. An ihm war wirklich ein Lehrer verloren gegangen. Würde er nicht nächstes Jahr seinen Abschluss in Psychologie machen, hätte ich es ihm empfohlen. Auch wenn er immer behauptete, nicht viel von Kindern zu halten, wusste ich, dass er tief im Inneren einen Draht zu ihnen hatte. Pekkas Eltern leiteten neben ihrer normalen Arbeit, schon seit er denken konnte, ein Kinderheim. Sie waren angesehene Architekten, und das brachte ihnen Geld ein. Viel Geld, von dem das Kinderheim lebte. Und von dem sie das Ferienhaus bezahlen konnten, zu dem wir fuhren.

»Sag mir, wie ich jemanden aufreißen kann«, holten Kians Worte mich zurück aus meinen Gedanken, er hatte sich ein wenig über mich gebeugt, um sich besser mit Pekka unterhalten zu können. Auf dessen Gesicht breitete sich nun ein Grinsen aus.

»Richtig, das hätte ich dir als Erstes beibringen sollen.« Ich schnaubte und boxte die Schultern der beiden, doch Pekka ließ sich nicht beeindrucken.

»Zum Beispiel könntest du sagen«, er machte eine bedeutungsschwere Pause, »jet hebt mooie ogen, will je …«

Meine Hand schnellte vor und hielt ihm den Mund zu.

»Zu viel Information, Pekka.«

Ich spürte sein Grinsen unter meinen Fingern. Von Kate und Kian kam nur ein Lachen. Pekka öffnete den Mund und leckte über meine Hand. Angeekelt zog ich sie zurück. Er konnte wahrscheinlich wirklich gut mit Kindern. Immerhin war er selbst noch eines.

»Mach dir nichts draus, Kumpel.« Kian lachte. »June kann nur den Gedanken nicht ertragen, dass ich eine andere Frau in mein Bett lassen könnte.«

Ich tippte mir an die Stirn. »Davon träumst du.«

»Oft.« Kian zwinkerte mir zu, und ich verdrehte die Augen.

»Nein, Mann, es ist doch offensichtlich, dass sie dir selbst an die Wäsche will.«

Himmel. Hilfe suchend warf ich einen Blick zu Kate, doch sie grinste nur und schien das Ganze ebenso sehr zu genießen wie die Jungs. Frustriert rollte ich mit den Augen. Tolle Freunde hatte ich da. Kian beugte sich ein Stück zu mir herüber, sodass nur ich seine Worte verstehen konnte.

»Ich werde dich nicht aufhalten, wenn du mir an die Wäsche gehst.«

Zischend atmete ich ein. Wirklich tolle Freunde. Ich spürte, wie mir die Röte ins Gesicht schoss, und fluchte innerlich.

»Oho, das war eindeutig was Versautes.« Pekkas Grinsen, hätte mit Abstand den Preis für das dreckigste der Welt gewonnen. Stöhnend vergrub ich mein Gesicht in den Händen. Wie sollte ich das noch weitere fünf Stunden aushalten? Normalerweise hätte ich Unterstützung von Simon oder Ella erwarten können, aber die beiden verfolgten unser Gespräch nicht, sondern waren in ihr eigenes vertieft. Pekka riss Witze auf Niederländisch und übersetzte sie uns auch gleich ins Englische. Jeder Witz war versauter als der vorhergegangene.

»Der ist gut.« Kate stieß ein Lachen aus. »Den muss ich mir merken.« Sie warf Kian einen Blick zu. »Für mein nächstes Date.«

»Wenn ich dein nächstes Date sein darf«, kam es von Pekka, doch Kate schüttelte nur den Kopf und deutete auf meinen besten Freund.

»Tut mir leid, aber Kian hatte zuerst gefragt.«

Ich presste die Lippen zusammen.

»Wirklich?« Grinsend hob Kian eine Augenbraue. »Wann war das?«

»Na, als du meine Nummer angenommen hast, auf der du mich übrigens immer noch nicht angerufen hast.«

Kian lächelte. »Ich weiß. June hat sie gelöscht.«

Kates Blick traf meinen, dann brach sie in Gelächter aus.

»Na klar, nur Freunde.« Echote sie meine Worte. Pekka fiel in ihr Lachen ein.

»Kate, alle wissen, dass sie nicht *nur* Freunde sind.«

Wann war diese Fahrt endlich zu Ende? Langsam stieg mir das hier zu Kopf.

»Wir sind absolut nur Freunde«, sagte Kian mit zusammengebissenen Zähnen.

*Absolut nur Freunde.*

Wir hielten an einer kleinen Raststätte. Die Überfahrt mit der Fähre und über die Hälfte der Fahrt lagen schon hinter uns, weshalb Simon hatte einen Fahrerwechsel verlangte.

Wie erwartet hatten die Essensvorräte nicht gereicht. Alles, was noch übrig war, war eine halb volle Flasche Wasser.

Kate riss als erstes die Tür auf, als Simon den Motor abgestelle, und verschwand in Richtung der Toiletten.

Simon tankte den Wagen, und Pekka rutschte schon mal auf den Fahrersitz.

Neben der Tankstelle gab es eine Eisdiele und Kian und ich machten uns auf den Weg, um für alle eins zu kaufen.

Kian bestellte in fast perfektem Niederländisch, und ich musste schmunzeln. Da waren Pekkas Unterrichtseinheiten ja sogar zu etwas gut gewesen.

Ich hatte Kian schon zuvor die Sorte gesagt, die ich wollte, weshalb er für mich mitbestellen konnte.

»Wollt ihr Soße?«, fragte die Frau hinter dem Tresen gelangweilt.

Ich nickte automatisch.

Auffordernd sah sie mich an.

»Karamell oder Schokolade?« Sie hatte englisch gesprochen, aber das war nicht, was mich erstarren ließ. Es war die Art, wie sie abwartend eine Augenbraue hochzog, ganz so, als könnte ich nur das Falsche wählen.

Genau wie Jase es immer getan hatte.

Hitze schoss mir in die Wangen. Panisch sah ich mich zu Kian um, doch auch er sah mich abwartend an.

Es war einer dieser schrecklichen Momente, in denen die Vergangenheit mich einholte und vollkommen Besitz von mir ergriff. Ich wusste, dass ich nur ein verdammtes Wort sagen musste, aber ich brachte es nicht über die Lippen.

Die Erinnerungen hatten alle Wörter ausgelöscht.

Ohne mich aus den Augen zu lassen, wandte Kian sich an die Frau hinter dem Tresen.

»Karamell«, sagte er, und sein Blick bohrte sich in meinen.

*Ein Wort.*

Ich hätte es sagen sollen. Nicht er.

Ich war nicht mehr sechzehn, verdammt.

Ich war nicht mehr klein und hilflos der ganzen Schule ausgeliefert. Ich konnte jemand anders sein, wenn ich es wollte.

Tränen stiegen mir in die Augen.

*Reden, June, du musst nur reden.*

Kian drückte mir drei Waffeln Eis in die Hand, die ich am liebsten von mir geschleudert hätte, sie stattdessen aber umklammerte. Mit festen Schritten stapfte ich nach draußen. Kian folgte mir. Er umrundete mich und blieb vor mir stehen.

»Was ist da gerade passiert?«

»Nichts«, presste ich hervor und versuchte, an ihm vorbeizukommen. Erfolglos.

»Hör auf damit.«

Ich hob den Kopf und sah durch den Tränenschleier zu ihm auf. Auch wenn ich es nicht wollte, zwang ich mich zu reden. Ich musste es endlich umgehen, in jeder Situation zu schweigen.

»Ich hab sie nicht verstanden«, presste ich hervor.

»Bullshit.« Mit einem Eis in der Hand deutete er auf mich. »Du hast schon immer jeden noch so undeutlichen Akzent verstanden, also versuch erst gar nicht, diese Schiene zu fahren.«

Manchmal war es wirklich nicht hilfreich, wie gut er mich kannte.

Ich ignorierte ihn und stapfte weiter.

»June.«

Ich wirbelte zu ihm herum.

»Gut, ich habe sie verstanden«, fuhr ich ihn an.

»Was ist es? Was bringt dich dazu?«

»Wozu?«, fauchte ich zurück, doch er schüttelte nur den Kopf, als wüsste er es selbst nicht genau.

Schweigend liefen wir zum Auto zurück.

Ich konnte mich selbst nicht leiden. Ich war sogar zu schwach, meinem besten Freund zu sagen, wie es mir wirklich ging.

Die anderen saßen schon im Auto und waren äußerst zufrieden über das, was wir ihnen mitbrachten. Nur Pekka war beleidigt, weil er kein Schokoladeneis abbekommen hatte. Also überließ ich ihm meins. Ich hätte es ohnehin nicht runterbekommen. Ich setzte mich und starrte aus dem Fenster, als wir losfuhren.

Es war sechs Jahre her, dass ich das letzte Mal einen gehässigen Kommentar gehört hatte.

Wie konnte es mich noch immer so beherrschen?

Lag es vielleicht daran, dass ich den Grund für Jases Verhalten bis heute nicht kannte?

Ich wollte so nicht mehr sein. Ich musste diese Selbstzweifel und Angstgefühle loswerden. Ich wollte wieder so stark sein, wie ich es gewesen war, bevor Kian ging. Ich wollte wieder die June sein, die er und ich so gut kannten. Die echte June. Vorsichtig riskierte ich einen Blick zu Kian. Er sah mich bereits an.

Ich würde nicht alles auf einmal und sofort hinbekommen, aber es gab da eine Sache, mit der ich anfangen konnte. Bei der Kian mir helfen konnte.

»Steht dein Angebot noch, mir bei den Bewerbungen zu helfen?«

Der harte Zug um seine Mundwinkel wurde weicher, und ein kleines Funkeln trat in seine Augen, als er sich näher zu mir beugte.

»Immer.«

## Kapitel 20

Pekkas Elternhaus lag direkt an der Küste. Die Gegend hieß Bergen an Zee und besaß einen traumhaften Sandstrand. Diese Weite war eine ganz andere Dimension als Zuhause in England. Das Haus passte perfekt hierher, auch wenn es zwischen den ganzen Villen drum herum mit seinem hellblauen Anstrich und den weißen Fensterrahmen eher unscheinbar wirkte. Im ersten Stockwerk gab es einen Balkon, von dem man eine wundervolle Aussicht aufs Meer hatte. Er war mit Palmen, Blumenkästen und generell sehr vielen Pflanzen bestückt. Die Veranda im Erdgeschoss, von der man mit wenigen Schritten am Strand war, verlieh dem Ganzen den richtigen Charme. Statt eines Gartens war da nur weißer Sandstrand.

Auch von innen war das Haus wirklich schön. Vom Eingang aus trat man in das geräumige Wohnzimmer, an das eine offene Küche angrenzte. Die gesamte untere Etage bestand nur aus diesem Raum, bis auf eine kleine Tür, hinter der ich das Bad vermutete. Eine große Fensterfront führte auf die erwähnte Veranda, und davor war eine Sitzecke aufgebaut, die so gemütlich aussah, dass ich mich am liebsten sofort in die Kissen eines der Sofas gekuschelt hätte. Ein großer Flachbildfernseher zierte die Wand, daneben hingen gerahmte Fotos, auf denen Pekka und seine Eltern zu sehen waren. Die Einrichtung war in einem altmodischen Stil gehalten. Bis auf die Küche, die hochmodern schien und Simon einen entzückten Laut entlockte, sahen die meisten Sachen aus wie Antiquitäten.

Pekka warf seine Tasche mitten im Raum auf den Boden und machte eine allumfassende Geste.

»Es gibt zwei Schlafzimmer im Obergeschoss und hier unten zwei Sofas mit Meeresblick.«

Fragend hob er die Augenbrauen.

»Wer will mit wem?«

Wir alle stöhnten auf. Mit Leichtigkeit ließ er seine Worte zweideutig klingen.

Simon besetzte ein Sofa. Ich wechselte einen Blick mit Kian. Als ich mir unsicher auf die Lippe biss, schloss er sich Simon an, und ich bekam ein Zimmer mit Ella. Kate und Pekka nahmen das andere.

Während alle ihre Sachen verstauten, wechselten Ella, Kian und ich einen Blick. Ich schob die große Glastür auf und trat meine Schuhe von den Füßen. Schon in der nächsten Sekunde rannten wir nebeneinander aufs Meer zu.

Ich erreichte es als Erste, und meine Füße wurden nass. Ich breitete die Arme aus und schloss die Augen, während der Wind durch mein Haar strich. Ich wollte diesen Moment festhalten, ihn umarmen und nie wieder loslassen. Das Meer hatte dieses Magische. Es war wunderschön und ließ mich all meine Sorgen vergessen.

Ein Schwall Wasser traf mich. Mitten ins Gesicht. Ich riss die Augen auf und keuchte. Kälte kroch durch meine Kleider, und ich funkelte Ella an. Sie deutete wortlos auf

Kian. Ich zog die Augenbrauen zusammen und rächte mich an beiden. Sekunden später japste ich, als Kian seine Arme um mich schlang, meinen Rücken an seine Brust presste und mich genau in Ellas Richtung hielt. Erneut traf mich ein eiskalter Wasserschwall. Damit war ich dann wohl offiziell komplett durchnässt. Der Kampf ging noch eine Weile hin und her, bis wir alle drei von oben bis unten nass waren.

Wir fielen uns in die Arme, tanzten zu einer Musik, die es nicht gab, und lachten so sehr, dass mein Bauch irgendwann schmerzte. Aber auch dann hörten wir nicht auf.

Irgendwann stießen die anderen zu uns.

Um Pekkas Hals baumelte eine Kamera, und er schoss fleißig Fotos. Kate und er standen noch etwas abseits im Sand, während Simon zu uns ins knietiefe Wasser gekommen war.

»Er ist noch nicht nass«, rief Kian, und mit einem fetten Grinsen stürzten wir uns alle drei auf ihn. Es war eine Sache von Sekunden, Simons Klamotten ebenfalls komplett zu durchweichen. Auch davon schoss Pekka ein paar Beweisfotos. Er schaffte es sogar, einen Turm aus Steinen zu bauen und die Kamera darauf zu platzieren, sodass wir mit dem Selbstauslöser ein Bild von uns allen zusammen machen konnten. Wahrscheinlich würde es als das hässlichste Bild der Welt in die Geschichte eingehen, denn Kian schubste Pekka ins Wasser, und ich bespritze Kate, als die kleine Lampe uns signalisierte, dass ein Foto gemacht wurde.

Wir verhielten uns absolut kindisch und verrückt, aber es war das beste Gefühl der Welt.

»Simon, du bist ein verdammter Gott«, stellte Kian fest, während er sich einen weiteren gefüllten Pilz in den Mund schob. Simon und Ella hatten zusammen gekocht, bei diesem Duo konnte einfach nur ein Gericht herauskommen, was einen glauben ließ zu schweben.

»Ich hatte Hilfe«, gab er zurück und zwinkerte Ella zu, als wäre es ganz allein ihr Verdienst. Sie lächelte verhalten.

Wir saßen im Freien an dem großen Holztisch auf der Veranda und genossen die Aussicht. Die Sonne stand schon ziemlich tief, wir hatten gute Chancen, heute Abend noch einen herrlichen Sonnenuntergang zu erleben.

»Jetzt weiß ich endlich, was die Leute immer mit Geschmacksorgasmus meinen.« Kian rollte genießerisch die Augen. Normalerweise hätte ich meine verdreht, aber heute war ich auf seiner Seite.

»Der beste, den ich je hatte«, stimmte Pekka ihm zu. Kate stieß ein Lachen aus.

»Du hast noch nicht mit mir geschlafen.« Sie zwinkerte ihm zu.

»Das können wir gerne ändern.« Todernst setzte Pekka sein dreckigstes Grinsen auf.

»Wenn ihr jetzt schon kommt, wartet erst mal den Nachtisch ab«, schaltete Simon sich ein.

»Leute.« Ich stöhnte auf.

»Gib es zu, Juni, sogar du kommst bei diesem Essen.« Pekka deutete auf meinen Teller und sah mich herausfordernd an.

»Auf jeden Fall«, sagte ich aus voller Überzeugung, und Pekka grinste zufrieden.

Ella holte den Nachtisch, als die Sonne langsam unterging und der Himmel sich in ein tiefes Rosa färbte. Sie und Simon hatten Tiramisu gemacht, mir lief schon allein beim Anblick das Wasser im Mund zusammen.

Pekka riss sich als Erstes etwas davon unter den Nagel und gab ein Stöhnen von sich, das ich schon öfter gehört hatte, als mir lieb war. Vor allem nachts, wenn ich eigentlich schlafen wollte.

»Das würde ich sogar gegen echten Orgasmus eintauschen.« Ein weiterer Löffel wanderte in seinen Mund.

»Ich glaube, da muss ich dir heute Nacht mal einen richtig guten verschaffen.« Kate beherrschte dieses dreckige Grinsen ebenso gut wie er.

»Einen Versuch ist es wert.« Wieder zwinkerte er ihr zu. »Aber glaub mir, Schätzchen, nichts löst mehr Gefühle in mir aus als Simons Schokoladenpudding.«

»Das ist kein Schokoladenpudding«, beschwerte dieser sich prompt. Pekka ignorierte ihn. Ich musste lachen.

»Niemals würdest du Pudding gegen Sex eintauschen.«

»Es ist kein Pudding«, sagte Simon. Pekka grinste.

»Durchschaut«, gab er zu. Ich grinste zurück.

Der Pudding – Verzeihung, das Tiramisu – war allerdings wirklich ziemlich gut. So gut, dass ich am liebsten darin gebadet hätte.

»Mann, du musst mir beibringen, wie man das macht.« Pekka verdrehte genießerisch die Augen. »Dann fressen mir alle aus der Hand.«

*Tun sie doch eh schon*, hätte ich fast gesagt, konnte es mir aber gerade noch verkneifen. Simon sah aus, als wäre er wieder ein kleines Kind, und es wäre Weihnachten, Ostern und sein Geburtstag zusammen, während Pekkas Worte sein Geschenk waren.

Wir blieben noch ziemlich lange wach und sahen uns auf dem riesigen Bildschirm alte Filme an. Es war zwei Uhr nachts, als wir darum stritten, ob wir noch einen weiteren Teil von *Harry Potter* ansehen wollten. Das Klingeln von Ellas Handy unterbrach uns. Mit einem entschuldigenden Lächeln entfernte sie sich ein Stück vom Sofa. Ich wurde inzwischen von Müdigkeit überrollt, und so gemütlich dieses Sofa auch war, ich sehnte mich nach einem Bett. Kate und Pekka gaukelten vor, dass es ihnen ähnlich ging, und verabschiedeten sich, um in ihr Zimmer zu gehen. Irgendwie hatte ich das Gefühl, dass sie nicht vorhatten, friedlich Schäfchen zu zählen. Simon und Kian machten es sich schon mal beide auf ihrem Sofa bequem. Ich saß an Kians Fußende, weil ich noch auf Ella warten wollte. Als sie wiederkam, klaubte sie jedoch wortlos eine DVD vom Couchtisch und schob sie in den Player. Ihre Miene war unnatürlich hart.

»Ellie, alles okay?« Ich wollte nach ihren Händen greifen und sie zu mir und Kian aufs Sofa ziehen, doch sie wich mir aus und setzte sich stattdessen neben Simon. Schweigend griff dieser nach der Fernbedienung und startete den Film.

»Ella, was ist los?« Kians Stimme hatte den gleichen besorgten Unterton wie sonst bei mir. Ohne ihn zu beachten, wandte sie sich an mich.

»June, du kannst schon mal hochgehen, ich bin noch nicht müde.«

Nein. Nicht, solange ich nicht wusste, was hier abging.

»Es geht mir gut«, fügte sie hinzu, als sie meine gerunzelte Stirn sah.

»Nein, offensichtlich nicht.« Kian schüttelte verächtlich den Kopf. »Haben hier eigentlich alle eine Phobie zu reden, wenn es ihnen schlecht geht?« Ella, Simon und ich zuckten gleichzeitig zusammen, was Kians Blick nur noch besorgter machte. Bittend sah er Ella an. »Früher hatten wir doch auch keine Geheimnisse.«

Sie seufzte und richtete den Blick auf den Fernseher.

»Ich habe mich mit Dilan gestritten.«

Dilan. Der schon seit Wochen ihre Gedanken beschäftigte. Ich öffnete den Mund, doch Ella schnitt mir das Wort ab, noch bevor ich etwas sagen konnte.

»Nein, June, ich möchte nicht darüber reden.«

Also schwiegen wir und sahen uns gemeinsam den Film an. Schon nach zwanzig Minuten fielen mir immer wieder die Augen zu. Kian sah es und bot mir an, mit mir oben zu schlafen, damit Ella noch unten bleiben konnte und mich später nicht wecken würde.

Ein Angebot.

Kein Muss.

Wahrscheinlich war es eine beschissene Idee, aber ich nahm es an.

»Willst du zuerst ins Bad?«, fragte ich, als wir oben waren und er die Tür aufzog.

»Warum gehen wir nicht zusammen?«, fragte er zurück. Ich verdrehte die Augen, während er seine Tasche auf dem Bett ausleerte und nach seiner Zahnbürste griff.

»Wir könnten zum Beispiel die geräumige Dusche ausprobieren. Pekka meint, es wäre genug Platz für …« Er kam nicht weiter, denn ich hatte nach dem erstbesten Kleidungsstück aus seinem Vorrat gegriffen und es auf ihn geschleudert. Dass es eine Boxershorts war, fiel mir erst auf, als er sie lachend in der Luft fing. Eingehend betrachtete er sie.

»Mh, was sagt es wohl aus, dass du meine Unterwäsche nach mir wirfst?« Sein Blick war glühend, als er um das Bett herumkam und vor mir stehen blieb. Ich vergrub das Gesicht in den Händen und stöhnte auf. Ich konnte nicht verhindern, dass mir die Röte ins Gesicht stieg. Großartig.

»Ja das hab ich mir gedacht«, murmelte er und kam noch ein Stück auf mich zu.

»Kian«, warnte ich ihn.

Er scherte sich nicht darum, sondern kam noch einen Schritt näher. So nah, dass ich meinen Kopf leicht in den Nacken legen musste, um ihn anzusehen. Er grinste. Kopfschüttelnd stemmte ich meine Hände gegen seine Brust, um ihn auf Abstand zu halten. Unter meinen Fingern spürte ich seine harten Muskeln, aber diese kleine Nebensächlichkeit versuchte ich zu ignorieren. Kian umfasste meine Hände und hielt sie fest an seine Brust gedrückt, genau da, wo ich seinen Herzschlag spüren konnte. Er ging gleichmäßig, aber zu schnell, als dass es ein normaler Rhythmus hätte sein können. Der glühende Blick aus seinen Augen war ebenso intensiv wie die dunkle Farbe, die sie angenommen hatten. Hitze stieg in mir auf und kroch in jede einzelne Faser meines Körpers.

»Hör auf, mich so anzusehen«, murmelte ich.

»Wie sehe ich dich denn an?«, fragte er.

Ich zögerte.

»So, als würdest du mehr in mir sehen als deine beste Freundin.«

Sein Herzschlag unter meinen Händen beschleunigte sich. Das Braun seiner Augen schien fast schwarz zu werden, als er unsere Hände sinken ließ und mich noch näher zu sich zog. So nah, dass er seine Stirn gegen meine legen konnte.

»Was, wenn ich mehr in dir sehe?«, fragte er leise. Die Erinnerung an unseren Kuss schoss durch meinen Kopf und damit noch mehr Hitze in meinen Magen. Ich unterdrückte den plötzlichen Drang, meine Lippen auf seine zu legen, und schüttelte leicht den Kopf.

»Du darfst nicht mehr in mir sehen.«

Sein Körper spannte sich unter meinen Worten an und beinah tat es mir leid, sie ausgesprochen zu haben. Aber verdammt, ich hatte sie aussprechen müssen. Er durfte nicht mehr in mir sehen. *Ich* durfte nicht mehr in ihm sehen.

»Nur beste Freunde«, murmelte er leise und ich nickte vorsichtig. Er trat einen Schritt zurück und grinste. Ich konnte nicht erkennen, ob es aufgesetzt oder ehrlich war, aber es war zumindest ein Versuch, mir zu geben, was ich von ihm erwartete. Mein bester Freund zu sein.

»Beste Freunde teilen sich ein Bad«, stellte er fest, und jetzt stahl sich auch auf mein Gesicht ein Lächeln. Das war zu hundert Prozent nicht aufgesetzt gewesen.

»Und bewerfen sich mit Unterhosen«, stimmte ich zu.

»Genau.« Sein Lachen klang schön und erreichte mein Herz.

Kian machte sich mit Zahnbürste in der Hand auf den Weg ins Bad, während ich in meinem Rucksack nach meiner Waschtasche und einem Schlafshirt suchte. Als ich beides gefunden hatte, ging ich ihm nach.

»Ich komme jetzt rein«, warnte ich ihn, bevor ich die Türklinke hinunterdrückte.

»Dann stell ich die Dusche schon mal an«, kam es von der anderen Seite, und ich konnte mir ein Grinsen nicht verkneifen. Es war schön, dass wir miteinander scherzen konnten. Selbst wenn wir zuvor ernsthaft über die Beziehung zwischen uns geredet hatten und uns in diesem Punkt nicht einig waren.

Ich öffnete die Badezimmertür, und Kian grinste mir entgegen. Er machte tatsächlich Anstalten, in die Dusche zu steigen – mitsamt seinen Klamotten.

Augenrollend stellte ich mich ans Waschbecken und packte meine Zahnbürste aus.

»Komm da raus«, wies ich ihn an. Er tat, was ich verlangte.

Erst, als er sich neben mich stellte und ich es endlich schaffte, ihn nicht mehr anzustarren, hatte ich einen Blick für das Badezimmer übrig.

Die großen Spiegel über dem Waschbecken waren kunstvoll verziert, und neben der Massagedusche gab es auch einen Whirlpool.

»Nicht schlecht, was?«, nuschelte Kian und spuckte die Zahnpasta ins Waschbecken. Stumm nickte ich. Zu mehr war ich nicht in der Lage. Er tätschelte meinen Kopf, als er an mir vorbeiging.

»Überleg dir das mit der Dusche, ich geh schon mal rüber.«

Augenrollend ignorierte ich ihn und putzte mir endlich die Zähne. Im Spiegel fiel mein Blick auf die Dusche, und ohne Vorwarnung tauchten Bilder von Kians nacktem Körper in Kombination mit Wasser vor meinem inneren Auge auf. Ich stöhnte. Das hatte er mit Absicht gemacht. Jetzt würde ich morgen früh nicht duschen können, ohne an ihn zu denken. Nackt. Unter der Dusche. Mit mir. Dieser ... Dieser ... Argh. Ich stützte meine Hände auf dem Waschbeckenrand ab und schüttelte den Kopf.

»Wir können natürlich auch den Whirlpool nehmen«, empfing Kian mich, als ich wenige Minuten später zurück ins Zimmer trat.

»Himmel, hör auf damit.« Kopfschüttelnd warf ich meine Waschtasche und die Klamotten vom Tag in den Rucksack. Als Antwort erhielt ich nur ein Lachen. Er saß mit dem Rücken gegen das Kopfende gelehnt und hatte ein Buch in den Händen. Unschlüssig blieb ich neben meinem Rucksack stehen.

Schließlich ging ich zum Bett hinüber und setzte mich auf die Kante.

Stirnrunzelnd sah er mich an. »Was ist?«

»Du bist nackt«, formulierte ich eine Tatsache, die wir beide sehen konnten, nur um nicht auf seine Frage antworten zu müssen. Die Furchen auf seiner Stirn vertieften sich.

»Erstens hab ich noch eine Boxershorts an.« Wie zum

Beweis hob er die Decke ein Stück an, damit ich den karierten Stoff um seine Hüften sehen konnte. »Und zweitens kann ich mir auch gerne ein T-Shirt anziehen, wenn es diese verkrampfte Haltung von dir auflöst.«

Ich schüttelte den Kopf. Er ließ mich keine Sekunde aus den Augen.

»June, ich kann auch auf dem Boden schlafen.«

Was? Nein. Wieder schüttelte ich den Kopf, dieses Mal heftiger. »Auf keinen Fall.«

Seine skeptische Miene glättete sich kein bisschen. Im Gegenteil, er legte das Buch neben sich auf die Bettdecke und rutschte ein Stück näher.

»Ich hab dir gesagt, dass wir nichts tun werden, was du nicht willst, und das meine ich ernst.« Er versuchte, meinen Blick noch etwas fester zu halten. »Das andere waren alles nur Scherze«, fügte er hinzu, und ich konnte seinem Blick einfach nicht länger standhalten. Er durchschaute mich, bevor ich aussprach, was mich bewegte. Er beruhigte mich, bevor ich Angst bekommen konnte.

Zaghaft lächelte er. »Komm.« Seine Stimme war kaum mehr als ein Flüstern, als er mich zu sich winkte. Ich griff nach meiner Decke und schlüpfte darunter, während er auf seine Seite des Bettes rutschte. Jeder in seine eigene Decke gewickelt lagen wir uns gegenüber, die Gesichter einander zugewandt. Vorsichtig streckte Kian eine Hand aus, um mir eine Haarsträhne hinters Ohr zu streichen.

»Okay so?«, fragte er. Ich nickte, weil es wirklich okay war und weil es sich kein bisschen schlecht anfühlte. Kian zog seine Hand zurück und lächelte.

»Gut, denn ich würde es nicht ertragen, wenn du dich in meiner Gegenwart nicht wohlfühlst.«

*Oh, Kian.*

Ich schloss die Augen.

Er streckte sich und löschte das Licht.

Schweigend lagen wir nebeneinander.

»Wir hätten Ella nicht alleine lassen sollen«, murmelte ich in die Stille hinein.

»Simon ist bei ihr«, entgegnete er.

»Aber wir sind ihre besten Freunde.«

Seufzend rollte Kian sich auf den Rücken. »Simon wird für sie da sein, wenn sie es braucht, und wir reden morgen früh mit ihr, okay?«

Eigentlich wollte ich verneinen, zwang mich aber zu nicken. Das schlechte Gewissen konnte ich dennoch nicht vertreiben. Ich hatte Ella noch nie mit ihren Problemen alleine gelassen, ebenso wenig wie sie mich. Andererseits hatte sie gesagt, es sei okay.

Ein Stöhnen mischte sich unter meine Gedanken, und ich sah Kian mit zusammengezogenen Augenbrauen an. Er war jedoch nicht die Quelle des Geräuschs.

Kian und ich begriffen es im selben Moment. Seine Mundwinkel zuckten verdächtig.

»Sie hat ihre Drohung wahr gemacht«, murmelte ich ins Kissen. Diese Geräusche kamen eindeutig aus dem Zimmer etwas weiter den Flur rauf.

»Hat sie.«

Das Stöhnen wurde lauter und unser Grinsen breiter.

»Ich habe leider keine Ohrstöpsel dabei«, verkündete

Kian schließlich. »Dafür aber Kondome, wir könnten sie mit unserem eigenen Stöhnen übertönen.«

Augenrollend boxte ich gegen seine Schulter. »Ich werde nicht mit dir schlafen, Kian Winter.«

Gespielt beleidigt wandte er den Blick ab und schob die Unterlippe vor. Gleichzeitig huschte ein Schatten über sein Gesicht, den ich in dem spärlichen Licht nicht deuten konnte.

»Du wirst den besten Sex deines Lebens verpassen.«

»Daran zweifle ich nicht.« Ich hatte keine Chance, die Worte aufzuhalten. Sie kamen einfach über meine Lippen.

Sein Blick schnellte wieder zu mir und trieb mir Hitze zwischen die Beine. Mein gesamter Körper schien in Flammen zu stehen. Im Hintergrund hörte ich Pekka laut fluchen.

»Aber trotzdem nicht?«, fragte Kian rau. Seine Reaktion war ein bisschen verspätet gekommen.

Ich schüttelte entschieden den Kopf.

Die Geräusche auf der anderen Seite des Flurs wurden lauter, und irgendwann konnten wir unser Lachen einfach nicht mehr zurückhalten. Wahrscheinlich war es ebenso laut wie die Geräusche, die zu uns drangen. Es dauerte ewig, bis beide kamen und danach endlich wieder Ruhe einkehrte.

## Kapitel 21

Wir hatten tatsächlich in einem Bett geschlafen, ohne uns zu berühren. Ich blinzelte der Sonne entgegen und rollte mich auf die Seite. Kian lag mit dem Rücken zu mir, seine Decke war nach unten gerutscht. Sein linkes Schulterblatt zierte ein Schriftzug, und ich robbte ein Stück nach vorne, um die Worte zu lesen, die dort für immer eingraviert waren.

*First, I am myself.*

Ich starrte darauf. Wieder und wieder las ich die wenigen Worte, aber sie ergaben einfach keinen Sinn. Er war selbstbewusster als Kate und Pekka zusammen.

Am liebsten hätte ich ihn geweckt und eine Erklärung verlangt. Für all seine Tattoos, denn manche davon hatte ich mir noch immer nicht richtig ansehen können. Als würde er sie vor mir verbergen, genau wie sein gesamtes Leben in Sydney. Das Leben, nach dem ich ihn kaum gefragt hatte, weil ich nicht von meinem Eigenen hatte erzählen wollen.

Da meine Gedanken überbrodelten, wühlte ich mich aus den Kissen, stand auf und machte mich auf den Weg in die Küche. Wie alles in diesem Haus war auch die Kaffeemaschine ein Traum. Mit einem vollen Becher in der Hand ging ich zum Sofa hinüber.

Ella schlief noch, und ihr Anblick ließ mich kurz innehalten. Oder besser gesagt, Simons Anblick. Eng umschlungen lagen sie da. Er hielt sie, während ihr Gesicht an seiner Brust vergraben und kaum zu sehen war. Es sah friedlich aus, und ich konnte das Lächeln auf meinen Lippen nicht verhindern. Aber so gut es ihnen auch stand, hier nebeneinanderzuliegen – was war mit Dilan?

Ich stellte meinen Kaffee auf dem kleinen Tisch neben dem Sofa ab und hockte mich vorsichtig vor sie hin. Ich berührte erst Ella an der Schulter, dann Simon. Keine Reaktion. Ich rüttelte an Simons Schulter, er brummte etwas. Widerwillig schlug er die Augen auf. Sein Blick fiel zuerst auf mich, dann auf Ella. Panik flackerte in seinen Augen auf. Ich lächelte ihn an, um ihm zu zeigen, dass alles in Ordnung war, doch er war schon dabei, Ella vorsichtig zu wecken. Meine beste Freundin drehte sich ein paarmal, dann schlug auch sie die Augen auf. Als ihr Blick auf Simon fiel, lächelte sie. Bis ihre Miene gefror und sie sich ruckartig aufsetzte. Ihr Blick zuckte kurz zu mir, dann wieder zurück zu Simon.

»Scheiße, sind wir so eingeschlafen?«

Simon antwortete ihr mit einem Nicken, das alles andere als glücklich aussah.

»Ihr saht süß aus.«

»Nicht hilfreich, June«, informierte Simon mich und setzte sich auf. Ella vergrub das Gesicht in den Händen. »Scheiße«, stieß sie zwischen zusammengebissenen Zähnen hervor.

Ich reichte ihr meinen Kaffee. Dankbar nahm sie ihn entgegen.

»Auch einen?«, fragte ich Simon und war schon aufgestanden, um zurück zur Kaffeemaschine zu gehen. Er nickte, ohne mich anzusehen. Sein Blick ruhte auf Ella.

Sie hatten sich kein Stück bewegt, als ich zurückkam und Simon seinen Becher reichte. Er bedankte sich, und ich ließ mich neben Ella aufs Sofa fallen. Ich schlang einen Arm um ihren Körper und zog sie an mich. Sie vergrub das Gesicht an meiner Schulter und hob nur ab und zu den Kopf, um einen Schluck zu trinken. Simon hatte den Blick von uns abgewandt und starrte aus dem Fenster. Wie ein Roboter führte er den Becher an seine Lippen, trank einen Schluck und ließ ihn wieder sinken. So saßen wir da, bis alle drei Becher geleert waren. Erst dann traute ich mich zu sprechen.

»Sollen wir ein Stück spazieren gehen, Ellie?«

Sie nickte langsam, und ich zog sie mit mir auf die Beine. Wortlos reichte Simon ihr einen seiner Pullis. Draußen war es noch kalt, und Ella trug nur Shorts und ein Top. Auch mir reichte er eine Jacke, und ich nahm sie dankend entgegen. Ella zögerte.

»Bitte nimm ihn, oder geh hoch und hol dir deine eigene Jacke«, sagte Simon und sah Ella fest in die Augen. Etwas in ihrem Blick veränderte sich. Sie griff nach dem Pulli und wirbelte so schnell herum, dass sie dabei fast gestürzt wäre. Als ich ihr nach draußen folgte, sah ich, dass in ihren Augen Tränen schimmerten.

Die frische Luft und der Geruch vom Meer waren eine Wohltat. Schweigend liefen wir nebeneinander her, so lange, bis ich ihre Hand nahm und sie ansah. Eine einfache Aufforderung, zu reden. Kein Muss, aber ich würde ihr zuhören.

»Ich war wütend auf Dilan, und vor allem war ich enttäuscht.« Sie grub ihren Fuß in den Sand und ließ ein bisschen davon durch die Luft fliegen.

»Und Simon, er …« Sie seufzte schwer. »Er war einfach da und hat mit mir den Film angesehen, als wüsste er genau, wie es sich anfühlte, obwohl er keinen Schimmer hatte, worum es ging.« Ihr Blick glitt zu mir. »Er war einfach da«, wiederholte sie leise. »Ohne Fragen zu stellen oder etwas zu verlangen. Aber das Schlimmste war«, sie rang nach Luft, »er hat mich angesehen, als würde ich ihm tatsächlich etwas bedeuten.« Wir blieben stehen, und ich schloss sie in meine Arme. Ein Schluchzer entrann ihrer Kehle, aber keine von uns reagierte darauf.

»Natürlich bedeutest du ihm etwas.«, murmelte ich und drückte sie noch etwas fester an mich. »Uns allen Ellie, wir sind deine Freunde.«

Sie löste sich ein Stück von mir, um mich wieder anzusehen. »Bei dir und Kian weiß ich das.« Ihre Füße schienen plötzlich sehr interessant zu sein, denn sie starrte nach unten. »Aber Dilan … ich habe keine Ahnung, was er fühlt.«

*Weil er nicht Simon ist.*

»Du bist genug, Ellie, wir lieben dich.«

Ella zog die Augenbrauen zusammen.

»Haben wir die Rollen gewechselt? So was habe ich sonst immer dir gesagt.« Ich lächelte, auch wenn es nur zur Hälfte ein Lächeln war. »Vielleicht vergessen wir, seit wir sechzehn geworden sind, beide zu oft, dass nicht alle Freunde einen fallen lassen«, murmelte ich, in der Hoffnung, der Wind würde meine Worte weit aufs Meer tragen, dorthin, wo sie weniger wahr waren als hier. Ich konnte die Zustimmung und den Schmerz in Ellas Augen sehen, als sie nach meiner Hand griff und sie drückte.

»Wir werden uns niemals fallen lassen«, flüsterte sie, ebenso leise wie ich, aber nicht in der Hoffnung, dass der Wind die Worte forttragen würde, sondern damit nur ich sie hörte.

Wir gingen lange spazieren, redeten über alles und nichts und blendeten die echte Welt für eine Weile aus. Zeit mit Ella war ein Geschenk. Ohne Einschränkung kannte sie alle meine Seiten. Es war eine Verbindung, die man nur haben konnte, wenn man sich schon sein ganzes Leben kannte. Genau wie es bei mir und Kian immer der Fall gewesen war. Bis er gegangen war.

Kian saß neben Simon auf dem Sofa, als wir zurückkamen. Als ich die Tür aufschob und wir wieder in die Wärme traten, sprangen sie beide sofort auf. Kian warf mir einen kurzen Blick zu, dann war er mit zwei Sätzen bei Ella und schloss sie in seine Arme. Sie vergrub ihr Gesicht an seiner Brust und schlang die Arme um ihn. Ich lächelte. Eine Umarmung von Kian hatte die Welt schon immer zu einem besseren Ort gemacht. Vorsichtig legte er eine Hand an ihre Wange und betrachtete sie.

»Wie geht's dir?«, fragte er leise.

»Gut«, log sie. Kian durchschaute sie sofort und verdrehte die Augen.

»Kaffee?«, fragte er, statt weiter nachzubohren, und Ella nickte erleichtert. Kian ließ sie los und machte sich auf den Weg zur Kücheninsel. Ich ließ mich aufs Sofa fallen, und

Ella wollte es mir gleichtun, doch Simon trat einen Schritt auf sie zu. Er hob kurz die Hand, als wollte er sie berühren, ließ sie dann aber wieder sinken.

»Tut mir leid«, murmelte er kaum hörbar. Ella schnaubte und rang verzweifelt die Hände.

»Du hast nichts falsch gemacht.« Sie umrundete ihn und ließ sich neben mich fallen. Simon setzte sich auf ihre andere Seite. »Du hast verdammt noch mal nichts falsch gemacht.«

Kian brachte neuen Kaffee, und während wir ihn tranken, sahen wir durch die Glasfront aufs Meer hinaus. Erst, als Pekka und Kate die Treppe hinunterkamen, erwachten wir aus unserer Trance.

»Simon, Mann, warum hast du noch kein Frühstück gemacht?« Obwohl Pekka sich große Mühe gab, seine Worte verärgert klingen zu lassen, klebte ein fettes Grinsen in seinem Gesicht. »Wenn du schon direkt neben der Küche schläfst, tob dich doch auch bitte aus.«

»Wenn der Sexgott sich dazu bequemt, aus dem Bett zu kriechen, muss der echte Gott springen, oder was?«, fragte Kian. Von Simon kam nur ein gemurmeltes »Vielleicht sollte ich das wirklich tun«. Er erhob sich und verschwand in Richtung Küche.

»Genau« antwortete Pekka auf Kians Frage.

Er zog nur eine Augenbraue hoch.

»Heute Nacht würde ich gerne schlafen können.«

Er sah erst Kate, dann Pekka an. Ich konnte mir ein Grinsen nicht verkneifen. Kian hatte geschlafen wie ein Stein. Nicht mal ein Rockkonzert hätte ihn wecken können.

»Das geht auf meine Kappe.« Kate setzte sich neben uns. »Ich musste ihm zeigen, was ein wirklich guter Orgasmus ist.«

»Oh, das hast du geschafft, Schätzchen.« Pekka ließ sich neben Kate fallen und tätschelte ihren Oberschenkel.

Sie grinste.

Nach dem Frühstück, French Toast, der Inbegriff von Genuss, verzog ich mich nach draußen auf die Veranda. Ich musste noch einen Text für die Uni schreiben. Unser Dozent vom *Creative Writing*-Kurs hatte uns erneut eine Kreativaufgabe gegeben, um unseren Schreibstil zu verbessern. Wir sollten über etwas schreiben, das große Bedeutung in unserem Leben hatte. In drei Tagen mussten wir abgeben, und ich hatte, ganz untypisch für mich, noch nicht mal angefangen. Seit der letzten Aufgabe hatte ich eine Scheißangst, noch mal etwas zu schreiben. Außerdem war mir bisher noch kein Thema eingefallen. Ich öffnete ein neues Dokument und legte die Finger an die Tasten, um meine Überschrift zu tippen. Inzwischen wusste ich, worüber ich schreiben wollte.

*Freundschaft*

Als das Wort mir entgegenblinkte, zauberte es mir ein Lächeln ins Gesicht. Eines, das nicht von mir wich, während ich schrieb. Ich tauchte in eine andere Welt ein. Nichts existierte mehr, außer den Wörtern. Ich öffnete meine Seele und ließ all meine Gefühle ungefiltert hinaus.

Der Text wurde sehr viel länger, als gefordert war. Ich lächelte und überarbeitete das Ganze, bis mich jemand aus meiner Blase riss.

»Wow.«

Ruckartig drehte ich mich um. Ella stand hinter mir, den Blick starr auf den Bildschirm gerichtet, die Augen geweitet. Einem dämlichen Reflex folgend wollte ich den Laptop zuklappen, doch sie war schneller, setzte sich neben mich und zog ihn zu sich heran. Die Zeit, in der sie den Text las, kam mir vor wie eine Ewigkeit.

Schließlich blickte sie auf. Als ich die Tränen in ihren Augen sah, schnappte ich nach Luft.

»June, das ist …« Sie brach ab und stand auf, um mich zu umarmen. »Ich hab dich so lieb«, murmelte sie in mein Haar. Ich erwiderte ihre Umarmung.

»Gleichfalls«, gab ich lächelnd zurück.

»Ist das für die Uni?«, fragte sie, als wir uns voneinander lösten. Ich nickte schweigend. Ihr Kopfschütteln war beinah fassungslos.

»Es ist wunderschön.« Sie ließ mich keine Sekunde aus den Augen, während sie das sagte, wahrscheinlich um abzuschätzen, ob ich diesem Kompliment standhalten konnte. Ich konnte nicht. Mein Herzschlag beschleunigte sich, genau wie meine Atmung. Meine Augen brannten, aber ich zwang mich, die Tränen zurückzuhalten. Das war ebenfalls etwas, das ich lernen musste, wenn ich die Vergangenheit endlich hinter mir lassen wollte. Komplimente anzunehmen und nicht in Tränen ausbrechen.

»Danke«, krächzte ich deshalb und versuchte zu lächeln. Sie erwiderte es.

»Du solltest Kian den Text lesen lassen.«

Ich erstarrte, als Ellas Worte langsam zu mir durchdrangen. *Nein* war das Erste, was ich dachte und das Erste, das ich aussprechen wollte. Dann dachte ich kurz darüber nach, und der Gedanke kam mir nicht mehr so abwegig vor. Er und Ella waren meine besten Freunde. Die Menschen, die mir eine gute Kritik zu diesem Text geben konnten.

Später ließ ich Kian meinen Text tatsächlich lesen, und er war noch begeisterter als Ella. Er hatte es verbergen wollen, aber auch er hatte Tränen in den Augen gehabt und aus irgendeinem Grund hatte mich das umgehauen.

Seitdem war er schweigsamer und warf mir immer öfter einen Blick zu. Einen Blick, in dem jedes Mal etwas lag, das ich nicht richtig deuten konnte. Irgendwas schien ich ihm mit diesem Text gesagt zu haben, und ich hatte keine Ahnung, was.

## **Kapitel 22**

Kian und ich saßen nebeneinander auf dem Wohnzimmerteppich. Wir waren seit drei Tagen wieder Zuhause, heute hatte er mich tatsächlich dazu gebracht, dass ich an Bewerbungen arbeitete. Um zu dem Kurs zugelassen zu werden, musste man schon einen Praktikumsplatz vorweisen.

Auf dem Couchtisch stand mein Laptop. Wir suchten bei Ecosia nach Literaturagenturen. Ich hatte schon ein paar Favoriten und schrieb sie in eine Liste in mein Notizbuch.

Ich konnte noch immer nicht fassen, dass ich das tatsächlich mitmachte. Dass ich hier saß und so tat, als wäre es das Normalste der Welt. Aber ich hatte mir geschworen, nicht zu kneifen. Ich wusste, wie es sich anfühlte, durch die Hölle zu gehen, dagegen war das hier ein Klacks. Außerdem war Kian nicht hier, um mich auszulachen, sondern um für mich da zu sein. Er wusste, wie schwer es mir fiel. Er war vorsichtig, bohrte nie zu lange nach und ließ mir Zeit, wenn ich sie brauchte.

Ich würde mich für ein Praktikum bewerben. Für ein Praktikum bei einer verdammten *Literaturagentur*.

»Du denkst immer noch, es wäre ein dummer Traum, oder?«, fragte Kian, während er mich mit gefurchter Stirn ansah.

»Aber, weißt du«, er seufzte tief, und dieses Mal wollte er nicht witzig sein. »Dumme Träume können schneller wahr werden, als man glaubt.«

Kurz starrte er an mir vorbei, fixierte einen Punkt in der Ferne, bevor er den Kopf schüttelte und mich wieder ansah.

Etwas an der Art, wie er es sagte, ließ mich aufhorchen und weckte den Wunsch in mir, nachzufragen. Es gab so viel, was wir nicht mehr übereinander wussten. Trotzdem sagten wir nichts. Er erzählte mir nicht, welcher seiner Träume wahr geworden war, und ich erzählte ihm nicht, was für eine Angst ich davor hatte, meinen Traum zu verwirklichen.

»Ich verspreche dir was.« Kian schob den Laptop zur Seite, rutschte ein Stück näher und wartete, bis ich ihm in die Augen sah. Bis er ganz sicher sein konnte, dass ich ihm zuhörte. »Ich werde für immer für dich träumen.«

»Für imer?«, fragte ich – es klang nicht halb so witzig, wie ich gehofft hatte.

»Für imer«, sagte er ernst.

Ich würde nicht fallen. Nicht, solange er an meiner Seite war.

## **Kapitel 23**

Kians Stimme klang beinah erfreut. Ich dagegen stand stocksteif da und starrte geradeaus. Jede einzelne Alarmglocke in meinem Kopf schrillte auf voller Lautstärke. Ich musste träumen, denn das war die einzige logische Erklärung für das Szenario vor mir.

Ich betrachtete alles wie aus weiter Ferne. Als würde ich durch eine Glasscheibe hindurch sehen, wie Kian auf Jase zuging, wie sie sich begrüßten, als wären sie alte Kumpel.

Stocksteif stand ich da und starrte die beiden Männer vor mir an.

Die beiden Helden meiner Kindheit, von denen der eine zu einem Monster mutiert war.

Ich hatte dieses Zusammentreffen um jeden Preis verhindern wollen.

Kian winkte mich herüber, doch ich konnte mich noch immer keinen Zentimeter bewegen. Selbst wenn ich gewollt hätte.

Was tat Jase hier? Wieso tauchte er an allen Orten auf, die mir etwas bedeuteten? Erst der Buchladen und jetzt das *Clara's*.

Ich war mit Kian mitgegangen, um in Ruhe an meinen Bewerbungen arbeiten zu können, nicht um Jase zu begegnen. Das war ich in der letzten Zeit oft genug. Jedenfalls für meinen Geschmack.

Er allerdings schien die Wunde wie immer noch ein Stück tiefer aufreißen zu wollen.

Eine Hand schloss sich um meine. Ich hatte nicht mal gemerkt, dass Kian zu mir zurückgekommen war. Er führte mich zu unserem Tisch, drückte mich vorsichtig auf einen Stuhl und setzte sich neben mich, alles, ohne meine Hand loszulassen. Ich konnte nur Jase anstarren, wie er mir gegenüber Platz nahm.

»Wie geht's euch?«, fragte Jase im Plauderton. Mein Magen drehte sich um. Automatisch verstärkte sich mein Griff um Kians Hand. Wahrscheinlich zerquetschte ich ihm die Finger, aber er verzog keine Miene.

»Gut«, sagte er langsam, ohne mich dabei aus den Augen zulassen. Jase lächelte. Er besaß tatsächlich die Frechheit zu lächeln. Auch wenn es nicht so ekelhaft wie damals war, kannte ich dieses Lächeln nur zu gut. Erinnerungen krochen in mir hoch und drohten, mich zu überrollen. Mein ganzer Körper zitterte. Jeder Atemzug war eine neue Hürde. Unüberwindbar, solange Jase in meiner Nähe war.

»Scheiße, was hast du mit ihr gemacht?«, schrill hallte Kians Stimme in meinem Kopf wider.

Jases Blick fiel auf mich. Verzweifelt fuhr er sich durch die blonden Locken.

»June, das alles tut mir wahnsinnig leid.«
Ich schnaubte.
»Ich möchte mich wirklich entschuldigen«, beharrte er.

Ohne damit aufzuhören, Kians Hand zu zerquetschen, beugte ich mich ein Stück vor.

»Und deshalb verfolgst du mich?« Meine Stimme klang seltsam kratzig und irgendwie fremd in meinen Ohren.

»Du hast mich nicht angerufen, da dachte ich …«

»Da dachtest du was? Ich würde es ein weiteres Mal aushalten, dich zu sehen?« Endlich klang meine Stimme wieder fest. Mit Kian an meiner Seite hatte ich mehr Kraft.

»June …«

»Hier ist deine Antwort: Nein, ich halte es nicht aus.«

Etwas in seinem Blick zerbrach. Fast gekränkt starrte er nun auf seine Hände, die er, genau wie ich es so oft tat, nervös verknotete.

»Alter, was geht hier ab?« Kian sah zwischen mir und Jase hin und her.

»Bitte geh«, wandte ich mich an Jase. Er blickte mich an, fast flehend.

»Bitte, gib mir eine Chance.«

Ich schüttelte den Kopf. Jase hatte genug Chancen gehabt. Damals hätte ich alles dafür getan, wieder mit ihm befreundet zu sein und den ganzen Mist zu vergessen. Aber heute wollte ich ihn nicht sehen. Jetzt nicht und auch in nächster Zeit nicht.

»June, es war nur ein verdammtes Jahr. Alle anderen zuvor waren wir Freunde.«

»Und dieses eine verdammte Jahr hat mich zerstört.«

Erschrocken über meine eigenen Worte, wich ich ein Stück zurück. Der Stuhl schabte über den Boden. Jases

Augen waren geweitet, aber schließlich brachte er ein motorisches Nicken zustande.

»Ich weiß.«

Ich wollte hier raus. Ich würde das keine Sekunde länger aushalten.

»Scheiße, wovon zum Teufel redet ihr?« In Kians Augen stand das blanke Entsetzen. Wäre ich nicht so durcheinander gewesen, hätte ich mir irgendwas ausgedacht, um ihn zu beruhigen.

»Ich, ich habe …«, Jase brachte den Satz nicht zu Ende, weil ich ihn mit meinem Blick zum Schweigen brachte. Kian sollte es nicht erfahren.

»Geh«, wiederholte ich leise. »Bitte, geh einfach.«

So langsam, wie Jase den Kopf schüttelte, ballte sich meine freie Hand zur Faust.

Ich wollte vergessen, ich wollte ihm nicht ständig über den Weg laufen und ihn in alten Erinnerungen rumstochern lassen.

Jase wollte etwas erwidern, doch Kian hielt ihn davon ab, ohne dass ich ihn darum gebeten hätte.

»Jase, geh, wenn sie es will.«

Wieder schüttelte Jase verzweifelt den Kopf. »Leute, bitte, ihr versteht mich falsch.«

Vielleicht taten wir das, aber es war zu spät. Nach all den Jahren war es zu spät für eine Entschuldigung oder dafür, diese anzunehmen.

»Jase, geh jetzt besser.« Kian sah ihm fest in die Augen. »Ich sehe lieber dich mit blauem Auge als June weinen.«

Mein Blick schnellte zu ihm, aber seine Miene war unergründlich. Jase zuckte so heftig zusammen, dass ich zurück zu ihm sah.

»Stimmt, deine Faust liebt mich ja so«, antwortete er und presste die Zähne dabei so fest aufeinander, dass ich meinte, seinen Kiefer knacken zu hören. »Damit hat der ganze Scheiß doch erst angefangen«, fügte er hinzu. Das war der Moment, in dem sich etwas veränderte. In dem die Stimmung nicht länger angespannt, sondern zum Zerreißen dünn war. Es war, als würde das gesamte Café für unerträglich lange Sekunden die Luft anhalten. Bis Jase endlich aufstand. Ohne uns eines weiteren Blickes zu würdigen, schob er seinen Stuhl über den Boden und verschwand in Richtung Ausgang. Reflexartig zog ich meine Hand aus Kians.

Ich zwang mich, ihn anzusehen, und was ich in seinen Augen sah, war schlimmer als jedes Gespräch mit Jase.

»Was kann ich euch bringen?« Betty, die nette Kellnerin, sah uns erwartungsvoll an. Es dauerte ein paar Sekunden, bis ich reagieren konnte.

»Für mich nichts, danke«, murmelte ich und erhob mich. »Ich wollte gerade gehen.«

»Schade.«

Sie wechselte noch ein paar Worte mit Kian, die ich nicht verstand, weil ich schon in Richtung Ausgang lief. Kurz vor der Tür fing Kian mich ab.

»Lauf nicht weg, bitte«, flehte er und versuchte meinen Blick einzufangen.

»Ich möchte nach Hause«, brachte ich mühsam hervor. Er ließ mich durch, aber nicht allein. Schweigend gingen wir nebeneinander her. Obwohl Kian eigentlich eine

Schicht gehabt hätte, blieb er bei mir. Die Stille, die uns inmitten der Geräusche der Stadt umgab, war nicht zum Aushalten. Wir waren wie zwei völlig Fremde die sich anschwiegen. Freunde, die sich nicht mehr kannten.

Ich hatte keine Ahnung, wie wir es nach Hause schafften, aber irgendwie musste mein Unterbewusstsein oder Kian mich gesteuert haben, ohne dass ich etwas davon mitbekam.

Mit Nachdruck schloss er meine Zimmertür und drehte sich zu mir um. Ich wappnete mich innerlich, denn ich wusste genau, was folgen würde. Und ich hatte recht.

»Auch wenn ich weiß, dass du mir nichts erzählen willst, ich werde dich trotzdem nach Jase fragen.« Er kam ein paar Schritte auf mich zu und blieb vor mir stehen. Ich ignorierte das beißende Gefühl in meiner Brust und schüttelte kaum merklich den Kopf. Kian seufzte. »June, was immer er auch getan hat, ich bin auf deiner Seite.«

Oh ja. Ganz sicher sogar. Daran zweifelte ich keine Sekunde.

»Ich möchte es verstehen.« Er kam noch einen Schritt näher und verdrängte damit die Luft zwischen uns. Ohne Luft ließ es sich nur schwer atmen.

»Ich möchte für dich da sein.«

»Das bist du, Kian, mehr, als du glaubst«, flüsterte ich.

»Nein«, widersprach er. »Ich habe keine Ahnung, was hier drinnen vorgeht.« Er legte seine Hand auf mein Brustbein. Strom schoss durch meinen Körper und erwärmte mich von innen. Ich schob seine Hand zur Seite und wich einen Schritt zurück, um endlich wieder atmen zu können.

Es kränkte ihn.

»Ich habe keine Ahnung, wie ich dir helfen kann«, sagte er.

»Du musst mir nicht helfen.« Meine Stimme klang erstickt. Er verengte seine Augen zu schmalen Schlitzen, nur um gleich danach den Kopf zu schütteln. Verärgert kam er mir wieder näher. »Ich bin dein bester Freund, June, du warst immer für mich da, und jetzt sagst du mir, ich brauche dir nicht helfen?« Er biss die Zähne fast so fest zusammen, wie Jase es vorhin getan hatte. »Das ist doch Bullshit.« Wieder ein verächtliches Kopfschütteln. »Was ist nur aus uns geworden, June?«

Nein. Die richtige Frage war: Was ist nur aus mir geworden? Wieso konnte ich nicht einfach mit ihm reden? Wieso schaffte ich es nicht, einfach zu erzählen, was damals passiert war? Viele Menschen mussten durchmachen, was ich erlebt hatte. Vielen fanden es nicht so schlimm, ein abgelutschtes Thema. Aber nur, weil es vielen Menschen passierte, bedeutete es nicht, dass es für mich nicht schlimm war. Dass es leicht war, darüber zu reden. Im Gegenteil.

»Ich weiß es nicht«, antwortete ich ehrlich.

»Rede mit mir«, sagte Kian und war mir dabei viel zu nah. *Viel zu* nah. Wieder bekam ich keine Luft. Langsam schüttelte ich den Kopf.

»Nein.«

Er ließ von mir ab. Gleich mehrere Schritte wich er vor mir zurück und raufte sich verzweifelt die Haare. Seine Locken standen in alle möglichen Richtungen ab, aber er bemerkte es nicht einmal.

»Verdammt, June, warum vertraust du mir nicht mehr?«

Ich zuckte zusammen, mein Puls raste. Meinen Blick heftete ich auf den Boden, denn ich wollte nicht in seine Augen sehen. Dort würden viel zu viele Emotionen aufflackern. Emotionen, denen ich nicht standhalten konnte.

Ich hatte das Gefühl, dass wir uns mit jedem Tag mehr verloren und gerade dabei waren zu zerbrechen. Das durfte nicht passieren. Auf keinen Fall durfte Jase erreichen, dass es Kian und mich auseinanderriss.

»Ich vertraue dir, Kian.«

Er schnaubte, und jetzt musste ich ihn doch wieder ansehen. Ein Sturm lag in seinem Blick.

»Beweise es mir.«

# Kapitel 24

Ich rang nach Luft, da ich Angst hatte zu ersticken. Diese drei Wörter hatten mir jeglichen Sauerstoff aus der Lunge gepresst. Stumm sahen wir uns an. Er wartete auf meine Reaktion, und ich hatte Angst, sie ihm zu zeigen.

Schließlich hielt ich es nicht mehr aus. Ich fuhr mir durch die Haare. »Verdammt, Kian, ich kann nicht darüber reden.«

Die Wahrheit. Und mit der Wahrheit brach alles zusammen. Die Flut Bilder von damals rollte auf mich hinab und riss mich in die Tiefe.

Tränen brannten in meinen Augen.

Ich sah nur noch Jases Gesicht vor mir. Es schmetterte mich zu Boden. Meine Beine gaben einfach unter mir nach.

»Ich kann es einfach nicht«, wiederholte ich mit erstickter Stimme. Zwei Arme schlangen sich um mich, bevor ich fallen konnte.

Mein Körper bebte in seiner Umarmung.

»Tut mir leid«, murmelte ich.

»Schon okay«, log er.

Es war nicht okay. Nichts war okay.

Sanft dirigierte er mich zum Bett. Er setzte sich auf die Kante und zog mich auf seinen Schoß.

Ich klammerte mich an ihn, als wäre er das Einzige, was mich am Leben halten konnte.

Er war ein Teil von mir und ich von ihm.

*Konnte* ich ihm überhaupt etwas verschweigen?

Früher oder später würde er die Wahrheit erfahren.

Ich würde nie darüber hinwegkommen, wenn ich es nicht endlich schaffte, über alles, was geschehen war, zu reden. Ich brauchte ein Ventil. All das, was passiert war, brodelte schon viel zu lange in mir, und würde ich es nicht endlich freilassen, würde es mich irgendwann von innen zerstören.

Langsam setzte ich mich auf und zwang mich, Kian anzusehen.

Er ließ mich von seinem Schoß rutschen. Ich musste einige Male Luft holen, bevor ich sprechen konnte.

»Hat Jase dich mal beleidigt?«, fragte ich langsam und jedes Wort war eine Qual auszusprechen.

»Klar, wir haben uns öfter geärgert.«

»Das meine ich nicht.« Ich atmete ein. »Ich meine, hat er dich mal richtig beleidigt?«

Er ließ mich keine Sekunde aus den Augen, während er nickte. »Ja, ein Mal.«

Wieder brauchte ich einen Moment, um durchzuatmen.

»Wie hat es sich angefühlt?«, fragte ich, obwohl ich genau wusste, wie es sich anfühlte.

»Als würde man durch die Hölle gehen, als wäre die ganze verdammte Welt die Hölle.« Er stockte. »Scheiße.« Seine Augen weiteten sich, als er ruckartig den Kopf hob.

»Was ... was hat er getan, June?«

Ich schloss die Augen und versuchte, mich zu sammeln. Ich würde das hinbekommen.

Ich dachte an Ellas und Jakes Worte.

*Du musst mit ihm reden.*

*Ihr solltet keine Geheimnisse voreinander haben.*

Ich öffnete die Augen.

»Zuerst war es nur zum Spaß.« Nervös verknotete ich meine Hände. »Als du damals gingst, war mein Leben ziemlich leer.« Ich sah ihn an, und er nickte wissend, als wäre es ihm ähnlich ergangen. »Ich dachte, die anderen würden für mich da sein.« Ich schluckte hart. »Ich habe an unsere Freundschaft geglaubt und daran, dass uns nichts auseinanderbringen könnte.«

Jetzt musste ich über diese naive Vorstellung beinah lachen. »Aber Jase, er ...«, ich stockte. »Er hat sich über meine Tränen lustig gemacht, und Luis da mit reingezogen.«

Jase und Luis hatten Ella und mich fallen gelassen. Dabei war unsere Fünfergruppe unzertrennlich gewesen.

Bis Kian ging.

Ella und ich hatten damals nicht nur unseren besten Freund verloren, sondern gleich alle drei.

»Aber auch als es mir besser ging, hörte er nicht auf.«

Noch heute wurde mir schlecht, wenn ich nur daran dachte, wie sehr ich mich in Jase getäuscht hatte.

»Aus den freundschaftlichen Beleidigungen wurden echte Beleidigungen, die mich nachts nicht schlafen ließen.«

Kian schnappte nach Luft. Ich wagte nicht, ihn anzusehen und sprach schnell weiter.

»Jeden Tag wurden sie härter, und jeden Tag zog er mehr

Leute auf seine Seite.« Ich schluckte schwer. »Ich kenne bis heute nicht alle Gerüchte über mich selbst.«

Kians Hände krampften sich um die Bettdecke, als müsste er irgendwo Halt suchen.

»Das Schlimmste war, dass er mich genau da treffen konnte, wo es wehtat.«

Ich vergrub das Gesicht in den Händen und schüttelte den Kopf. »Er kannte alle meine Schwächen.«

Ich hob den Kopf und sah Kian an. »Er kannte mich fast so gut, wie du mich kanntest.«

Kian erstarrte.

»Scheiße …« Er fuhr sich durch die Haare. »Das ist es, oder?«, fragte er zaghaft. »Deshalb vertraust du mir nicht mehr.«

Ich kämpfte gegen die Tränen, die sich in meinen Augen sammelten. Es war Kian Antwort genug.

»Ich bringe diesen Wichser um.«

Seine Hände ballten sich zu Fäusten.

»Anfangs habe ich mich gewehrt, aber irgendwann wurde es so schlimm, dass ich nur noch Angst vor ihm hatte.«

Ich schnaubte. »Vor dem Menschen, den ich meinen besten Freund nannte.«

Kians Hände zitterten mittlerweile.

»Wir alle«, flüsterte er. »Jase war auch mein bester Freund.«

Ich presste meinen Kiefer aufeinander. »Es war ihm egal, was wir gehabt hatten, und es war ihm auch egal, dass ich an seinen Spielchen kaputtging.«

Ich wusste, dass er es gesehen hatte. Er hatte gesehen, wie ich jeden einzelnen Tag zusammengebrochen war und wie Ella die einzige gewesen war, die versucht hatte mich aufrecht zu halten.

»Er versteckte auch Reiszwecken in meinen Schuhen, sodass ich hineintrat.« Ich verzog das Gesicht. »Er legte rohe Eier in meinen Rucksack und ließ ihn fallen.«

Kians Augen weiteten sich entsetzt.

Ich zuckte mit den Schultern.

»Das waren noch die harmlosen Sachen.«

»Was noch?«, fragte er mit erstickter Stimme.

Ich schluckte.

»Eines Tages kam ich in den Klassenraum und es lief eine PowerPoint.« Der bittere Geschmack der Erinnerungen raubte mir kurz den Atem, aber schließlich sprach ich weiter. »Er hatte eine Kamera in der Mädchentoilette aufgehängt und mich gefilmt.«

Kian schnappte hörbar nach Luft. »Was zur verdammten Hölle?«

Er schüttelte immer wieder den Kopf, als wollte er meinen Worten nicht glauben. »Das ist krank.«

*Ja.*

Ich blinzelte, um meine Tränen zurückzuhalten.

»Ich bin nie wieder auf die Toiletten in der Schule gegangen.«

Langsam sah ich ihn an.

»Selbst in der Uni geh ich nie auf die Toilette.«

Dieser Satz kostete mich ungeheure Kraft. Dieser eine Satz ließ ihn wissen, wie wenig ich darüber hinweg war, was passiert war, wie sehr es mich noch immer definierte. Aber Kian verurteilte mich nicht. Er ließ die Decke los, die er die ganze Zeit umklammert hatte, und streckte mir seine Hände entgegen.

»Darf ich dich berühren?« Er schluckte. »Ich halte es so nicht aus.«

Perplex blinzelte ich. Es dauerte einen Moment, bis ich nicken konnte. Noch in derselben Sekunde fand ich mich in seinen Armen wieder. Dort, wo ich mich geborgen fühlte.

»Ella war die Einzige, die zu mir gehalten hat.«

Der Ansatz eines traurigen Lächelns zupfte an seinen Mundwinkeln, als hätte er nie etwas anderes von Ella erwartet.

»Was war mit den Lehrern und Lehrerinnen? Deiner Familie?«

Ich schnaubte. »Die hat es herzlich wenig interessiert.«

Bei dem Gedanken an meine Familie wurde mir warm ums Herz. »Mum und Jake waren super.« Ich lächelte. »Mum hat alles darangesetzt, mir zu helfen.«

Auch wenn keine ihrer Bemühungen etwas gegen Jase ausgerichtet hatten, war ich ihr doch unendlich dankbar dafür.

»Jake hat sich mit Jase geprügelt.« Ich krallte meine Hände in den Stoff von Kians Shirt. »Mehrmals.«

Obwohl ich ihn gebeten hatte, es nicht zu tun.

»Jase musste sogar einmal ins Krankenhaus.«

»Verdient«, murmelte Kian.

»Nein.« Ich schüttelte den Kopf. »Es hat ihn nur noch mehr angestachelt.«

Kian fluchte leise und zog mich näher an sich. Ich vergrub das Gesicht an seiner Brust.

*Nur ein Jahr.*

Jase hatte recht, es war nur ein Jahr gewesen, aber in diesem Jahr war ich zu einem komplett anderen Menschen geworden.

»Jetzt bin ich schüchtern und zurückhaltend.« Vorsichtig sah ich Kian an. »Alles, was ich nie war und was ich hasse zu sein.«

Er legte eine Hand an meine Wange und beugte sich vor, um seine Stirn gegen meine zu lehnen. »Du bist perfekt, so wie du bist, June«, flüsterte er.

Ich zog meinen Kopf zurück und wich seinem Blick aus.

Ich war nicht perfekt. Ich hatte mich gemocht, bevor das alles passierte. Jetzt fiel es mir schwer.

»Ich höre noch heute das gehässige Lachen der anderen auf den Fluren und spüre ihre Blicke auf mir.«

Er ließ es mir durchgehen, dass ich seine Worte ignorierte und einfach weitersprach.

»Das sind die schlimmsten Momente, wenn alles hochkommt und die Erinnerungen mich komplett beherrschen.«

Er schlang wieder beide Arme um mich, als wollte er mich vor meinen Erinnerungen beschützen.

»Ich kann nicht mal einen Text in der Uni vorlesen, ohne vor Panik fast in Ohnmacht zu fallen.« Allein bei dem Gedanken daran wurde mir schon wieder schlecht. »Es fällt mir auch schwer, mit Fremden zu sprechen.«

»Karamell oder Schokolade«, murmelte Kian, als würden sich die Zusammenhänge endlich fügen. Ich nickte langsam.

Es auszusprechen schmerzte, aber gleichzeitig nahm Kian eine riesige Last von meinen Schultern. Einfach indem er zuhörte.

»Ich habe Jase seit damals nicht mehr gesehen, das erste Mal wieder in diesem Club …«

»Deswegen …« Er unterbrach sich selbst.

»Du hättest schon da mit mir reden können«, sprach er schließlich weiter. »Ich will nur, dass du das weißt.«

»Das weiß ich.«

Wir schwiegen einen Moment. Mein Kopf ruhte an seiner Brust und ich lauschte seinen gleichmäßigen Atemzügen.

»Ich wünschte, ich wäre da gewesen«, brachte Kian mit erstickter Stimme hervor. »Das ist alles meine Schuld.«

Ich erstarrte.

Mein Kopf schnellte herum und der Blick in seine Augen riss mir den Boden unter den Füßen weg.

Tränen schimmerten darin.

*Bitte nicht. Bitte denk das nicht.*

Genau das hatte ich befürchtet.

Ich schüttelte den Kopf. »Vergiss diesen dummen Gedanken, du trägst keine Schuld.«

Ich schlang meine Arme um seinen Nacken und presste meine Stirn gegen seine. »Das würde ich niemals denken, du konntest nichts dafür, dass du gehen musstest.«

Er atmete hörbar ein. Schluckte und legte seine Hände an meine Wangen.

»Jase hat dich geliebt, June.«

*Leere.*

Im ersten Moment glaubte ich, mich verhört zu haben, dann brachte ich ruckartig Abstand zwischen unsere Körper.

»Schon immer«, fügte Kian hinzu und verzog das Gesicht.

*Schon immer?* Jase, der Mann, von dem ich immer geglaubt hatte, er würde eines Tages Ella heiraten?

»Er hat mich damals von dir aus zum Flughafen gebracht, erinnerst du dich noch?«

Stumm nickte ich. Der Abend, an dem er ging, war wie ein Film für immer in meinem Gedächtnis abgespeichert.

»Er hat mich am Terminal bei meiner Familie abgesetzt, und wir haben uns gegenseitig die Ohren vollgeheult. Er wollte mich nicht gehen lassen und ich wollte nicht gehen.«

»Beste Freunde eben.« Er stieß ein hartes Lachen aus.

»Er hat gefragt …« Kian schloss die Augen, um die Tränen zu verbergen. »Er hat gefragt, ob er dich haben kann, wenn ich weg bin.«

Ich zog scharf die Luft ein. Er öffnete die Augen wieder, und kalte Wut blitzte zwischen seinen Tränen auf.

»Er sagte, er könnte es nicht ertragen, dich jeden Tag zu sehen, ohne mehr als Freundschaft von dir zu bekommen.«

Kian schüttelte verärgert den Kopf. »Wir haben uns geprügelt.«

Er krallte sich an der Bettdecke fest. »Meine Eltern mussten uns auseinanderziehen.«

Bei der Erwähnung seiner Eltern verdunkelte sich sein Blick.

Stumm hörte ich zu. Keiner der beiden hatte das je

erwähnt. Keiner der beiden hatte mir je gesagt, dass sie sich geprügelt hatten. Meinetwegen.

»Ich hab ihn angeschrien, dass ich herfliegen und ihn noch mal schlagen würde, wenn er dich auch nur einmal anfasst.«

Langsam drangen seine Worte zu mir durch, und langsam verstand ich sie. Ich verstand die Mails, die Kian mir damals geschrieben hatte. Ständig hatte er mich gefragt, ob es mir gut ging, ob mich auch niemand bedrängt hatte. Für mich waren das immer Scherze gewesen. Etwas, worüber ich in dieser schrecklichen Zeit lachen konnte.

Es waren keine Witze gewesen.

Mein Magen zog sich zusammen.

»Du wolltest für mich entscheiden, wer mich lieben darf und wer nicht?«

Meine Stimme war kaum mehr als ein Flüstern. Kian war ein Teil von mir gewesen, aber das gab ihm noch lange nicht das Recht, so über mich zu bestimmen.

Er verbarg das Gesicht in den Händen. »Ich mag dich sehr.« Dann hob er den Blick und sah mich direkt an. »Ich wollte dich beschützen.«

Ich schüttelte den Kopf. Es ergab keinen Sinn. Jase war ihm auch wichtig gewesen.

»Was hat er gesagt?«, fragte ich zögernd. Nicht sicher, ob ich die Antwort überhaupt wissen wollte.

Kian schluckte.

»Er meinte, dass er dich dann fertigmachen würde.« An dieser Stelle brach seine Stimme. »Scheiße, ich hab ihm gesagt, dass mir das egal wäre, solange er dich nicht berühren würde.« Er sah mich an, und der Schmerz in seinen Augen ließ auch in mir etwas zerbrechen. »Aber … Fuck, das stimmt nicht, June. Ich habe niemals gewollt, dass er dir das antut.« Seine Unterlippe zitterte. »Wir haben uns in den Arm genommen und verabschiedet, als wäre nichts gewesen. Ich schwöre dir, wenn ich gewusst hätte, wie ernst er es meint …«

Ich starrte ihn an. Es war ihm egal gewesen?

»Du hättest ihn aufhalten können.« Die Tränen in meinen Augen liefen über und strömten meine Wangen hinunter. »Und du hast es nicht getan?«

Kian blinzelte, um seine eigenen Tränen zurückzuhalten. »Das können wir nicht wissen.«

Ich schüttelte den Kopf. »Ich fasse es nicht, ich habe das alles durchgemacht wegen eurem dummen Zickenkrieg?«

Mit beiden Händen fuhr er sich übers Gesicht. »Es tut mir so leid.« Er fing ein paar seiner Tränen auf und wischte sie an der Bettdecke ab.

»Ich habe es schon in derselben Sekunde bereut, in der ich Jase die Worte sagte.«

Das rechtfertigte sie aber nicht, verdammt. Es rechtfertigte nicht all die Jahre voller Schmerzen.

»Ich habe mir all die Jahre schreckliche Sorgen gemacht.« Er suchte meinen Blick, doch ich wich ihm aus. »Ich konnte nachts nicht einschlafen, weil ich mir Vorwürfe gemacht habe.« Er schüttelte den Kopf. »Ich kann verstehen, wenn du mich jetzt von dir stößt. Ich habe es mehr als verdient.«

Einen kurzen Moment dachte ich tatsächlich darüber nach.

Ich wollte ihn schütteln, anschreien und aus meiner Wohnung werfen, aber dann erwiderte ich seinen Blick, und der Schmerz darin ließ mich das genaue Gegenteil tun.

Ich rutschte wieder näher an ihn heran, nahm sein Gesicht in beide Hände und hauchte einen Kuss auf seine Lippen.

»Danke, dass du so ehrlich warst.«

Kian atmete hörbar ein und starrte mich einen Moment sprachlos an, dann schlang er beide Arme um mich und presste mich so fest an sich wie noch nie zuvor in seinem Leben.

»Oh, June, ich hatte solche Angst.«

Ich umarmte ihn genauso fest.

»Du brauchst niemals Angst haben mir etwas zu sagen.«

Es war eine stumme Aufforderung mir auch seine Narben anzuvertrauen.

Er lehnte sich zurück und sah mich an. Ich konnte sehen, dass er genau wusste, was ich mit diesem Satz beabsichtigt hatte, doch er schüttelte kaum merklich den Kopf. Dafür war die Zeit noch nicht gekommen.

Mit dem Daumen fuhr er über meine Wange.

»Vergiss bitte alles, was Jase gesagt hat, es ist nicht wahr.«

Hauchzart berührte er meine Lippen mit seinen.

»Du bist gut, so wie du bist.«

## Kapitel 25

Er hielt mich, als weitere Tränen kamen.
Unsere Lippen berührten sich.
Nur kurz.
Ganz zart.
Er zog hörbar die Luft ein.
»Danke, dass du es mir erzählt hast.«
Ich lächelte.
Er kannte mich wieder.
*Er kannte mich wieder.*
Neue Tränen liefen meine Wangen hinunter.
Kian küsste sie fort. Bis seine Lippen wieder meine fanden. Ich legte all die Worte, die ich nicht mehr schaffte auszusprechen, in diesen Kuss.
*Danke, dass du mir zugehört hast.*
*Danke, dass du da bist.*
Seine Küsse waren nur der Hauch einer Berührung, aber der Untergang für mein Herz. Es setzte einen Schlag aus, nur um in der nächsten Sekunde doppelt so schnell weiter zuschlagen.
»Ich bin hier«, flüsterte er. »Du wirst niemals an deinen Erinnerungen ersticken, das verspreche ich dir.«
Er streifte meine Lippen erneut. Leicht. Sanft und ein wenig zu vorsichtig, als hätte er Angst, mich zu verletzen.

Als würde nur bei dem kleinsten Druck etwas in mir zerbrechen.

Aber wie sollte ich zerbrechen, wenn er mich zusammenhielt?

Wenn er mir solche Versprechen schenkte?

»Danke, Kian.« Meine Stimme zitterte, ebenso meine Hände, als ich ihn näher zog.

Wir wurden eins. Meine Gedanken drifteten davon und kamen wieder. Sie alle wollten nur eins. Kian spüren. Überall.

Das Ziehen in meiner Brust verstärkte sich und wanderte bis in meinen Unterleib. Meine Haut stand in Flammen und als er sich der Länge nach an mich presste, konnte ich fühlen, dass es auch ihn nicht kalt ließ.

Sein Herz schlug in demselben viel zu schnellen Rhythmus wie mein eigenes.

Als wären wir eins.

Meine Hände zerrten am Saum seines T-Shirts. Da sollte kein Stoff mehr sein, zwischen mir und seinem Herzschlag.

Wir unterbrachen den Kuss nur für Sekunden, sein Shirt fiel zu Boden, und unsere Lippen fanden sich erneut.

Wir verloren uns ineinander.

Seine Muskeln zuckten unter den Berührungen meiner Hände.

Ich wollte mehr von ihm spüren, so viel mehr.

Er löste seine Lippen von meinen und zog sie stattdessen meinen Hals hinunter. Ich ließ meinen Kopf in den Nacken fallen, um ihm Platz zu verschaffen.

Er nahm ihn sich.

*Mehr.*
*Mehr davon*, flehte ich innerlich.

Seine Finger schoben sich unter mein Shirt und streichelten die Haut an meiner Taille.

Er suchte meinen Blick, als seine Hände den Saum umfassten.

Ich hob die Arme über den Kopf, wobei ihm auffallen musste, wie sehr ich zitterte. Mir war es nämlich überdeutlich bewusst.

Er hielt den Blickkontakt, während er mein Shirt langsam nach oben schob. Es landete irgendwo neben seinem auf dem Boden.

In Kians Augen loderte ein Feuer.

Ich schluckte. Es war so neu, dass Kian mich auf diese Weise ansah. Und es machte mir Angst.

»Hey.« Er zog die Augenbrauen zusammen. Es war fast peinlich, wie einfach er in meinem Gesicht lesen konnte. »Nicht.«

Er streckte eine Hand aus, und ich ließ mich von ihm ins Sitzen ziehen. »Hör auf, dir Gedanken zu machen.«

Sein Daumen beschrieb kleine Kreise auf meiner Haut.

»Wir werden immer beste Freunde sein.«

Ich hielt den Atem an.

»Immer«, versprach er. »Egal, was zwischen uns passiert.« Ich brauchte nur in seine Augen zu sehen, um Wahrheit zu finden. Er nahm mir jegliche Angst.

»Imer«, flüsterte ich.

An seinen Mundwinkeln zupfte ein Lächeln. »Genau.«

Ich liebte diesen Mann so sehr.

Er küsste meine Mundwinkel.

»Ich bin nicht Jase, du wirst mich nicht verlieren.«

Diese Worte waren mein Untergang.

Ich klammerte mich an ihm fest, um nicht zu fallen. Ich konnte nicht mehr sprechen. Wir fielen zurück in die Kissen. Seine Lippen verließen meine und erkundeten meine Haut. Er fand den Verschluss meines BHs. Ich krallte meine Finger in seine Schultern.

»Wir können aufhören«, flüsterte er rau an meinen Lippen. »Wann immer du willst.«

Wieder brannten Tränen in meinen Augen.

»Ich will nicht, dass wir aufhören«, brachte ich erstickt hervor.

Dafür fühlte es sich viel zu gut an.

Er schluckte. »Verdammt, June«, murmelte er. »Du hast keine Ahnung, wie viel mir diese Worte bedeuten.«

Ich suchte seinen Blick.

Tiefe.

Weite.

Liebe.

Ich keuchte, als er den Verschluss öffnete und verbot mir, darüber nachzudenken, wie oft er das schon bei anderen getan hatte. Ein Kribbeln jagte über meine Haut, als er die Träger quälend langsam über meine Arme schob und dabei meine Haut streifte. Meine Finger zitterten, als ich sie durch die Träger schob. Sobald das Kleidungsstück mich nicht mehr berührte, warf Kian es achtlos zur Seite. Er sah mir in die Augen, und all seine Emotionen lagen offen in seinem Blick.

Freude.
Verlangen.
Liebe.

Erst, als ich es fast nicht mehr aushielt, ließ er seinen Blick tiefer wandern. Mein Herz schlug heftig. Ein kurzer Moment der Unsicherheit überrollte mich, doch als Kians Blick weiterglitt, war er wieder verschwunden. Er streifte jeden Zentimeter meiner Haut, als wollte er sich dieses Bild genau einprägen. Es vergingen Minuten, in denen er mich einfach nur ansah. Ich schluckte.

»Du starrst mich an«, flüsterte ich. Ein Lächeln breitete sich um seine Mundwinkel aus, und er senkte seinen Körper auf meinen, bis ich ihn überall spürte. Bis seine Lippen kurz über meinen schwebten.

»Das ist mein Text«, sagte er. Ich rollte die Augen und wollte etwas erwidern, doch meine nächsten Worte wurden von seinen Lippen erstickt. Ich vergaß, was ich hatte sagen wollen. Ich konnte nur noch fühlen.

Er küsste jeden Zentimeter meiner Haut. Es trieb mich schier in den Wahnsinn. Seine Küsse waren federleicht, während seine Zunge neckend war.

Inzwischen trennte uns nur noch der dünne Stoff unserer Unterhosen, und ich konnte alles fühlen. Jedes Zucken und jede Bewegung. Kian keuchte, als ich mein Becken vorschob.

Fast hätte ich mich grinsend zurückgelehnt, als er meine Hand packte und sie so fest umklammerte, als hätte er Angst zu fallen. Ich verteilte eine Reihe von Küssen auf seiner Brust, und er schloss die Augen.

Unsere Münder fanden sich erneut. Dieser Kuss hatte

nichts Vorsichtiges mehr an sich. Er war voller Verlangen. Ich stöhnte in Kians Mund. Ich wollte mehr als das hier. Ich wollte ihn endlich spüren.

»Kian, bitte«, flehte ich. Zu meinem Entsetzen ließ er von mir ab und sah mich an.

»Ja?« Er verzog seine Lippen zu einem Lächeln. »Sollen wir aufhören?«, fragte er, obwohl wir beide die Antwort kannten. Ein entsetzter Laut entrann mir, als er seine Finger in meinen Slip hakte. Dieser ... »Blödmann«, murmelte ich.

Er stieß nur ein Lachen aus.

»Mhh, was kommt nach den Beleidigungen?«

Ich verdrehte die Augen. Ganz sicher würde ich ihm darauf nicht antworten.

Das Ziehen in meinem Unterleib wurde beinah unerträglich.

»Kannst du einfach weitermachen, bitte?«

Mit einem Lachen zog er den Slip nach unten und verteilte ein paar Küsse auf meiner Bauchdecke. Nur so lange, bis ich ihn wieder zu mir nach oben zog. Ich schlang meine Beine um seine Hüften und drückte mich ihm entgegen. Ich spürte ihn hart an mir, und die Hitze sammelte sich in jedem einzelnen Teil meines Körpers.

Ich nahm eine Hand zwischen uns und umfasste ihn durch den dünnen Stoff seiner Boxershorts. Er keuchte, als ich seine Länge entlangstrich. Seine Stirn sank in meine Halsbeuge.

Ich zog am Bund seiner Shorts. Bereitwillig zog er sie aus, nur für winzige Sekunden ließ er dafür von mir ab, nicht lange genug, dass ich ihn hätte vermissen können, dann war er wieder über mir.

Er küsste mich. Tiefer, als ich es je für möglich gehalten hatte, liebevoller, als ich es je für möglich gehalten hatte. Wieder schlang ich meine Beine um seine Hüften und zog ihn näher zu mir. Ich spürte ihn an meinem Eingang und zitterte. Genau wie damals, als ich das erste Mal wieder in seinen Armen gelegen hatte, nur dass das hier näher war. Wichtiger. Ich versuchte, das Zittern zu unterdrücken, aber es war unmöglich. Er umfasste mein Gesicht mit beiden Händen, sodass ich ihm in die Augen sehen musste. Das Braun darin war fast schwarz.

»June, ich werde nichts tun, was du nicht willst.«

Atmen fiel mir mit einem Mal unglaublich schwer. Ebenso reden, aber ich musste ihn die Worte hören lassen. Ich musste sie aussprechen. Vor allem, damit ich mir selbst sicher war, dass ich das hier wollte.

»Ich will es«, flüsterte ich.

Seine Augen verdunkelten sich noch eine Spur. Er schluckte.

»Kannst du das noch mal sagen?«, fragte er rau.

Hätte es Zweifel gegeben, wären sie spätestens jetzt verschwunden.

»Ich will es«, wiederholte ich.

Lächelnd kam er mir näher. Ich tippte ihm gegen die Brust, um ihn zu stoppen. »Du brauchst ein Kondom.«

Seine Gesichtszüge entglitten.

»Fuck, stimmt.«

Er rollte sich von mir, ich nutzte den Moment und

versuchte, mich etwas zu beruhigen. Aber das verdammte Zittern wollte einfach nicht verschwinden. Ich hatte nicht mal bemerkt, dass er schon wieder über mir war. Zärtlich kämmten seine Finger mein Haar.

»June, wir können warten …«

Ich schüttelte den Kopf. Ich wollte nicht warten. Ich wollte ihn spüren. Mit Kian fühlte sich alles so unglaublich perfekt an. Mehr als bei jedem anderen zuvor. Das hier konnte einfach nicht falsch sein.

»Es ist mein Ernst.« In Kians Augen war Besorgnis getreten. Ich zog ihn zur mir herunter, bis wir nur noch Millimeter voneinander entfernt waren.

»Ich will alles.« Ich hielt seinen Blick, so fest ich konnte. Bis er mir endlich glaubte und seine Lippen auf meine legte.

Er küsste mich um den Verstand. So lange, bis das Zittern aus meinem Körper verschwunden war und nur noch das Pochen zwischen meinen Beinen zurückblieb.

Ich wollte ihn so sehr. Er schob eine Hand zwischen uns und berührte mich endlich dort, wo ich es am dringendsten brauchte. Ich klammerte mich an ihn, als sich der bekannte Druck in meinem Unterleib aufbaute.

Und dann spürte ich ihn.

Er drang langsam in mich ein, aber ich hatte trotzdem das Gefühl, keine Luft mehr zu bekommen. Was Kian augenblicklich erstarren ließ. Er verschränkte unsere Blicke, und erst, als ich wieder atmen konnte, schob er sich ein Stück weiter. Zögernd. Ein kurzer Schmerz durchzuckte mich, und ich verzog das Gesicht. Es war zu lange her, und ich war nicht mehr daran gewöhnt.

»Alles okay?« Wieder hielt er inne. Ich nickte, aber er schien mir nicht zu glauben. Da ich befürchtete, dass keine Worte ihn überzeugen würden, schob ich ihm mein Becken entgegen und nahm ihn tiefer in mir auf. Scharf zog er die Luft ein.

Wir verharrten einen Moment in dieser Position, bis Kian sich ein Stück zurückzog und wieder zustieß. Ich lächelte, als er stöhnte, und hätte beinahe einen Spruch losgelassen, aber er tat es noch mal, und diesmal stöhnte auch ich.

Er seufzte. »Ich sterbe.«

Ich konnte mir ein Grinsen nicht verkneifen. »Das wäre schade.«

Unsere Blicke trafen sich. »Du würdest mich vermissen, hm?«

Ich schlang meine Arme fester um ihn. »Sehr.«

Er lächelte an meinen Lippen und stieß erneut zu.

Ich verstand, was er gemeint hatte, ich konnte nur hoffen, dass ich nicht vergessen würde zu atmen und hier in seinen Armen starb. Denn der langsame Rhythmus, den Kian aufbaute, ließ mich alles vergessen. Sogar das Atmen.

Seine Bewegungen wurden fiebriger, seine Küsse drängender.

Er traf immer wieder diesen Punkt in mir, der mich um den Verstand brachte.

Wir waren keine zwei Körper mehr, sondern nur noch einer. Dort, wo ich aufhörte, begann er, und dort, wo ich mich nicht selbst halten konnte, hielt er mich.

Unser viel zu schneller Atem verwandelte sich in Keuchen.

Jegliche Raffinesse verabschiedete sich.

Ich fiel, als Hitze in meinem Bauch explodierte, gleichzeitig wusste ich, dass es nicht so sein konnte, denn Kian würde mich halten.

Ich krallte meine Finger in seine Schulter. Er dämpfte sein Stöhnen an meiner Halsbeuge.

Wir,
fielen,
explodierten,
zerbrachen,
heilten,
alles gleichzeitig.
Alles zusammen.

Ich hörte auf den Beat in seiner Brust und hatte das Gefühl, mein Herzschlag würde sich seinem anpassen. Ganz so, als wären unsere Herzen endlich wieder vereint.

## Kapitel 26

*Every single year in June I'm singing that song.*
Ich starrte auf die Worte vor mir, unfähig, mich zu bewegen. Nur jetzt, da ich Kian so nah war, konnte ich sie lesen. In geschwungener Schrift waren sie in seiner Haut verewigt. Ich hob einen Finger, um sie zu berühren. Jeden einzelnen Buchstaben fuhr ich nach, jeden Kringel und jeden Schnörkel. Bis ich beim letzten Wort angekommen war, und dann noch ein weiteres Mal.

Er lächelte träge im Schlaf.

Ich hatte ihn in mich gelassen, und zwar nicht nur auf körperliche Weise. Dieser Gedanke überfiel mich aus dem Nichts, als hätte er nur hinter einer Ecke gelauert.

Was, wenn er gleich aufwachte und nicht mehr dieselbe Person in mir sah? Was wenn ich nicht mehr dieselbe Person in ihm sehen konnte?

Verdammt. Er war schuld, dass Jase mir das alles angetan hatte.

Was, wenn wir uns verlieren würden?

Panisch setzte ich mich auf und rieb mir mehrmals über das Gesicht.

Ich musste meine Gedanken lüften.

Vorsichtig kletterte ich über Kian und griff nach dem erstbesten Kleidungsstück auf dem Boden. Sein T-Shirt.

Ich streifte es über und atmete seinen Minzduft ein.
*Heimat.*
Auf Zehenspitzen schlich ich zur Tür. Die Hand schon an der Türklinge, hörte ich ein Geräusch hinter mir.
»Läufst du vor mir weg?«
Langsam drehte ich mich um. Kian hatte sich aufgesetzt. Seine Stimme klang kein bisschen verschlafen, eher so, als wäre er schon eine ganze Weile wach.
Ich presste die Lippen aufeinander und wich seinem Blick aus. Was hätte ich auch sagen sollen, den Fuß schon in der Tür?
»Bitte warte.« Er schob die Decke zur Seite und stand auf. Ich zog scharf die Luft ein. Ihn nackt vor mir zu sehen, steigerte nicht grade meine Fähigkeit, Sätze zu bilden. Er grinste, als wüsste er genau, welche Wirkung er auf mich hatte.
Ich wollte die Augen verdrehen, aber ich konnte mich nicht bewegen. Mein Blick glitt über seinen Körper und blieb an jedem einzelnen Tattoo hängen. Besonders das auf seinen Hüften fesselte mich. Es war das einzige, das ich noch nicht kannte, und es raubte mir ebenso den Atem, wie es seine nackte Haut tat. Eine ungeheure Spannung ging von dem Bild aus. Es zeigte einen Gitarristen, der geradezu Leidenschaft versprühte. Allerdings wurde das Bild durch die Kette und die daran befestigte Kugel zerstört. Sie war dem komplett in der Musik versunkenen Mann um den Fuß geschlungen und schien viel mehr Raum einzunehmen als die Gitarre, obwohl sie viel kleiner war.

Ich wollte wissen, was es bedeutete, ich wollte ihn nach jedem einzelnen Tattoo fragen. Aber ich fand nicht die richtigen Worte dafür.

Er blieb vor mir stehen.

Das Braun seiner Augen war fast genauso schwarz wie gestern Abend.

»Ich wollte frische Luft«, krächzte ich.

Er grinste.

»Okay, viel Spaß, ich mache uns einen Kaffee.«

Gut. Perfekt. Ich musste mich nur umdrehen und gehen. Genau, wie ich es vorgehabt hatte. Wieso rührte ich mich noch immer nicht vom Fleck? Wieso hielt Kians Blick mich an Ort und Stelle, obwohl ich gehen wollte?

Es war nur der Hauch einer Bewegung, ein winziger Schritt nach vorne. Keine Ahnung, wer von uns beiden ihn gemacht hatte, ich wusste überhaupt nichts mehr, denn Kian hatte mich gegen die Tür gedrückt. Seine Lippen auf meinen.

Verlangen durchzuckte meinen Unterleib, und ich zog ihn näher.

Er presste seinen nackten Körper gegen meinen, und ich konnte jeden einzelnen seiner Muskeln spüren.

Unsere Zungen fanden einander, und es entlockte nicht nur mir einen Laut. Kians Stöhnen hallte in meinem ganzen Körper wider und fachte die Hitze darin nur noch mehr an. Ich konnte nicht verhindern, dass meine Knie nachgaben. Sie knickten einfach unter mir weg, als hätten sie verlernt, mich zu tragen. Fast automatisch schlang Kian die Arme um meine Taille und gab mir Halt.

Erst, als wir beide keine Luft mehr bekamen, ließen wir voneinander ab.

Wir sahen uns an.

Kians Mundwinkel zuckten.

Er trat einen Schritt zurück, ohne den Blick von mir zu nehmen.

»Hat da gerade jemand weiche Knie bekommen?«, fragte er.

Mit letzter Kraft zog ich eine Augenbraue nach oben und deutete zwischen seine Beine.

»Hat da gerade jemand eine Erektion bekommen?«

Sein Lächeln verwandelte sich lediglich in ein Grinsen.

Himmel, ich musste endlich einen klaren Gedanken fassen. Meine Hand tastete nach der Türklinke und drückte sie herunter.

Ich war schon im Flur, als Kian mich aufhielt.

»Übrigens, June«, sagte er leise. »Du bist verdammt heiß in meinem T-Shirt.«

Mein dummes Herz litt mal wieder unter einem Fehler, denn es schlug hektisch gegen meine Brust.

»Nur in deinem T-Shirt?«, konterte ich, kam mir aber nur halb so cool vor, wie meine Worte es waren.

»Oh nein, besonders in meinem T-Shirt.«

Jap, mein Herz schien Marathon zu laufen.

»Kian, du wolltest Kaffee machen«, erinnerte ich ihn.

Seine Antwort war ein Grinsen.

Ich ließ die kalte Morgenluft durch mein Haar wehen und hob die Hände, um es im Nacken zusammenzunehmen.

Die Stadt erwachte langsam. Einzelne Lichter leuchteten aus dem Meer der Häuser zu mir hinauf. Alles schien so friedlich, zu friedlich für die Achterbahn der Gefühle, die in mir tobte.

Ich wusste nicht was ich von der letzten Nacht halten sollte.

Einerseits war ich unglaublich erleichtert darüber, mich Kian geöffnet zu haben, andererseits machte es mir Angst.

Ich seufzte. Vielleicht war es doch keine gute Idee, mit meinen Gedanken alleine sein zu wollen.

Ich drehte mich um und ging wieder nach drinnen.

»Hey, Mädchen, das den besten Sex ihres Lebens hatte«, begrüßte Kian mich, als ich die Küche betrat. Ich konnte nicht verhindern, dass ich grinste. Damit hatte er verdammt noch mal recht.

»Kaffee«, verlangte ich mit ausgestreckter Hand. Kian ignorierte die Tassen, die neben ihm auf der Ablage standen, und kam stattdessen zu mir herüber.

»Kaffee bekommst du, wenn ich mir mein T-Shirt zurückgeholt habe.«

Wie bitte?

»Ich dachte, es gefällt dir?«, fragte ich gespielt verwirrt.

»Ja, aber siehst du das?« Er deutete auf seinen nackten Oberkörper. »Ich habe kein T-Shirt, und ich friere.«

Ich zog eine Augenbraue nach oben. Es waren mindestens zwanzig Grad hier drinnen.

Er umfing mich mit seinen Armen. Ich wand mich, doch Kian zog schonungslos am Saum des T-Shirts. Wir lieferten uns einen kleinen Kampf, bei dem ich ihn zurück in Richtung unserer Zimmertür zerrte. Kurz vor der Tür bekam er den Saum mit beiden Händen zu fassen und zog mir das T-Shirt über den Kopf. Ich quietschte, als die kalte Luft, zwanzig Grad, meinen Oberkörper traf. Schnell schlüpfte ich durch die Tür und warf sie hinter mir ins Schloss. Er stöhnte auf der anderen Seite.

Ich ignorierte ihn und stapfte zu meiner Kommode.

Das hier war so viel einfacher, als ein ernstes Gespräch über gestern Nacht zu führen. Die Witze und Kabbeleien ließen uns wenigstens in dem Glauben, dass alles war wie zuvor.

Ich hatte mich gerade fertig angezogen, da schlang Kian seine Arme um meine Hüften. Langsam drehte ich mich zu ihm um. Ich hielt den Atem an, und auch seine Brust hob und senkte sich nicht mehr.

Ein paar lange Sekunden sahen wir uns einfach nur an, verloren uns in dem Blick des anderen, so lange bis Kian sich ein Stück vorlehnte und mit seinen Lippen meine Wange streifte. Scharf zog ich Luft ein.

Er war mir so unglaublich nah.

Wie sollten wir nach dem letzten Abend, nach der letzten Nacht in unseren Alltag zurückkehren?

Ich wich zurück.

Ich war noch lange nicht bereit hierfür.

Ich war nicht bereit, mich den Konsequenzen der letzten Nacht zu stellen, und auch nicht, darüber nachzudenken, was es bedeutete, dass er Schuld hatte an dem, was Jase mir angetan hatte.

Ein Schatten huschte über sein Gesicht, als ich einen weiteren Schritt zurückwich.

»Ich muss los«, krächzte ich, obwohl ich selbst keine Ahnung hatte, wohin. Heute war Samstag. Ich musste weder in den Laden noch in die Uni, aber Kian war mir zu nah gekommen.

*Viel zu nah.*

Ich brauchte Abstand.

Ich klaubte meinen Rucksack vom Boden und stopfte wahllos ein paar Sachen hinein. Kian sah mir schweigend zu, und erst, als ich die Tür öffnete, räusperte er sich.

»Wohin …« Er schluckte hart. »Wohin willst du?«

Da ich keine Ahnung hatte, schlüpfte ich in den Flur. Ich riss die Jacke vom Haken und trat in meine Schuhe.

»Lass uns bitte reden, bevor du gehst.«

Kian folgte mir und sah ungefähr so verzweifelt aus, wie ich mich fühlte. »Ich weiß, dass ich alles falsch gemacht habe–«

Ich unterbrach ihn mit einem Kopfschütteln und schrumpfte unter den Erinnerungen an gestern Abend.

Ich hatte ihm alles gegeben.

*Warum?*

Warum hatte ich das getan?

Ich versuchte meinen Reißverschluss zu schließen, aber meine Hände zitterten zu sehr.

Als ich es ein weiteres Mal versuchte, griff Kian nach meinen Händen und hielt sie fest.

»Hör auf, ich helfe dir.«

Seine Haut lag warm auf meiner. Hektisch zog ich meine

Hände weg. Seine Schultern sackten nach unten, als er die Enden ineinanderfädelte. Als wir klein waren, hatte er das unzählige Male gemacht. Wir waren ein eingespieltes Team gewesen: Er hatte mir die Jacke zugemacht, ich hatte ihm die Schuhe gebunden. Bis er in der dritten Klasse endlich lernte, selbst eine Schleife zu binden. Ich hatte es ihm beigebracht.

Kian zog den Reißverschluss nach oben und trat dabei einen Schritt vor, sodass wir direkt voreinander standen.

Ich schüttelte den Kopf.

»Bitte, lass mich gehen.«

Er verzog das Gesicht, als wären meine Worte ein Fausthieb in seine Magengrube.

»Bitte, sag mir, wohin du gehst.«

Ich senkte den Blick und drehte mich weg.

»June«, flehte er. »Ich ertrage den Gedanken nicht, dass du gerade nicht bei mir sein willst.«

Ich schloss die Augen und versuchte meine Tränen hinunterzuschlucken.

Ich ertrug den Gedanken nicht, dass ab jetzt alles anders sein würde.

Ich zog die Haustür hinter mir zu.

Auf der Straße rannte ich. Keine Ahnung, in welche Richtung ich lief.

Weg, wie immer.

Weg vor Kian und weg vor meinen Gefühlen.

Mein Bruder und sein Freund wohnten in einem schicken Apartment direkt in der Innenstadt.

Ich stand vor seiner Haustür und hob die Hand, um zu klingeln. Meine Finger zitterten. Ich konnte nicht zu Ella, weil Kian es bei ihr zuerst versuchen würde, aber ich brauchte die Gesellschaft von jemandem der über damals Bescheid wusste.

Schwungvoll riss Jake die Tür auf. Einen Moment starrte er in meine verheulten Augen.

Er hatte mich seit damals nicht mehr weinen gesehen.

Wortlos breitete er die Arme aus, und ich kuschelte mich hinein. Er murmelte Worte, die ich nicht verstand, und drückte mich fest an sich.

»Hast du dich mit Kian gestritten?«

Ich ließ von ihm ab und schüttelte den Kopf.

Wir gingen ins Wohnzimmer, wo Toni, nur in Boxershorts und mit einer Kaffeetasse in der Hand, auf dem Sofa saß. Erst jetzt fiel mir auf, dass auch mein Bruder keine Hose trug.

»Hey June«, begrüßte Toni mich gut gelaunt. Meine verquollenen Augen ignorierte er einfach.

»Abflug, Toni.« Jake deutete über die Schulter.

Augenrollend stand Toni auf. Er warf mir einen gespielt verärgerten Blick zu.

»Beeilt euch, Jake hatte mir gerade schweißtreibenden Sex versprochen.«

Mein Bruder presste die Kiefermuskeln aufeinander.

»Das. Ist. Eine. Lüge.«

Pro Wort ein Atemzug.

Ich konnte mein Lächeln nicht verhindern. Wurde mein großer, starker Bruder etwa rot?

Toni blieb direkt vor ihm stehen.

Scharf zog Jake Luft in seine Lunge, als Toni sich vorbeugte und seine Lippen küsste.

Sinnlich.

Herausfordernd.

Liebevoll.

Mein Lächeln verwandelte sich in ein Grinsen, als Toni mit schwingenden Schritten den Raum verließ und Jake schwer atmend zurückließ.

Er starrte einen Moment ins Leere, bevor er den Kopf schüttelte und sich zu mir umdrehte.

»Ignorier das bitte.« Er ließ sich aufs Sofa fallen und klopfte neben sich. »Und hör auf, so beschissen zu grinsen.«

Ich setzte mich neben ihn.

»Warum bist du hier?«, fragte er.

Meine Mundwinkel sackten nach unten.

»Ich brauchte Abstand von Kian«, presste ich hervor.

Jake runzelte die Stirn.

»Bist du krank, Langstrumpf?« Prüfend legte er eine Hand auf meine Stirn.

Ich stieß sie weg.

»Ich hab ihm von damals erzählt.«

Schweigen.

Jake starrte mich an.

Blinzelte.

Öffnete den Mund.

Schloss ihn wieder.

Er räusperte sich. »Bist du hier, weil er falsch reagiert hat?«

»Was? Nein!« Energisch schüttelte ich den Kopf. »Nein, er war großartig.« Meine Stimme brach.

Ich hatte Kian alles gegeben.

*Alles.*

Stumm forderte Jake mich zum Weitersprechen auf.

Und ich redete.

Ich erzählte ihm von den Begegnungen mit Jase, von meiner Panikattacke in der Uni und davon, wie ich mich Kian geöffnet hatte. Tränen standen in meinen Augen, und jedes Wort zerrte an meinen Nerven.

Als ich endete, senkte Jake den Blick. »Ich wusste nicht, dass es noch immer so schlimm ist.«

Ich zuckte die Schultern. Nur Ella hatte bisher davon gewusst.

*Und jetzt Kian.*

Ich wartete, bis er mich wieder ansah. »Irgendwie habe ich das Gefühl, es war falsch, Kian alles zu erzählen.«

Jake fixierte mich. Langsam schüttelte er den Kopf. »Das ist Bullshit, es war eine gute Entscheidung.«

Ich schwieg.

»June, er war großartig, weil er immer großartig ist.« Jake lächelte so stolz, als hätte er allein Kian großgezogen.

»Und was er zu Jase gesagt hat, war sicher nicht der Auslöser.«

Er schüttelte den Kopf.

»Jase war ein Arschloch, er hätte es so oder so getan.«

Fest sah er mir in die Augen. »Kian liebt dich wie eine Schwester, lass nicht zu, dass ihr euch deshalb verliert.«

*Wie eine Schwester.*

Fast hätte ich gelacht.

Er griff nach meiner Hand und verflocht unsere Finger. »Er wollte dich nur beschützen, ich hätte das Gleiche getan.«

»Ehrlich?«

Er lächelte. »Natürlich, June, ich bin für dich da.«

Blinzelnd verscheuchte ich meine Tränen.

*Beschützen.*

Hatte Kian nicht das Gleiche gesagt?

Ich wusste, dass Jake für mich da war und ich immer zu ihm kommen konnte. Aber jedes Mal, wenn ich das tat, war ich wieder das kleine Mädchen, das in den Armen ihres großen Bruders heulte, und ich wusste nicht, ob ich dieses Mädchen noch sein wollte.

Er öffnete den Mund, um noch etwas zu sagen, da klingelte sein Handy. Seufzend stand er auf und nahm es aus dem Regal. Er warf einen Blick auf das Display. Auf seiner Stirn bildeten sich Falten, als er zu mir sah und schließlich ranging.

»Ja?«, meldete er sich ohne Begrüßung. Es folgte ein kurzes Schweigen, dann sah er wieder zu mir.

»Sie ist hier«, sagte er, ohne mich aus den Augen zu lassen. Es waren diese drei kleinen Worte, die mich wissen ließen, wer am anderen Ende war. Jake legte auf, ohne noch etwas zu sagen. »Er kommt dich in zwanzig Minuten abholen, ist das okay?.«

Ich atmete ein. Ich wusste nicht, ob ich schon bereit dazu war, Kian wieder in die Augen zu sehen.

»June, vertrau mir, alles wird gut.«

Er setzte sich wieder neben mich. Ich schlang die Arme um ihn und vergrub das Gesicht an seiner Brust.

Lachend legte auch er die Arme um mich.

Dann hielt er mich zwanzig Minuten lang.

Kian brauchte nur eine Minute länger als angekündigt. Jake öffnete ihm, während ich auf dem Sofa sitzen blieb. Mein Herz sank mir in die Hose, als er auf mich zutrat. Sein Blick nahm mir die Fähigkeit zu atmen, und er galt mir. Nur mir.

Jake lehnte im Türrahmen und beobachtete uns. Kian warf ihm einen Blick zu. Sofort hob mein Bruder die Hände.

»Ich geh uns Kaffee machen«, verkündete er.

Anscheinend verstanden die beiden sich noch immer ohne Worte.

Kian kam zu mir herüber.

»Hey.« Er ging vor mir in die Hocke und griff nach meinen Händen. Ich zitterte unter der Berührung.

»Bitte mach das nie wieder, ich war krank vor Sorge.«

Ich schluckte trocken.

Schweigen.

Mit dem Daumen malte er Muster auf meinen Handrücken.

»Ich bin ein Idiot.«

Müde hob ich einen Mundwinkel. »Das habe ich dir schon immer gesagt.«

Er schüttelte den Kopf. Ihm war nicht nach Scherzen zumute.

»Ich habe dir die schlimmste Zeit deines Lebens beschert, und statt dir Zeit zu geben, habe ich mit dir geschlafen.«

*Wir.*
Wir hatten miteinander geschlafen.
Ich genauso mit ihm wie er mit mir.
Sorge in seinen Augen.
»Es tut mir so leid.«
Ich schluckte. »Das ist es nicht.«
Seine Augen weiteten sich.
»Was ist es?«, fragte er vorsichtig. »Was habe ich falsch gemacht?«
Ich wich seinem Blick aus.
»Ich bin es«, erinnerte er mich. »Ich bleibe dein bester Freund, egal was du sagst.«
Ich klammerte mich an seinen Händen fest.
Er legte den Kopf schief. »Hast du Angst?«
Ich schwieg.
»June, wenn du Angst hast vor dem, was als Nächstes kommt, dann ist das okay, aber friss sie nicht in dich rein, sondern sprich mit mir darüber.«
Ich hatte diesen Mann nicht verdient.
»Ich brauchte Abstand«, presste ich nach einer Weile hervor.
Schmerz blitzte in seinen Augen auf. Dann deutete er ein halbes Lächeln an. »Meine Schönheit kann halt verblenden.«
Ich schaffte es nicht mal, meine Mundwinkel zu heben.
Kian wurde wieder ernst. »Das ist doch völlig okay, ich gebe dir allen Abstand, den du brauchst, ich will mir nur keine Sorgen machen müssen.«
Ich zerbrach.

Hier vor ihm.

Weil er für mich da war.

Vorsichtig zog er mich auf die Beine. Er nahm mich in den Arm und drückte mich an seine Brust.

»Zu nah«, murmelte ich. Kian schob mich ein Stück von sich und sah mich an.

»Du bist mir viel zu nah gekommen.«

Er ließ mich los und brachte Abstand zwischen unsere Körper. Dabei meinte ich gar nicht diese Nähe.

Verzweifelt fuhr er sich durch die Haare.

»June, das war kein einmaliger One-Night-Stand für mich. Wir sind so viel mehr.«

Ich zuckte zusammen. »Ich meine nicht die körperliche Nähe«, sagte ich tonlos.

Diesmal zerbrach er.

Vor mir.

Weil ich nicht für ihn da war.

Ich wollte meine Hände ausstrecken und ihn in den Arm nehmen, aber ein lautes Klirren ließ uns herumfahren.

»Das ist nicht wahr.« Jake ignorierte die Tasse, die er fallen gelassen hatte, und stellte die anderen beiden auf dem Tisch ab. Seine Augen waren zu schmalen Schlitzen verengt, als er auf uns zukam.

»Ihr habt miteinander geschlafen.«

Keine Frage. Er wollte eine Bestätigung für seine Vermutung.

Unser Schweigen war ihm Antwort genug.

Seine Hand schnellte vor. Er packte Kian am Kragen

und zog ihn zu sich heran, bis ihre Gesichter nur Zentimeter voneinander entfernt waren.

Kians Augen waren schockgeweitet, und auch ich konnte mich nicht bewegen.

Jake stieß Kian von sich, sodass dieser einen Schritt zurücktaumelte. »Ich dachte, sie würde dir etwas bedeuten!«

Kian schluckte hart. »Du weißt gar nicht, wie viel.«

Seine Stimme brach.

Mein Herz ebenfalls.

Wieso hatte ich solche Probleme, diesem Mann alles zu geben, obwohl er schonungslos und immer für mich einstand?

Jake trat wieder einen drohenden Schritt auf ihn zu.

Diesmal schaffte ich es, dazwischenzugehen.

»Himmel, Jake.« Ich hielt ihn an seinem T-Shirt zurück. »Wir sind keine Kinder mehr.«

Er schnaubte. »Ich glaube, ihr geht jetzt besser.«

Ich presste die Lippen zusammen und nickte. Kian war blass geworden. »Jake, Mann«, murmelte er. »Ich würde June niemals verletzen.«

Fünf kleine Wörter.

Jake explodierte.

»Verpiss dich, Kian.«

Wir gingen.

Als die Haustür hinter uns ins Schloss fiel, atmete ich erleichtert aus. Kian dagegen zuckte bei dem Geräusch zusammen.

»Ich glaube, ich habe einen Freund weniger.«

Ohne ihm zu antworten, stieg ich die Treppen nach unten. Jake war mit Sicherheit nicht das Problem. Er wäre der Letzte, der uns verurteilen würde, wenn wir es ihm erklärten. Das gerade war nur sein verfluchter Beschützerinstinkt gewesen, der überreagiert hatte.

Kian müsste das eigentlich verstehen, denn er hatte denselben.

Den Heimweg verbrachten wir schweigend.

All die unausgesprochenen Worte hingen zwischen uns in der Luft, aber weder er noch ich traute sich, sie auszusprechen.

Wir vertaten unsere Chance zu reden, denn als wir die Haustür öffneten, empfingen uns unsere Freunde. Anscheinend hatten sie beschlossen, dass wir den Nachmittag alle zusammen verbringen würden.

Großartig.

Simon, Ella und Kate saßen auf dem Sofa im Wohnzimmer. Pekka nestelte an der Musikanlage herum.

Als Ella Kian und mich bemerkte, zog sie uns sofort mit aufs Sofa.

»Wir wollen die Fotos vom Meer angucken«, verkündete sie. Super. Simon hatte seinen Laptop auf dem Couchtisch platziert und suchte den Ordner mit den richtigen Bildern.

Widerwillig setzten Kian und ich uns zu ihnen.

Auch Pekka quetschte sich noch mit aufs Sofa.

Simon klickte sich derweil durch die Bilder. Zuerst waren da nur ein paar von der Raststätte, und der Anblick ließ mich erschaudern. Ich war so unglaublich schwach gewesen.

Mit dem nächsten Mausklick popppte das erste Bild von Ella, Kian und mir auf. Wir rannten nebeneinander in Richtung Meer. Pekka hatte einen ganzen Haufen Fotos von uns gemacht, ohne dass wir es bemerkt hatten.

Wir lachten auf jedem Bild. Die Verbindung zwischen uns war fast sichtbar.

»Ich brauche Abzüge davon«, quietschte Ella neben mir. »Die sind der Hammer.«

Ich konnte ihr nur zustimmen. Diese Fotos würden einen besonders schönen Platz an meiner Zimmerwand bekommen.

Simon versprach, uns bei Gelegenheit welche auszudrucken.

Ella war in ihrer Euphorie beinah nicht zu stoppen.

»Ich glaube, so schöne Bilder hatten wir noch nie von uns.«

Begeistert stieß sie zuerst mich und dann Kian an. Wir lächelten zurück, aber es erreichte nicht unsere Augen.

Ella und Kate verbrachten den restlichen Tag bei uns, so war ständig jemand um uns herum, und es fiel Kian und mir leicht, einem Gespräch aus dem Weg zu gehen.

Ich war mir ziemlich sicher, dass Ella die Spannung zwischen uns bemerkte, auch wenn wir uns große Mühe gaben, es zu überspielen. Wir alberten herum. Er klopfte Sprüche. Ich lachte darüber. Im Grunde war alles genau wie immer.

Meine Vermutung bestätigte sich, als Ella und ich am

Abend kurz allein in der Küche waren. Wir wollten Simon beim Kochen helfen, er unterhielt sich allerdings noch mit den anderen im Wohnzimmer.

Sie musterte mich prüfend.

»Was auch immer zwischen euch passiert ist ...« Sie machte eine kleine Pause. »Kommt zusammen, oder werdet wieder normal. Ihr seid unerträglich.«

Ich verzog das Gesicht. Mehr als alles andere wünschte ich mir, dass wir wieder *normal* werden würden. Sie versuchte sich an einem Lächeln, ließ es aber schnell wieder bleiben, als sie meinen Blick sah.

»Juni, hör auf, es dir zu verbieten.« Sie kam zu mir herüber und legte eine Hand auf meine Schulter. »Ihr seid füreinander bestimmt.«

Ich schnaubte. »Das ist kitschig.«

»Und die Wahrheit«, entgegnete sie.

Sie ging zu einem Schrank und zog einen Topf heraus.

»Ich muss es wissen, ich kenne euch zwei besser, als jede andere.«

Ich schwieg. Ich hatte keine Ahnung, was ich dazu sagen sollte.

»Wart ihr im Bett?«, fragte Ella aus dem Nichts.

Frustriert stöhnte ich auf.

In diesem Moment kam Simon herein. Nie war ich glücklicher gewesen, ihn zu sehen.

Ella grinste mich an. »Ich wusste es«, sagte sie.

Simon ging zum Kühlschrank, um das Gemüse herauszuholen. Ella beugte sich zu mir herüber, damit Simon uns nicht verstehen konnte. »Du musst es nur akzeptieren.«

Genau da lag mein Problem.

»Das ist nicht so leicht.«

Sie nickte, als wüsste sie genau, was ich meinte, aber wir unterbrachen unsere Unterhaltung und halfen Simon. Auch wenn ich eher im Weg stand, als wirklich zu helfen.

Zurück blieben ihre Worte.

*Du musst es nur akzeptieren.*

## Kapitel 27

Ich öffnete die Badezimmertür und trat in den Flur. Das Top, dass ich trug, war ein wenig zu eng, aber Ella hatte darauf bestanden dass ich es anzog, weil sie der Meinung war, dass es meine schmale Taille perfekt zur Geltung brachte. Ich sah an mir herunter und verdreht die Augen. Es war einfach nur rot und hässlich. Aber egal, ich würde ja ohnehin nicht mit in diesen Pub kommen, um jemanden aufzureißen. Leise öffnete ich meine nur angelehnte Zimmertür.

Kian und Ella standen sich gegenüber. Kian mit dem Rücken zu mir. Ich wollte grade zu den beiden hineingehen, da ließen seine Worte mich an Ort und Stelle verharren.

»Ich liebe sie«, sagte er gedämpft. Mit den Händen krallte er sich in seinen Haaren fest. Ella hob den Blick und entdeckte mich. Ihre Augen wurden riesig. Mein Herz setzte aus. Ich spürte den Moment, in dem es stehen blieb. Keuchend schnappte ich nach Luft. Kian drehte sich bei dem Geräusch abrupt zu mir um. Perplex starrte er mich an, eine Reihe von Emotionen flackerte in seinen Augen auf. Mit wenigen Schritten war er bei mir und legte die Hände auf meine Schultern.

»June«, flüsterte er, und mein Name auf seinen Lippen war ein Gebet und ein Fluch zugleich.

Nur aus den Augenwinkeln sah ich, wie Ella den Raum

verließ und die Tür hinter sich zuzog. Ich richtete meine volle Aufmerksamkeit auf Kian.

»Du liebst mich?«, fragte ich krächzend. Die Worte fühlten sich an, als würden sie meine Zunge verkleben. Er antwortete nicht, sondern sah mich nur an. Mit einem Blick, der so offen war, dass ich ihn endlich wieder lesen konnte. Er brauchte nicht zu antworten, ich konnte das *Ja* darin sehen.

Tränen sammelten sich in meinen Augen.

Kian *liebte* mich. Nicht als seine beste Freundin. Er *liebte* mich.

Panik wallte in mir auf.

»Ich weiß, wie wichtig dir unsere Freundschaft ist.« Er legte eine Hand an meine Wange und fing meine Tränen mit seinem Daumen auf. »Aber es ist nicht zu übersehen, dass wir nicht mehr dieselben wie früher sind.« Er ließ eine Pause und rang nach Atem. »Dass wir mehr sind.«

Ich klammerte mich an seinem Handgelenk fest, in der Hoffnung, es würde mir Halt geben.

»Mehr als Freunde.«

Seine Worte hallten in meinem Kopf wider. Wie in Endlosschleife liefen sie tausendmal hintereinander ab und brannten sich in meine Erinnerungen.

»Ich weiß, du wirst mir jetzt nicht grade um den Hals fallen.« Er rang nach Atem. »Aber ich wünsche mir, dass wir mehr sind. Ich möchte deine Hand halten dürfen, wann immer ich es brauche. Ich möchte morgens neben dir aufwachen und dich wach küssen. Ich möchte –« Er unterbrach sich selbst und schüttelte den Kopf. Als sein Blick meinen suchte, erkannte ich nur noch puren Schmerz. »Ich möchte all die Dinge, die ich niemals von dir bekommen werden solange wir nur beste Freunde sind.«

Ich schnappte nach Luft, während die Tränen meine Wangen hinabliefen.

»Hör auf«, flehte ich leise. Ich klammerte mich fester an ihn.

Mich auf eine Beziehung mit Kian einzulassen, würde bedeuten, ihm in allen, *allen* Dingen zu vertrauen und mich wohl dabei zu fühlen.

Wie gut das klappte, hatte ich ja gesehen.

»Wir dürfen nicht mehr als Freunde sein«, sprach ich mit erstickter Stimme weiter.

Seine Hände an meinen Wangen bebten, und ich sah es auch in seinen Augen glitzern.

»Wer sagt das, June?« Seine Stimme war voller Qualen. »Wer verdammt noch mal sagt das?«

Niemand.

Ich schloss die Augen, weil ich es nicht schaffte, ihn anzusehen.

»Freundschaft ist viel mehr wert als ein paar Küsse.«

Als ich meine Augen wieder öffnete, sah ich, wie sich eine Träne aus seinem Augenwinkel löste. Ich sah ihr nach, wie sie nach unten rollte und auf den Boden fiel.

»Ein paar Küsse?«, fragte er mit erstickter Stimme, und ich hätte meine Worte am liebsten zurückgenommen. Er ließ von mir ab, und sein Blick wurde eisig. »So siehst du das?«, fragte er leise. Mein Herz zog sich auf die qualvollste Weise zusammen, aber ich zwang mich, zu nicken. Weil es richtig war. Wir konnte unsere Freundschaft nicht aufs Spiel setzen. Ich brauchte sie zu sehr.

»Was, wenn es nicht klappt? Ich könnte es nicht ertragen, dich noch mal zu verlieren.« Meine Stimme brach. Kian rieb sich über das Gesicht und richtete seinen schmerzerfüllten Blick wieder auf mich.

»Das ist absoluter Bullshit, du würdest mich niemals verlieren.«

Ich starrte ihn an, unfähig, etwas zu erwidern. Ich würde seinen Worten so gerne Glauben schenken. Aber dieser Optimismus wurde mir schon vor langer Zeit genommen.

»Das weißt du nicht«, brachte ich hervor. »Bei Jase hätte ich es auch niemals gedacht.«

Er fuhr sich über das Gesicht und schüttelte den Kopf. »Ich bin nicht Jase, June.«

Schweigend starrten wir uns an.

*Du musst es nur akzeptieren*, schossen mir Ellas Worte durch den Kopf.

»Was kann ich tun?«, fragte er leise. »Was kann ich tun, damit du deine Angst verlierst?«

Mein Herz zog sich zusammen, als ich einen Schritt zurücktrat, um mehr Abstand zwischen uns zu bringen.

»Kannst du mir ein bisschen Zeit geben?«

Sein Ausdruck wurde distanziert. »Kann ich machen, aber ich kann dir nicht versprechen, dass ich nicht irgendwann aufhöre zu warten.«

Das Top war verdammt noch mal zu eng. Es rutschte mir die ganze Zeit hoch und gab den Blick auf die Haut zwischen meiner Hose und dem Saum des Tops frei. Ich würde nie wieder auf Ella hören. Eingequetscht zwischen ihr und Kian saß ich auf der Rückbank von Simons VW-Bus. Kate saß uns gegenüber, Simon fuhr, und Pekka drehte sich vom Beifahrersitz um, damit er uns mitteilen konnte, wie glücklich er darüber war, solche Freunde zu haben. Er hatte schon einiges gebechert. Zu Simons Verärgerung drehte er das Radio volle Kanne auf und tanzte im Sitzen. Es lief ein neuer Song von *Fall Out Boy* und ich musste grinsen.

Er hatte sich einen Club etwas außerhalb ausgesucht. Der einzige Grund, weshalb Ella und ich zuließen, dass wir mit dem Auto fuhren. Auch sie tanzte und sang mit.

Kian und ich bewegten uns nicht. Das Gefühl, alles falsch gemacht zu haben, erdrückte mich von Sekunde zu Sekunde mehr.

Ella schien zu wissen, dass unser Gespräch beschissen gelaufen war, denn ab und zu warf sie mir einen besorgten Blick zu. Ich ignorierte sie und fragte mich zum tausendsten Mal an diesem Abend, wessen dumme Idee es gewesen war, ausgerechnet heute feiern zu gehen?

Es dauerte eine ganze Weile, bis wir anhand von Pekkas – nicht mehr ganz zuverlässiger –, Wegbeschreibung den Parkplatz des Pubs erreichten.

Als wir ausstiegen, hielt Kian mich am Arm zurück. Während die anderen schon vorgingen, blieben wir stehen. Er zog den Saum meines Shirts nach unten und grinste schief.

Ich rollte die Augen. Sein Grinsen wurde breiter.

Es war so einfach, so zu tun, als wäre alles in Ordnung.

Die Beats waren laut, fast zu laut, um es auszuhalten. Das

hier war kein typisch englischer Pub, in dem man nett zusammensitzen und ein bisschen tanzen konnte, stattdessen war alles vollgestopft mit Menschen. Die Tanzfläche quoll über. Sie war so voll, dass ich Bedenken hatte, ob wir da tatsächlich noch drauf passten.

Ella, die neben mir stand, grinste mich an, und ich erwiderte ihr Lächeln. Und wie wir da noch raufpassen würden! Ich hatte es bitter nötig. Kian legte von hinten einen Arm um mich und einen um Ella.

»Darf ich meinen beiden Mädchen was zu trinken bringen?«

*Meinen Mädchen.* Ich verzog das Gesicht.

»Wir sind nicht deine Mädchen«, beschwerte Ella sich prompt.

»Wir gehören uns selber, kapiert?« Demonstrativ schüttelte ich Kians Arm ab, um Ellas Worte zu unterstreichen. Sie tat es mir zufrieden gleich.

»Den Drink würde ich aber nehmen«, stellte sie klar und sah sich suchend um. Kian schien es nicht zu verkraften, dass wir ihn abgeschüttelt hatten, denn er schlang mir von hinten die Arme um die Taille und wiegte mich hin und her, als würde er tanzen. Ich verdrehte die Augen und versuchte, ihm zu entkommen. Erfolglos.

»Kian«, zischte ich. »Wolltest du uns nicht was zu trinken holen?«

Simon stellte sich zu uns. Pekka und Kate waren schon irgendwo in dem Gedränge verschwunden.

»Genau«, kam er mir zu Hilfe. »Sei ein Gentleman und hol deinen beiden Mädchen was zu trinken.«

»Wir sind nicht seine Mädchen«, stießen Ella und ich fast gleichzeitig hervor. Kian lachte nur, was nicht zu hundert Prozent ehrlich klang, machte sich aber endlich auf den Weg in Richtung Bar.

Mit vier Getränken kam er wieder. Simon bekam als Einziger eine Schorle, weil er noch fahren musste.

Wir stellten uns an einen der kleinen Stehtische neben der Tanzfläche und stürzten den Alkohol hinunter.

Meine Laune sank mit jeder Sekunde. Wieso hatten diese Menschen hier alle so viel Spaß? Wieso hatte ich keinen?

Ich zog am Saum von Kians Shirt und deutete auf die schaukelnde Masse. Er stellte seine Bierflasche neben Simon und Ella ab, die gerade in eine Diskussion über Biersorten vertieft waren.

»Porter ist Mist«, hörte ich meine beste Freundin sagen, während wir uns entfernten. Wir zwängten uns durch die tanzende Masse, bis wir ein bisschen Platz fanden. Kian griff nach meinen Händen, und wir tanzten. Mein Körper bewegte sich ohne mein Zutun. Ich folgte einfach dem Rhythmus der Beats. Ich liebte das wummernde Gefühl der Bässe in meiner Brust. Es gab nichts außer der Musik. Nichts, worauf ich mich sonst noch konzentrieren musste. Ich tanzte mit geschlossenen Augen, folgte Kians Bewegungen, ohne darauf zu achten, wie es aussah. Nur deswegen ließ ich mich jedes Mal von Pekka überreden mitzukommen. Wegen dem Gefühl zu glauben, alle Sorgen wären Kilometer entfernt, und das Einzige, was zählte, war tanzen.

Es war egal, dass Kian und ich nicht einer Meinung waren. Es war egal, dass ich mich zu ihm hingezogen fühlte, aber nicht bereit war, eine Beziehung mit ihm zu führen.

Es war alles egal.

Als ich die Augen wieder öffnete, sah ich Ella, die mit Simon tanzte. Ich hatte ihn noch nie freiwillig tanzen gesehen und musste schmunzeln. So, so, mit Ella tanzte er, aber wenn ich ihn fragte, sträubte er sich mit Händen und Füßen. Das war ja sehr interessant.

Ich vollführte eine Drehung, die so unelegant war, dass Kian darüber lachte. Aber auch das war egal. Auch, dass sein Lachen schneller als sonst wieder verschwand.

Wir blieben ewig auf der Tanzfläche. Keine Ahnung, wie lange wir schon tanzten, als der DJ die neueste Nummer-eins-Single aus Australien ankündigte. Ich drehte mich in Kians Armen, um ihn anzusehen.

»Na, was war der neuste Hit in Sydney?«, fragte ich, in der Hoffnung, wieder ein lockeres Gespräch zwischen uns führen zu können. Etwas in Kians Blick veränderte sich, aber bevor ich danach greifen konnte, war es auch schon wieder verschwunden.

Er zuckte nur die Schultern. »Als ich ging, war es *The World Between Us.*«

Ich konnte nichts erwidern, denn die ersten Takte des Songs erklangen. Kian hörte auf zu tanzen. Sein gesamter Körper schien auf einmal von Anspannung überflutet zu sein. Ich hatte weitertanzen wollen, aber als die Lyrics einsetzten, war es mir unmöglich. Wie erstarrt stand ich da und lauschte der Stimme des Sängers.

»*We were a soul in two bodies …*«

Sie war wunderschön. Klar und tief, während im Hintergrund schnelle Beats hämmerten.

»*Now the world lies between us …*«

Mit jedem Satz, der durch die Lautsprecher drang, wurde mein Herz schwerer. Tränen stiegen mir in die Augen, ohne dass ich es wollte. Dieser Text war …

»Hey …« Kians Hände umfassten meine Schultern. Ich verfluchte, dass ich so eine Heulsuse war. Es war schließlich nur ein Songtext. Ein verdammter Songtext. Der genau auf uns passte. Kian wirkte nicht nur verunsichert, er wirkte leicht panisch.

»Der Text ist so schön«, brachte ich mit erstickter Stimme hervor. Jetzt legte sich Verwirrung über sein Gesicht.

»Wie?«

»Hör mal auf den Text, bitte.«

Er schloss kurz die Augen, atmete ein und lächelte schief.

»Ich kenne den Text. Schon vergessen? Ich habe da gelebt.«

Ich verschränkte meinen Blick mit seinem und versuchte, darin eine ähnliche Bewegtheit wie bei mir zu entdecken. Erfolglos.

»Ist dir nie in den Sinn gekommen, dass der Text ziemlich gut auf uns passt?«

Sein Blick wurde weich.

»Doch, schon … Aber ich hätte nie gedacht, dass du deswegen weinen müsstest.«

Tja, aber so war es. Sosehr ich mich auch dagegen sträubte.

»Weißt du, wie der Sänger heißt?«

Kian zuckte unter meiner Frage zusammen und schüttelte etwas zu schnell den Kopf. Mit einer einzelnen Bewegung zog er seine Hände von meinen Schultern.

»June, ich muss kurz an die frische Luft.«

Er drehte sich in Richtung Ausgang und war wenig später in der Menschmasse verschwunden. Perplex starrte ich ihm nach. Was war hier gerade passiert?

Ich wollte Kian nachlaufen, aber vorher musste ich unbedingt noch wissen, wie dieser Song hieß. Wie hatte mir ein Künstler mit einer so schönen Stimme und so unglaublich guten Texten entgehen können? Ich sah mich um, und mein Blick fiel auf das DJ-Pult. Ich atmete ein, holte Luft und schob mich vorwärts. Ich würde es schaffen. Ich musste nur eine Frage stellen. Ich musste nicht mal antworten. Das würde keine Unterhaltung mit einem Fremden werden. Trotzdem fühlten sich meine Beine an wie Pudding, als ich bei der kleinen Bühne ankam, auf der das Pult aufgebaut war. Ich beugte mich über den Rand, um den DJ auf mich aufmerksam zu machen. Er ignorierte mich gekonnt.

Da ich nicht aufgab, drehte er sich schließlich genervt zu mir um.

»Nein, verdammt, du kannst dir nichts wünschen«, pflaumte er mich an, und ich zuckte zusammen.

*Du kannst das.* Redete ich mir selbst ein und straffte die Schultern.

»Will ich auch gar nicht«, entgegnete ich und versuchte dabei, denselben Tonfall hervorzubringen wie er.

Er zog eine Augenbraue bis in seinen Haaransatz, was ziemlich bescheuert aussah. »Sondern?«

»Der Song gerade, welcher Sänger ist das?«

Theatralisch seufzend verdrehte er die Augen.

»Himmel, wo lebst du? Kein Sänger. Eine Band.«

Noch immer hatte er mir nicht die Information gegeben, die ich wollte.

»Wie heißt sie?«, verlangte ich. Erneut seufzte er, bevor er sich dazu herabließ, mir zu antworten.

»*Shattered Tears.*«

Ich wiederholte den Namen ein paarmal in meinem Kopf, bis ich mir sicher sein konnte, ihn nicht wieder zu vergessen. Dann bedankte ich mich artig, bekam aber keine Antwort. Darauf geschissen. Das, was zählte, war, dass ich soeben den perfekten Soundtrack zu Kians und meiner Freundschaft gefunden hatte.

Ich drehte mich um und bahnte mir einen Weg zum Ausgang, wohin Kian verschwunden war.

Draußen standen ein paar Typen und rauchten. Kian war nirgends zu sehen, und langsam machte ich mir Sorgen. Früher wäre er nie gegangen, ohne mir zu sagen, wohin. Früher hatten wir allerdings auch noch keine Probleme gehabt.

»Kian ist dahinten.«

Ich wirbelte herum. Pekka stand mit zwei anderen Männern in einer Ecke und nippte an einem Bier. Mit der Flasche deutete er in eine unbestimmte Richtung.

»Du solltest besser nach ihm sehen.«

»Warum? Was ist mit ihm?« Ich machte ein paar Schritte

auf ihn zu, nicht ohne immer wieder in die Richtung zu sehen, in die er gezeigt hatte. Pekka zuckte nur die Schultern.

»Er sah aus, als würde es ihm scheiße gehen.«

Ohne zu zögern, rannte ich los. Ich bog um die Ecke und sah Kian an eine Hauswand gelehnt in ein Handy sprechen. Ich beschleunigte meine Schritte, aber er schien mich nicht mal zu bemerken, als ich so nah war, dass ich seine Worte verstehen konnte.

»Dave, du willst mich echt verarschen, oder?« Kian spuckte die Worte beinah in sein Handy. Dave war sein großer Bruder. Früher war er auch so etwas wie mein großer Bruder gewesen, aber seit die beiden nach Sydney gezogen waren, hatte ich nichts mehr von ihm gehört.

»Ich scheiß auf das Geld, und ich scheiß auf dieses Leben. Ich will das nicht mehr sein.«

Seine Schultern waren so angespannt, dass ich sie am liebsten berührt hätte, um die Anspannung zu lösen. Aber aus irgendeinem Grund blieb ich reglos stehen. Kian hatte mir nie etwas über Sydney erzählt. Ich hatte keine Ahnung, was er dort erlebt hatte oder weshalb er wieder zurück war. Was der Grund war, warum ich stehen blieb und jede einzelne Information aufsaugte.

»Fick dich selber«, stieß er zwischen zusammengebissenen Zähnen hervor und ließ das Handy zurück in seine Hosentasche rutschen. Ich trat endlich einen Schritt vor, damit er mich bemerkte. Er zuckte bei meinem Anblick so heftig zusammen, dass es mir leidtat, mich angeschlichen zu haben.

»Alles okay?«, fragte ich, obwohl es das offensichtlich

nicht war. Er schüttelte den Kopf, nur um im Moment danach zu nicken.

»Ja, alles bestens.«

Ich hielt es nicht aus, ihn so zu sehen. Sein Blick zuckte überallhin, nur nicht zu mir. Ständig sagte er mir, ich sollte ihm nichts vormachen, aber wenn es ihm schlecht ging, durfte er es? Ich schloss die Lücke zwischen uns und nahm ihn in den Arm. Er erstarrte eine Sekunde, dann schlang auch er die Arme um mich und vergrub sein Gesicht an meiner Schulter. Wir hielten uns einen kurzen Moment fest.

»Es war wegen dem Song, oder?«, fragte ich vorsichtig, als wir uns wieder ansahen. Kian verzog das Gesicht, aber er zwang sich zu nicken.

Ich wartete.

Er seufzte.

»Weißt du, mein Leben in Sydney, es war ...« Er schluckte hart. »Es war nicht so, wie ich es mir vorgestellt hatte«, vollendete er den Satz, auch wenn ich mir sicher war, dass er eigentlich etwas anderes hatte sagen wollen. Er presste seine Kiefer aufeinander und zischte die nächsten Worte.

»Dieser Song erinnert mich einfach zu sehr an Sydney.«

Ich wollte nachfragen, aber ich kannte diesen Zustand, in dem man einfach nicht darüber reden wollte. In dem man nicht mehr an die Vergangenheit denken wollte.

Kian setzte ein falsches Lächeln auf. Er öffnete den Mund, um etwas zu sagen, doch ich kam ihm zuvor. Nach allem, was er mir über unsere Freundschaft gesagt hatte, tat er tatsächlich so, als wäre alles okay, obwohl ich das Gegenteil in seinen Augen sehen konnte?

»Hör auf damit«, sagte ich und trat einen Schritt zurück. »Nimm dieses falsche Lächeln aus deinem Gesicht.«

Sofort verblasste es und er starrte seine Schuhe an.

»Du hast mir die ganze Zeit gesagt –«

»Ich weiß, was ich gesagt habe«, fuhr er mich an. Er ballte die Hände zu Fäusten. »Es war falsch, ich hätte dich nicht zum Reden drängen dürfen.« Er sah mich an, schüttelte den Kopf und wandte sich, ohne ein weiteres Wort, zum Gehen.

Kalte Schauer liefen meinen Rücken hinunter, sein Blick war eisig gewesen.

Zwanzig Minuten später fand ich ihn zusammen mit Kate und einem Drink an der Bar. Ich wollte zu ihm gehen, doch jemand packte mich am Arm. Ella.

»Können wir gehen?«, schrie sie gegen den Lärm an. Endlich! Ich wollte nichts lieber, als hier zu verschwinden, um mit Kian reden zu können. Ich wechselte einen Blick mit Simon, der gerade hinter ihr aufgetaucht war.

»Wir wollen los«, sagte ich, und Ella drückte dankend meinen Arm.

»Sicher, wenn du Pekka irgendwo findest«, gab Simon zurück und kämpfte sich zur Bar, um Kian und Kate zu holen.

Ich zückte mein Handy und wählte Pekkas Nummer, obwohl ich viel lieber zu Kian gegangen wäre. Natürlich ging Pekka nicht dran, hätte ich mir eigentlich denken können. Ich schrieb ihm eine SMS, auf die ich auch keine

Antwort bekam. Der Club war nicht allzu groß, aber voll. Es dauerte eine Ewigkeit, bis wir Pekka endlich fanden. Er stand nicht mehr draußen, sondern saß an einem der Tische, einer Frau gegenüber.

Ich ging auf die beiden zu.

»Pekka, wir wollen los.« Ich sprach, noch bevor ich am Tisch angekommen war, nur war ich wie immer viel zu leise.

»Was?«, schrie Pekka zurück.

»Wir. Wollen. Los.«, sagte ich langsam, überdeutlich und vor allem laut. Die Frau musterte mich von oben bis unten und kam scheinbar zu dem Entschluss, dass ich keine besonders große Konkurrenz für sie darstellte, denn sie wandte sich wieder Pekka zu und versuchte, seine Aufmerksamkeit zu bekommen. Er jedoch sah mich an.

»Jetzt sofort?«, fragte er ungläubig.

Ich nickte bloß, und er seufzte.

»Wenn du noch bleiben willst, musst du nach Hause laufen.«

*Niemals*, sagte sein Blick. Ziemlich schnell stand er auf. Die Frau berührte er nur flüchtig an der Schulter. Er lächelte sie entschuldigend an. »Bis dann.«

So leicht ließ sie sich allerdings nicht abwimmeln, sie sprang ebenfalls auf.

»Warte, ich habe noch gar nicht deine Nummer.«

Pekka rollte die Augen, drehte sich aber lächelnd zu ihr zurück.

»Stimmt.« Er zückte einen Kugelschreiber, keine Ahnung, wo er den herhatte, und nahm den Arm des Mädchens in seine Hand. Er schrieb: 12345.

»Ich rufe dich an«, sagte sie und klimperte mit ihren künstlichen Wimpern. Ich hätte mir gerne gegen die Stirn geschlagen, konnte es mir aber gerade noch verkneifen.

Ich zog Pekka mit mir. Er hob entschuldigend die Schultern in ihre Richtung, ließ sich aber bereitwillig mitziehen.

Als wir endlich draußen waren, ließ ich seinen Arm wieder los und funkelte ihn an.

»Du bist so ein Arsch«, schimpfte ich.

Er grinste nur und folgte mir zum Parkplatz.

»Sieh es doch mal so: Wenn du nicht alle Sorten Eis probierst, woher weißt du dann, welche die beste ist?«

Ich schnappte hörbar nach Luft.

»Du kannst doch Menschen nicht mit Eis vergleichen.«

Ella würde ihm jetzt einen Vortrag über Moral und Diskriminierung halten.

Und ich auch, ehrlich gesagt. Doch bevor ich den Mund öffnen konnte, sagte er: »Beide sind süß und lecker.« Für diesen Kommentar hätte ich ihm am liebsten gegen den Hinterkopf geschlagen. Dass er betrunken war, war eindeutig keine Entschuldigung.

»Hast du nicht einmal darüber nachgedacht, dass es absolut scheiße ist, nur eine von vielen zu sein?« Ich bereute meine Worte schon in dem Moment, in dem ich sie aussprach. Hätte ich ihm doch lieber den Moralvortrag gehalten.

Pekka blieb so abrupt stehen, dass ich gegen ihn stieß.

»June, du warst niemals nur eine von vielen.«

Ich riss die Augen auf und starrte ihn an. Er erinnerte sich?

Als ich mich wieder gefangen hatte, schüttelte ich nur den Kopf und wollte an ihm vorbeigehen. Er hielt mich fest.

»Ach nein?«, fauchte ich. »Wann war es? Wann hast du mit mir geschlafen?«

Er schmunzelte und gab meinen Arm wieder frei.

»An deinem neunzehnten Geburtstag«, sagte er. »21. Juni, und weil du im Juni geboren wurdest, heißt du June. Deine Eltern waren sehr kreativ.«

Sprachlos starrte ich ihn an. Er konnte sich nicht nur daran erinnern, mit mir geschlafen zu haben, er wusste sogar noch, wann es gewesen war? »Ich glaube, ich habe es nie erwähnt«, fuhr er fort.

»Aber es war auch mein erstes Mal.«

»Wie bitte?« Das konnte er mir doch nicht ernsthaft weismachen wollen. Wie betrunken war er eigentlich? »Verarsch mich nicht.«

»Es ist mein Ernst, June.« Komischerweise klang er ziemlich nüchtern.

»Wirklich«, sagte er, als ich ihn noch immer skeptisch ansah.

Ich konnte es nicht fassen. Pekka, der Typ, der jede Woche mit jemand anderem schlief, hatte sein erstes Mal mit neunzehn? Ich hätte alles, was mir heilig war, darauf verwettet, dass er es mit vierzehn gehabt hatte, oder zumindest mit sechzehn. Jedenfalls viel früher. Vor mir. Er kam mir damals so erfahren vor, so viel erfahrener als ich selbst.

»Du kannst mir ruhig glauben. Ich sage nicht allen Mädchen die Wahrheit über mich, aber dir schon.« Er zwinkerte mir zu. Ich konnte ihn nur sprachlos anstarren.

»Bist du schockiert?«

»Ein bisschen«, gab ich zu. Sein Grinsen wurde breiter. »Warum hast du es mir damals nicht gesagt?«

Er wich meinem Blick aus.

»Es war mir ein bisschen peinlich«, sagte er, und auf einmal kam sein Akzent ganz deutlich durch. Ich musste lachen.

»Peinlich, ja? Du solltest mich besser kennen, Pekka«.

»Ich weiß.« Er knirschte mit den Zähnen. »Tu ich jetzt.«

»Gut.« Ich musste lächeln, ein bisschen sah ich ihn jetzt mit anderen Augen.

»Willst du es wiederholen?« Mit einem abscheulich selbstsicheren Grinsen im Gesicht warf er mir einen Blick zu. Okay, nein. Definitiv würde ich ihn nicht mit anderen Augen sehen.

»Auf keinen Fall.«

»Schade« war, was er sagte, aber sein Grinsen wurde nur noch breiter. Ich stieß ein frustriertes Stöhnen aus.

»Du bist schlimm.«

»Ich weiß.« Er bleckte die Zähne. »Aber mögen tust du mich trotzdem.«

»Leider.«

Er sah mich an und versuchte, wieder eine ernste Miene aufzusetzen.

»Wir wohnen zusammen, und wir sind Freunde, du warst niemals nur eine von vielen.« Durchdringend sah er mich an, und das Komische war: Ich glaubte ihm. Ich die einzige Frau, abgesehen von Kate, mit der er es länger als eine Nacht ausgehalten hatte. Bei der er am Morgen danach nicht abgehauen, sondern geblieben war. Ich musste lächeln, als ich an den Morgen danach dachte. Pekka war nicht nur geblieben. Er hatte mir sogar grauenhaftes Frühstück gemacht. Ich drückte ihm einen Kuss auf die Wange und strubbelte durch seine perfekt gestylten Haare.

»Du hast recht, ich mag dich wirklich.«

Kians Miene war versteinert, als wir beim Parkplatz ankamen. Er stand in der offenen Autotür und tippte auf seinem Handy herum. Simon hatte sich schon hinters Steuer geklemmt. Kate und Ella saßen auf ihren Plätzen, und aus irgendeinem Grund stach es mir extrem ins Auge, dass Ella nicht, wie auf der Hinfahrt, hinter Simon saß, sondern auf der anderen Seite. Kian ob den Kopf.

»Leute, beeilt euch ein bisschen. Und Pekka«, er schnaubte verächtlich, »hör auf, dich an June ranzumachen.«

Pekka trat einen Schritt zur Seite und hob entwaffnet die Hände.

»Sorry, Mann, du kannst dein Mädchen wiederhaben.«

Er schob mich in Kians Richtung und öffnete die Beifahrertür.

»Ich bin nicht sein Mädchen«, fauchte ich ihm hinterher. Er quittierte es lediglich mit einem Lachen.

»Klar, und ich bin nicht gut im Bett.«

Ein Schnauben drang aus dem Wageninneren. Es kam von Kate. Ich kletterte an Kian vorbei und setzte mich neben Ella. Sie starrte stur aus dem Fenster, als gäbe es dort draußen etwas Hochinteressantes zu sehen. Parkende Autos.

Kian zog die Autotür zu und setzte sich auf den letzten

freien Platz. Er bekam nicht mal die Chance, sich anzuschnallen, da fuhr Simon schon los.

Spätestens jetzt wurde mir klar, dass ich etwas verpasst hatte. Dass ich einen ganzen Haufen Dinge verpasst hatte. Es war ungewöhnlich still im Wagen, zu still für die fröhlichen Unterhaltungen, die sonst immer zwischen uns liefen. Ich hatte verpasst, warum Ella so unbedingt nach Hause wollte. Ich hatte verpasst, warum Kian so sauer war, und ich hatte noch etwas Wichtiges verpasst, das ich nicht benennen konnte. Niemand sagte etwas, die ganze verdammte Fahrt nicht. Selbst Pekka schien die bedrückte Stimmung zu bemerken. Er verkniff sich einen dummen Spruch, obwohl ich sehen konnte, dass er ihm auf der Zunge lag.

Fast die ganze Fahrt über starrte ich Kian an, versuchte hinter die Mauer zu blicken, die er um sich errichtet hatte, aber es gelang mir nicht.

Wir brachten zuerst Kate nach Hause. Sie verabschiedete sich von mir mit einer Umarmung und von den anderen mit einem Lächeln. Zehn Minuten später hielten wir bei Ella. Sie riss die Tür noch fast im Fahren auf. Jap, ich hatte definitiv etwas verpasst. Bevor sie verschwinden konnte, packte ich sie am Ärmel.

»Soll ich noch mit reinkommen?«

*Willst du mir sagen, was los ist?* war die eigentliche Frage, die ich stellen wollte, aber sie würde sicher nicht vor Publikum mit mir reden wollen. Sie schüttelte nur den Kopf.

»Ich rufe dich an.«

Sie schlug die Autotür hinter sich zu und stapfte durch den Vorgarten auf ihre Haustür zu. Ich widerstand dem

Impuls, ihr nach draußen zu folgen und sie fest in den Arm zu nehmen.

Sie hatte die Haustür noch nicht ganz erreicht, da riss Simon seine Tür auf und lief ihr nach. Stumm sahen wir zu, wie er etwas sagte, sie den Kopf schüttelte, etwas erwiderte und sie sich dann länger als nötig umarmten. Ella verschwand nach drinnen, und Simon schlurfte zu uns zurück. Schwerfällig schob er sich auf den Sitz und startete den Motor.

Okay, vielleicht hatte ich eine vage Ahnung, was hier abging.

»Was läuft denn bei euch, Mann?« Pekka hob eine Augenbraue und sah Simon belustigt von der Seite an. Er lenkte den Wagen wieder auf die Hauptstraße.

»Gar nichts.« Er beschleunigte. »Absolut gar nichts.«

»Doch, Mann.« Pekka deutete über die Schulter, als säße Ella noch immer da. »Erst schweigt ihr euch die ganze Zeit an, und dann umarmt ihr euch *so*.« Er zog das O in die Länge und sah Simon herausfordernd an.

»Wir haben alle geschwiegen«, entgegnete Kian, ohne uns anzusehen. Simon trat erneut aufs Gas. Panisch sah ich das Dreißigerzone-Schild vorbeirauschen. Diese Geschwindigkeit hatten wir um Längen überschritten. Pekka setzte gerade zu einem neuen Spruch an, da unterbrach Simon ihn.

»Pekka, halt einfach mal deine verdammte Klappe.«

Daraufhin brach wieder das unerträgliche Schweigen aus. Ich hätte am liebsten geschrien.

Was war los mit uns allen?

Ich wollte wissen, was in Ella vorging. Das Gleiche galt für Kian. Ich wollte wissen, warum er sich so verschloss und auf wen er wütend war, und es nervte mich, dass ich es nicht in seinem Gesicht lesen konnte, so wie früher. Es nervte mich, dass alles so anders zwischen uns war.

Als ich aus dem Bad kam, telefonierte Kian schon wieder. Er saß mit dem Rücken zu mir auf dem Bett, die Beine im Schneidersitz überkreuzt, vor sich eine seiner Reisetaschen, in die er mit der freien Hand ein T-Shirt stopfte. Er sprach abgehackt.

»Sagen Sie ihm, das kann er vergessen.«

Er zog am Reisverschluss seiner Tasche, und als er sie mit einer Hand nicht zubekam, klemmte er sich das Telefon zwischen Schulter und Ohr.

»Richard, ich bezahle Sie.«

Ich ging zu ihm hinüber und setzte mich neben ihn. Wer zur Hölle war Richard? Als er mich bemerkte, legte er ohne ein weiteres Wort auf und warf das Handy ebenfalls in die Tasche.

Er lächelte mir falsch zu, stand auf und zog seine zweite Reisetasche unter dem Bett hervor.

»Was tust du da?« Panik wallte in mir auf. Er antwortete mir nicht und hievte die zweite Reisetasche aufs Bett.

»Kian?«

Meine Stimme war schrill als ich aufstand und einen Schritt auf ihn zu machte.

»Ich gehe«, sagte er. Der Ausdruck in seinen Augen war leer. Als wären ihm seine Worte völlig gleichgültig.

»Warum?«, fragte ich mit erstickter Stimme.

»Es war falsch, herzukommen.« Er klaubte auch seinen Rucksack vom Boden, stopfte sein übrig gebliebenes Zeug hinein und ging wieder zu seinen Reisetaschen.

»Ich bin ein Arschloch, June, ich bin nicht mehr dein netter Freund von nebenan und ich bin dafür verantwortlich, dass Jase dir diesen Mist angetan hat.«

Er sah mich an, der Schmerz in seinen Augen ließ etwas in mir zerbrechen.

»Ich kann dir nicht oft genug sagen, wie leid es mir tut, weil es keine Worte gibt, die es entschuldigen, und es zerreißt mir das Herz, dir das angetan zu haben.«

»Kian, nicht …«, setzte ich an, das mit Jase war nun wirklich kein Grund zu gehen. Doch er ignorierte mich.

»Und es war falsch, dich zum Reden zu drängen, weil ich dir niemals dasselbe zurückgeben kann. Ich könnte dir niemals von Sydney erzählen.«

Er hob die Hose von gestern vom Boden auf und stopfte sie in eine seiner Taschen. Nach und nach sammelte er sein Leben aus meinem Zimmer ein, als gehörte es nicht längst hierher.

»Ich bin nicht gut genug für dich, June.«

Jetzt reichte es aber. Ich trat auf ihn zu und umfasste sein Gesicht mit beiden Händen.

»Du redest so viel Scheiße auf einmal, dass ich nichts davon verstehe.«

Er wich zurück, und meine Hände sackten schlaff zurück an meine Seiten.

»Ich will auch gar nicht, dass du es verstehst.«

Er zog den Reißverschluss der zweiten Reisetasche zu und schulterte sie.

Die Panik explodierte in meiner Brust.

Er durfte nicht gehen, ich brauchte ihn.

»Kian, ich erwarte nicht, dass du mir sofort von Sydney erzählst. Du kannst es tun, wann immer du bereit bist.«

Er schnaubte verächtlich.

»Ich werde nie bereit dafür sein, und es geht nicht nur darum, June.« Er nahm auch die zweite Reisetasche und schulterte sie. Das Eis in seinen Augen errichtete eine Mauer um seine Gefühle. Unüberwindbar für mich.

Er nahm den Rucksack.

»Ich kann dich nicht ständig um mich haben, dich aber nicht küssen dürfen, nur weil du Angst hast, mich zu verlieren.«

Was er in den letzten Wochen in sich hineingefressen hatte, schleuderte er mir jetzt entgegen, und jedes einzelne Wort tat mir in der Seele weh.

Tränen brannten in meinen Augen. Ich kannte den Mann mir gegenüber nicht. Es war, als wäre er ein völlig Fremder. Irgendjemand, aber nicht mein bester Freund.

»Du verlangst von mir, eine Freundschaft aufzugeben, die mir alles bedeutet.«

Verzweifelt fuhr er sich durch die Haare.

»Nein«, stieß er dann leise aus. »Ich kann das nicht verlangen.« Seine Finger gruben sich in seine Locken und zogen daran. »Deshalb gehe ich.«

*Nein.*

In meinem Kopf war nur noch Platz für dieses eine Wort. Tränen strömten meine Wangen hinunter.

»Du hast gesagt, ich könnte dich nicht verlieren.« Ich erkannte meine eigene Stimme kaum wieder. »Und was wird dann das hier?«

Er schüttelte den Kopf. »Es tut mir leid.«

Er lief an mir vorbei und öffnete die Zimmertür.

In mir zerbrach etwas. Kalter Schweiß breitete sich in meinem Nacken aus.

*Bleib*, flehte ich innerlich.

Die Tränen wollten einfach nicht mehr aufhören, über meine Wangen zu strömen.

Im Türrahmen drehte er sich noch einmal kurz zu mir um.

»Ich liebe dich«, sagte er leise.

Drei Worte.

Drei Worte, die mir das Herz zerrissen.

Schmerzerfüllt sah er mich an.

»Aber ich habe aufgehört zu warten.«

## Kapitel 28

Die ganze Nacht machte ich kein Auge zu. Ich war krank vor Sorge. Kian ging nicht an sein Handy, und er kam auch nicht zurück. Die Angst, er könnte zurück nach Sydney geflogen sein, fraß mich beinah auf.

Es war genau das passiert, wovor ich den meisten Schiss gehabt hatte: Ich hatte Kian verloren.

Am Montagmorgen quälte ich mich aus dem Bett, trank drei Kaffee und ging in den Buchladen. Ms Louis ließ mich die Neuerscheinungen sortieren, und ich war ihr unendlich dankbar dafür, dass sie mich nicht auf meine verheulten Augen oder meine Abneigung, an diesem Tag mit Kunden zu sprechen, ansprach.

Kate und Pekka gönnten mir meine Ruhe später nicht. Sie zwangen mich, mit ihnen zu Mittag zu essen. Diesmal hatte Pekka Scones mitgebracht, doch ich bekam nichts herunter. Wir saßen im Freien auf dem Unigelände an einem der Holztische, und die beiden stritten sich über irgendeine Aufgabe, die sie gemeinsam machen mussten. Ich trank meinen fünften Kaffee an diesem Tag und hoffte, dass er mich endlich wach machen würde. Er tat es nicht. Ich hatte mein Handy neben den Becher gelegt und öffnete zum wiederholten Mal Kians Chat. Keine neue Nachricht und auch kein entgangener Anruf. Nichts.

Als ich aufsah, merkte ich, dass Pekka und Kate mich aufmerksam musterten.

»War es nicht gut?«, fragte Pekka und biss in sein Sandwich.

»War was nicht gut?«, fragte ich zurück, während ich wieder auf mein Handy sah. Pekka hob nur eine Augenbraue.

»Freitagnacht«, half er mir auf die Sprünge. Er wackelte mit den Augenbrauen. »Ihr wart laut«, fügte er hinzu.

*Freitagnacht.*

Als ich dachte, nichts könnte jemals zwischen mich und Kian kommen.

Tränen brannten in meinen Augen.

Ich schluckte und sah Pekka an.

»Nein.«

Es schien ihm nicht als Antwort zu genügen, denn er zog die Augenbrauen hoch.

»Nein, es war nicht schlecht«, sagte ich und öffnete noch einmal mein Postfach. Keine neuen Nachrichten. Verdammt, wo steckte Kian?

»Wo ist dann das Problem?« Ich nahm Pekkas Worte kaum wahr, auch nicht, wie Kate ihm einen giftigen Blick zuwarf und seine Worte nachäffte. Erst, als sie aufstand, um zu gehen, fiel mir wieder ein, dass ich nicht alleine war. Pekka zuckte zusammen, als Kate den Stuhl so heftig über den Boden schabte, dass ein hässliches Geräusch entstand. Sie verabschiedete sich von mir und lief mit langen Schritten davon. Auch wenn mir eigentlich nicht nach Scherzen zumute war, konnte ich es mir nicht verkneifen, Pekka anzufunkeln.

»Wo ist dann das Problem?«, äffte ich ihn nach, genau wie zuvor Kate. Stöhnend ließ er den Kopf auf die Tischplatte fallen. »Punkt für dich.«

Ich erklärte *Shattered Tears* zu meiner neuen Lieblingsband. Sie drohte, *Yellowcard* vom Thron zu stoßen, und dafür hasste ich sie schon jetzt, aber ihre Musik machte den Schmerz in meiner Brust wenigstens erträglich. Ich hatte sie bis zum Anschlag aufgedreht. So laut, dass sie meine Gedanken übertönte. Ich wollte nur noch die Musik fühlen. Diese unglaublich gute, wundervolle Musik. Ich wusste nicht mal genau, was ich mit diesen Songs verband. Klar, ich könnte sagen, es wären die Texte, die einfach wahnsinnig gut auf mich und Kian passten, aber es war noch irgendetwas anderes. Diese Songs gaben mir ein Gefühl von Geborgenheit. Genau das, was ich jetzt brauchte. Etwas, das mich festhielt und mich nicht noch weiter fallen ließ.

Es dauerte eine Weile, bis ich begriff, dass das Geräusch zwischen der Musik die Klingel war. Stöhnend schleppte ich mich zur Tür und spähte durch den Spion. Im selben Moment hatte ich die Tür schon aufgerissen und lag in Ellas Armen.

Ella, meine wundervolle beste Freundin.

Oh, wie ich sie liebte.

»Auch wenn es so aussieht, ich werde mich nicht auf eine Seite stellen«, informierte sie mich, als sie mich zurück in meine Wohnung schob und die Tür hinter uns schloss.

»Ich will nicht zwischen euch stehen, also kriegt euch wieder ein.«

Ich schniefte. Ella verdrehte die Augen.

Ich versuchte, mich zusammenzureißen.

»Ist er bei dir?«, fragte ich hoffnungsvoll. Es trieb mich in den Wahnsinn, nicht zu wissen, wo Kian war und ob es ihm gut ging. Sie nickte und zog ihre Schuhe aus. Ein Stein fiel mir vom Herzen, ein Stein, der den Schmerz darunter nun ein wenig erträglicher machte.

»Er sieht noch beschissener aus als du«, sagte sie, während wir in mein Zimmer gingen und uns aufs Bett setzten. Ich stellte die Musik leiser.

»Ist … ist er okay?«

Ella schnaubte.

»Ich fasse es nicht, dass du das glauben kannst.«

»Er ist gegangen«, flüsterte ich. »Weil er es wollte.«

Ella fing meinen Blick auf und hielt ihn fest.

»Nein, er ist gegangen, weil *du* ihn nicht *wolltest*.«

Was nicht stimmte.

Ich wollte ihn.

Ich wollte ihn so sehr, dass es wehtat.

»Hast du ihn deshalb gehen lassen? Weil es so aussah, als würde er es wollen?«

Ich nickte und senkte meinen Blick, um sie nicht ansehen zu müssen. Sie schüttelte verächtlich den Kopf.

»Du solltest ihn besser kennen, June.«

»Ich kenne ihn überhaupt nicht mehr«, sagte ich leise.

Ella war die Beste. Obwohl sie behauptete, wir würden uns aufführen wie im Kindergarten, blieb sie bei mir. Ich verschwieg ihr, dass es auch etwas mit Sydney zu tun hatte, dass Kian gegangen war.

Nebeneinander lagen wir in meinem Bett und starrten an die Decke.

»Was war eigentlich am Samstag los?«, fragte ich sie irgendwann, weil ich nicht mehr über Kian reden wollte. Sie schnaubte verächtlich.

»Simon war los«, sagte sie, was auch schon alles war, was ich aus ihr herausbekam. Offensichtlich wollte sie nicht darüber reden. Also sprachen wir über alles und nichts. Den ganzen Tag lang. Am Abend zwangen Simon und Pekka uns, mit ihnen Superheldenfilme anzusehen. Kians Abwesenheit schnitt eine Lücke in unsere Gruppe, und selbst Pekka schien es aufzufallen, aber er war taktvoll genug, um es nicht anzusprechen. Ich vermisste Kian. Er war gerade mal den zweiten Tag weg, und ich vermisste ihn schon. Wie sollte ich das den Rest meines Lebens aushalten?

Obwohl wir am nächsten Tag alle früh aufstehen mussten und obwohl Ella stündlich betonte, sich auch um Kian kümmern zu müssen, ging sie erst spät in der Nacht.

Simon brachte sie nach Hause. Nicht ohne mir vorher einen Umschlag in die Hand zu drücken. Er lächelte vorsichtig.

»Da sind deine Abzüge drin«, sagte er. Kurz drückte er meine Schulter, bevor er sich mit Ella auf den Weg machte.

Ich ging in mein Zimmer. Ich schloss die Tür hinter mir und blieb stehen, wollte nicht ins Bett gehen. Es kam mir ohne Kian viel zu groß und leer vor. Ich warf den Umschlag mit den Fotos auf den Schreibtisch und starrte ihn an, aber schließlich konnte ich mich nicht mehr zurückhalten und öffnete ihn. Meine Hände zitterten, und ich brauchte eine

Ewigkeit, bis die Farbdrucke mir entgegenfielen.

Die meisten Bilder waren von Ella, Kian und mir am Strand. Es waren auch ein paar dabei, bei denen ich mich nicht erinnern konnte, Simon gesagt zu haben, dass ich einen Ausdruck davon haben wollte. Ich nahm eines, auf dem wir alle sechs zu sehen waren, und stellte es auf meinem Schreibtisch auf. Die Bilder waren unglaublich schön. Und so, so echt.

Ich hielt die Luft an, als ich ein mir unbekanntes Bild entdeckte. Es zeigte mich und Kian, wie wir nicht in die Kamera, sondern nur uns ansahen. Ich hatte nicht mal mitbekommen, dass irgendwer dieses Bild gemacht hatte. Es war eine perfekte Momentaufnahme. Ich starrte das Mädchen auf dem Bild an.

Sie war glücklich.

Und voller Liebe.

Liebe für Kian.

Die Erkenntnis überwältigte mich.

Meine Gefühle für ihn waren schon lange vor unserer gemeinsamen Nacht tiefer gewesen.

Eine Beziehung mit ihm war alles, was ich mir wünschte.

*Eine richtige Beziehung.*

Ich hatte mir diesen Gedanken nur nie erlaubt.

Fest umklammerte ich das Foto, aber es gab mir weder Halt noch Zuflucht.

Nur die Erkenntnis, dass Kian der Mann war, den ich liebte.

Zum ersten Mal fühlte sich dieser Gedanke nicht völlig falsch an, sondern eher so, als könnte ich ihn akzeptieren.

## Kapitel 29

»Beim Schreiben sollte es nicht einfach darum gehen, Worte auf Papier zu bringen.« Die Stimme meines Dozenten, sickerte nur langsam in mein Bewusstsein. Ich löste den Blick vom Fenster und versuchte, meine Gedanken zu klären. Draußen regnete es und der Wind ließ die Bäume schwanken.

»Sie sollten viel mehr in Ihre Texte stecken.« Er wuchtete seine Aktentasche auf den Stuhl und zog einen Stapel Blätter hervor. »Sie sollten sich öffnen, denn nur so können Sie die Herzen anderer erreichen.«

Er blätterte den Stapel durch, blieb an einem Blatt hängen und zog es heraus. Ich versuchte, mich zu konzentrieren. Es musste doch verdammt noch mal möglich sein, für ein paar Stunden nicht an Kian zu denken.

Kian.

Inzwischen waren vier Tage vergangen, vier verfluchte Tage ohne ihn. Es fühlte sich an, als hätte ich ihn Jahre nicht gesehen.

»Bei der letzten Aufgabe habe ich Ihnen absichtlich so viel Freiraum gelassen, weil ich wollte, dass Sie etwas schreiben, das von Herzen kommt.«

*Von Herzen.* Die Worte hallten in meinem Kopf wider.

Ich hatte die Tür zu meinem Herzen geöffnet, aber

ich hatte Kian nicht hineingelassen. Statt ihn an mich zu ziehen und nie wieder loszulassen, hatte ich ihm meine Geschichte erzählt und die Tür wieder zugeschlagen.

Inzwischen bereute ich es, weil ich wusste, dass alles, was passiert wäre, wenn ich ihn hereingelassen hätte, niemals so schlimm gewesen wäre, wie meinen besten Freund zu verlieren.

»Viele Ihrer Texte waren sehr gut, aber nur ein Text hat mein Herz erreicht.«

Es wurde so still im Raum, dass ich meinte, das Rauschen der Bäume vor dem Fenster zu hören. Selbst meine Gedanken verstummten für eine Sekunden.

Der Blick des Dozenten heftete sich auf jeden und jede Einzelnen und Einzelne von uns.

»Ich würde diesen Text sehr gerne hier vorne lesen.« Sein Blick war bei mir angekommen, und er sah mir fest in die Augen. »Ich betone noch einmal: Ich mache das nicht, um irgendjemanden bloß- oder in den Mittelpunkt zu stellen. Ich möchte lediglich, dass Sie voneinander lernen.« Noch immer war sein Blick nicht weitergewandert. »Das hier ist ein geschützter Raum.«

Ein ungutes Gefühl machte sich in mir breit.

»Ms Pepper«, sagte er, und ich zuckte zusammen, obwohl ich es längst geahnt hatte. Ich umklammerte die Tischkante.

»Würden Sie Ihren Text vorlesen?«

Sirah legte eine Hand auf meine Schulter und musterte mich kurz. Als ich nichts sagte, wandte sie sich an unseren Dozenten.

»Ms Pepper hat leider eine Halsentzündung, ganz fies, sie ist total heiser.« Wie zur Bestätigung klopfte sie mir einmal auf den Rücken. »Keine Stimme.« Sirah machte ein bedauerndes Gesicht. »Aber ich könnte ihren Text vorlesen, wenn Sie es genehmigen würden.«

Was? Sprachlos starrte ich sie an.

»Oh.« Mein Dozent bedachte mich mit einem mitfühlenden Blick. »Natürlich, kommen Sie nach vorne.«

Noch immer sprachlos, sah ich zu, wie Sirah mir ein Lächeln schenkte und aufstehen wollte. Sie gab mir einen Ausweg. Die Chance, Nein zu sagen. Zu kneifen. Das, was ich mir in solchen Situationen immer wünschte. Aber war es wirklich noch das, was ich wollte? Wollte ich für immer so schwach und hilflos sein und es nicht mal schaffen, mich vor fünfzehn Leute zu stellen, nur um etwas *vorzulesen*? Etwas, das ich selbst geschrieben hatte, das mir wichtig war? Wollte ich tatsächlich, dass jemand anders es für mich vortrug?

*Nein.* Ich wollte nicht mehr dieses Wrack sein, zu dem Jase mich gemacht hatte. Ich wollte vor diesen kleinen Dingen keine Angst mehr haben. Ich wollte nicht in Panik ausbrechen, wenn mich jemand fragte, ob ich lieber Schokoladen- oder Karamellsoße wollte. Ich wollte wieder ich selbst werden.

»Warte.« Ich griff nach Sirahs Arm und hielt sie fest. Fragend sah sie mich an.

Mein Herz trommelte einen Hardrock-Rhythmus. Es schlug so schnell, dass ich glaubte zu sterben, aber verdammt noch mal. Ich. Wollte. Mich. Ändern. Ich zwang mich, meinen Dozenten anzusehen und zu lächeln. Wahrscheinlich sah es eher aus wie eine Grimasse, aber es ging nicht darum, etwas perfekt zu machen. Es ging darum, es zu versuchen.

»Ich schaffe das«, sagte ich, laut genug, dass alle es hören konnte. Laut genug, dass es in mein eigenes Bewusstsein sickerte und ich mir damit selbst Mut machte. Mein Dozent lächelte. Sirah strahlte, als sie sich wieder setzte. Ich musste mich dazu zwingen aufzustehen. Ich setzte einen Fuß vor den anderen.

Ich war wieder sechzehn.

Die spöttischen Blicke meiner Mitschüler und Mitschülerinnen lagen auf mir. Sie warteten nur darauf, dass ich einen Fehler machte, über den sie lachen konnten.

Angst kribbelte in den Tiefen meines Körpers, aber ich ging weiter, bis ich bei meinem Dozenten angekommen war und es sich so anfühlte, als würde ich keine Luft mehr bekommen. Meine Hände zitterten, als ich die Seiten entgegennahm. Ich klammerte mich daran und starrte auf die Worte, die ich vor so langer Zeit in einem Ferienhaus in den Niederlanden geschrieben hatte. Damals, als Kian noch an meiner Seite gewesen war.

Kian.

Er würde mich ermutigen. Er würde mir sagen, dass ich es schaffen würde, dass ich gut genug war und dass ich darauf scheißen sollte, wenn jemand etwas anderes dachte.

Ich atmete tief durch. Ich hatte über Freundschaft geschrieben. Kian hatte diesen Text gemocht. Ella hatte ihn gemocht. Das war alles, was zählte. Die beiden Menschen, deren Meinung am wichtigsten war, hatten ihr Urteil schon abgegeben. Ein gutes Urteil. Es war egal, was jemand anders sagen würde.

Das hier war nichts, was mich zerstören konnte. Es würde mich nur stärker machen. Ich hatte nichts, was ich verlieren konnte. Trotzdem verzog die Angst sich nicht. Trotzdem wurde der Beat in meiner Brust nicht wieder normal, trotzdem hörten meine Hände nicht auf zu zittern. Weil es eben so war. Ich war so. Das konnte ich nicht von heute auf morgen ändern. Heute würde nur der Anfang sein. Ich räusperte mich und sortierte die Seiten, obwohl sie schon in der richtigen Reihenfolge waren. Ich sah zu Sirah. Sie lächelte mich an und streckte mir ihre gedrückten Daumen entgegen. Auch mein Dozent lächelte mich an. Die anderen starrten einfach nur.

*Es sind nicht dieselben Leute wie damals.*
*Du schaffst das.*

Meine Stimme war brüchig und viel zu leise, als ich die ersten Worte las. Jemand bat mich, lauter zu lesen.

*Du musst lauter sprechen, June, wir können deine hässliche Stimme hier hinten nicht hören.* Ich zuckte bei der Erinnerung an die Worte von damals nicht zusammen, aber sie nahmen mir für einige Sekunden meine Konzentration.

Ich schloss die Augen. Öffnete sie wieder. Sah auf meinen Text.

Ich räusperte mich erneut und begann zu lesen. Noch immer nicht so laut, wie andere es getan hätten, aber laut genug, dass mich alle verstanden. Ich stolperte nicht über die Worte, aber meiner Stimme war anzuhören, wie unwohl ich mich fühlte. Ich las langsam, weil meine zitternden Hände die Worte vor meinen Augen verschwimmen ließen und ich immer mal wieder Zeit brauchte, um sie zu erkennen. Aber ich tat es. Ich stand vorne. Sprach. Während mich alle anstarrten. Ich tat das, von dem ich geglaubt hatte, es nie wieder zu können.

Als ich endete, war es zwei unerträgliche Sekunden totenstill im Raum. Dann wurde applaudiert.

Das Geräusch rauschte in meinen Ohren. Langsam verflog meine Angst und machte einer leichten Nervosität Platz. Und langsam, ohne, dass ich Zeit gehabt hätte, mich darauf vorzubereiten, breitete sich ein kleines Lächeln in meinem Gesicht aus. Das erste, seit Kian verschwunden war.

Ich durfte mich wieder hinsetzen, und als Sirah mich umarmte und mir sagte, wie toll ich schrieb, wurde es feucht in meinen Augen. Ich hatte es geschafft. Heilige Scheiße, ich hatte es hinbekommen!

Mein Herz trommelte noch immer wild, aber es war befreiend. Diese wenigen Minuten hatten ein Gewicht von meinen Schultern genommen. Als wären sie der Schlüssel zu meinem alten Ich. Oder einem neuen.

»Dieser Text hat jedes einzelne Herz in diesem Raum erreicht.« Unser Dozent klappte die Tafel auf. Es war eine von diesen hässlichen grünen Dingern, die ich früher genauso sehr gehasst hatte wie davorzustehen. »Kann mir jemand sagen, warum?«, fragte er und sah uns abwartend an. Einer der Männer in der ersten Reihe hob die Hand.

»Freundschaft ist ein Thema, mit dem alle etwas anfangen kann. Ich glaube, alle wissen, wie sich wahre Freundschaft anfühlt, aber auch, wie es ist, einen Freund oder eine Freundin zu verlieren.«

»Exakt.« Unser Dozent klatschte in die Hände. »Was noch?«

»Sie wusste, worüber sie schrieb.«

»Ein wichtiger Punkt. Wenn ihr keine Ahnung habt, merkt man das.«

Die nächste halbe Stunde verbrachten wir damit, meinen Text Stück für Stück auseinanderzunehmen. So unangenehm es mir war, so sehr merkte ich auch, wie es mich weiterbrachte. Ich lernte an meinem eigenen Beispiel, was gut war und was ich besser machen konnte. Niemand lachte. Niemand machte eine hässliche Bemerkung. Alle waren auf meiner Seite, wollten mir helfen und dabei noch selbst etwas lernen.

Zum ersten Mal fühlte ich mich wohl in diesem Raum. Nicht zu hundert Prozent und schon gar nicht die ganze Zeit, aber zwischendurch gab es diese Momente, in denen alles gut war. In denen ich nur hier war, um mein Wissen zu erweitern.

Wir sahen uns noch andere Texte an, und am Ende der Stunde, als alle schon begannen aufzuräumen, klappte mein Dozent die Tafel wieder zu.

»Vergessen Sie nicht: Auch wenn Sie wissen, worüber Sie schreiben, schreiben Sie nicht mit Ihrem Verstand, sondern mit Ihrem Herzen.« Ich schob meinen Stuhl zurück.

»Ich hoffe, dass beim nächsten Mal jeder Text mein Herz berührt.« Unser Dozent lächelte. »Danke für die Aufmerksamkeit.«

Neben meinem Fahrradständer wartete Ella. In dem Moment, in dem ich sie sah, sprintete ich los, um ihr um den Hals zu fallen.

Nebeneinander liefen wir den Weg in Richtung Stadt hinunter. Die St Lawrence Street war zum Schauplatz einer Regenschirm-Installation geworden. Passend zum Wetter heute. Hier wurden wir zumindest nicht nass. Ich erzählte ihr von meinem Kurs und davon, dass ich endlich geschafft hatte, wofür sie in unserer Schulzeit immer gekämpft hatte.

Sie nahm mich in den Arm und knutschte meine Wange.

»Ich bin so stolz auf dich.«

Ich schaffte es nicht, zu lächeln. Was hatte ich schon getan? Vor meinem Kurs gesprochen. Wow. Eine Höchstleistung.

Das Schlimme war, für mich war es eine.

Erst, als wir schon fast da waren, bemerkte ich, wo wir hingingen, und blieb so abrupt stehen, dass Ella seufzte.

»June, es ist purer Egoismus okay?« Sie sah mich eindringlich an. »Ich weiß, dass niemand von euch sich aufraffen wird, und ich würde es nicht aushalten, keine Nachmittage am See mehr verbringen zu können. *Zu dritt.*«

Ich starrte auf das Haus, in dem ihre Wohnung lag. Nur ein paar Meter trennten mich davon. Von Kian.

»Bitte, komm mit rauf.«

Als ich nicht antwortete, griff sie einfach nach meiner Hand und zog mich mit sich. Und ich ließ es zu. Denn wenn ich ehrlich war, wünschte ich mir nichts sehnlicher, als da raufzugehen, Kian in die Arme zu schließen, ihn an mich zu ziehen, zu küssen und nie wieder loszulassen.

Mein Herz hämmerte in meiner Brust, als Ella die Tür aufschloss. Fast so sehr wie heute Morgen in der Uni.

Sie brüllte Kians Namen in die Wohnung. Es kam keine Antwort, und ich verknotete nervös meine Finger. Meine Handflächen schwitzten, und ich presste sie aneinander. Ella ging durch alle Zimmer, um Kian zu suchen. Ich ließ mich im Wohnzimmer auf die Couch sinken und versuchte, ruhig zu atmen. Mein Blick fiel auf einen Zettel auf dem Tisch vor mir. Ich erkannte Kians Handschrift und griff danach. Die Worte, die er geschrieben hatte, stürzten mich in einen Strudel, der mich langsam, aber sicher nach unten zog.

*Hey Ellie,*
*du wolltest mich ja sowieso rausschmeißen. Hier ist die Gefahr einfach zu groß, dass du deine Drohung wahr machst und June mitbringst. Ich weiß nicht, ob ich es schon ertragen könnte, sie wiederzusehen. Bitte, mach dir keine Sorgen.*
*Kian*

Die Worte verschwammen vor meinen Augen.
*Ich weiß nicht, ob ich es ertragen könnte.*

Sie fühlten sich an wie eine Ohrfeige. Als wäre ich irgendjemand. Irgendeine Frau, die er einfach so aus seinem Leben streichen konnte. Irgendjemand und nicht seine beste Freundin.

*Mach dir keine Sorgen.*

Ich machte mir aber Sorgen. Er hatte kein Wort darüber verloren, wohin er gehen würde, wann er zurückkommen würde, wie es ihm ging.

»Dieser Penner, hat einfach seine Sachen genommen und mir nicht mal 'ne Nachricht hinterlassen.«

Ella stampfte mit dem Fuß auf, als wäre sie ein bockiges Kind.

Wortlos reichte ich ihr den Zettel.

## Kapitel 30

Ich wollte nicht heulen.

Aber ich konnte nicht anders. Es war schon immer beschissen gewesen, Kian nicht in meiner Nähe zu haben, aber heute fühlte es sich an, als würde ich daran kaputtgehen.

Ella war sauer. Ich war einfach nur leer.

»Das reicht.« Sie zog mich vom Sofa. »Wir werden jetzt etwas für dich tun.« Sie reichte mir ein Stofftaschentuch. »Worauf hast du Lust?«

*Mich in meinem Bett verkriechen und in die Kissen weinen. Hoffen, dass der Schmerz vorbeigeht.*

Das hätte ich sagen können, aber ich wusste, dass Ella es nur mit einem verächtlichen Kopfschütteln abgelehnt hätte, also zuckte ich die Schultern und versteckte mein Gesicht hinter dem Taschentuch. Sie seufzte.

»June, ich verspreche dir, dass es vorbeigeht, okay?«

Ich ließ meine Hände sinken.

»Er wird es nicht lange ohne dich aushalten.« Sie legte ihre Hände auf meine Schultern. »Du wirst ihn wiedersehen.« Ein Lächeln stahl sich zum ersten Mal, seit wir den Brief gefunden hatten, auf ihre Lippen. »Spätestens an deinem Geburtstag.«

Meinem was? Scheiße, stimmt, ich hatte bald Geburtstag. Obwohl »bald« übertrieben war. Es dauerte noch fast einen Monat. Einen Monat, in dem ich hoffen und am Ende nur enttäuscht werden würde. Jetzt war ich es, die seufzte. Ella hatte recht, ich musste etwas für mich tun. Ich musste leben, auch ohne Kian.

Zwei Stunden später saß ich mit Ella und Sirah auf meinem Sofa im Wohnzimmer. Mein Kopf rauchte, aber ich lächelte wieder. Die beiden hatte sich erst heute kennengelernt, unterhielten sich aber schon, als wären sie alte Freundinnen. Wir hatten jede einen Laptop auf dem Schoß.

Während ich an den Bewerbungen für ein Praktikum schrieb, die ich damals mit Kian angefangen hatte, recherchierten Ella und Sirah alles, was ich über sämtliche Literaturagenturen wissen musste.

In meinen Fingerspitzen kribbelte es, als Ella mir die Beschreibung einer der Agenturen vorlas. Es hörte sich zu gut an, um wahr zu sein.

Ich wollte es für alle Empfänger richtig machen, und so wurden alle Bewerbungen unterschiedlich. Ich schrieb und schrieb, klickte und klickte, und dann lag die erste E-Mail vor mir, und ich musste nur noch auf Senden drücken. Ein einziger Klick, und mein Traum würden auf die Reise gehen. Ich sah meine Freundinnen an. Sirah hatte ein fettes Grinsen im Gesicht, und Ella sah mich an, als wäre ich ihr Kind und würde endlich erwachsen werden. Ich lächelte. Vielleicht war es sogar so. Sie beugte sich vor, drückte mich und schmatzte einen Kuss auf meine Wange. Ich straffte die Schultern und atmete durch.

Dann drückte ich auf Senden.

Ella und ich stießen gleichzeitig einen Schrei aus, und Sirah jubelte. Ich strahlte und konnte einfach nicht damit aufhören.

Ich hatte es getan. Ich hatte es verdammt noch mal getan! Ich hatte mich beworben. Keine große Sache. Aber eine riesengroße für mich.

Es blieb nicht bei einer Mail, wir verbrachten den ganzen Nachmittag damit, welche zu verschicken, und als wir am Abend unsere Laptops zuklappten und glücklich und zufrieden in die Kissen der Couch sanken, empfand ich ein ähnliches Gefühl wie heute Morgen in der Uni. Es war ein Schritt in die richtige Richtung. Als wäre ein weiteres Gewicht von meinen Schultern genommen.

Angst war dazu da, sie zu überwinden, daran stärker zu werden und sich nicht in seinem Schneckenhäuschen zu verkriechen. Das hatte ich inzwischen gelernt, und ich wollte mich nicht mehr verkriechen. Ich wollte keine Angst mehr haben, weder vor alltäglichen Dingen, wie mit Menschen zu sprechen, noch davor, meine Träume zu verwirklichen.

Es gab da nur noch eine Sache, die ich tun musste.

»Ich glaube, ich möchte mich mit Jase treffen«, sagte ich in die zufriedene Stille hinein. Ella fuhr so schnell hoch, dass sie dabei fast ihr Wasserglas auf dem Tisch umgeworfen hätte. Es wankte gefährlich neben ihrem Laptop, aber sie achtete nicht darauf.

»Was?«, keuchte sie. »June, ich weiß nicht. Glaubst du wirklich, das ist eine gute Idee? Hast du vergessen, was er getan hat?«

Nein. Ich hatte es nicht vergessen. Und ich hatte auch nicht vergessen, wie viel Schiss ich die letzten Male vor ihm gehabt hatte. Aber genau das war der Grund, weshalb ich mit ihm reden wollte. Ich wollte nicht jedes Mal in Panik verfallen, wenn ich ihm zufällig begegnete.

»Ja, ich glaube, es ist eine gute Idee.«

## Kapitel 31

Jases grüne Augen funkelten genau wie früher, als er sich auf den Platz mir gegenüber setzte. Nur sein Lächeln war anders. Echt.

»Hey«, sagte er, fast schüchtern. Ich zwang mich, ein- und auszuatmen. Ich würde das schaffen. Ella saß nur ein paar Tische weiter, ich war nicht alleine. Ein Haufen Leute waren in diesem Café. Trotzdem erschien mir die Idee nicht mehr so gut wie noch vor einer Woche. Aber jetzt war ich hier. Ich war hier, und Jase auch. Er war nur ein Mensch wie tausend andere. Ich würde nicht mehr weglaufen. Jase hatte keine Macht mehr über mich.

»Hey«, gab ich zurück und spürte zu meiner Verwunderung, wie ich lächelte.

»Danke, dass du endlich mit mir reden willst.« Er legte seine Hände unbeholfen auf dem Tisch ab und verschränkte die Finger ineinander. Sie zitterten ein wenig. Jase war nervös. Die Erkenntnis ließ mich ruhiger werden.

»Willst du einen Tee?«, fragte ich, und als er nickte, winkte ich Betty. Während er bestellte, nahm ich einen Schluck von meinem Kaffee. Ich war vor ihm da gewesen und hatte diese Nervennahrung gebraucht.

»Ich weiß, dass ich es verbockt habe.« Er kratze an der Haut seines Daumennagels. »Ich war ein Riesenarschloch.«

Als ich ihm brummend zustimmte, brachte es ihn zum Lächeln.

»Das alles tut mir wahnsinnig leid.« Er fuhr sich mit den Händen übers Gesicht und sah mich zerknirscht an. »Ich wollte dir das niemals antun.«

Reue in seinen Augen.

»Das sah damals aber anders aus«, rutschte es mir heraus.

Jases Ausdruck wurde noch zerknirschter. »Ich weiß.« Wieder fuhr er sich übers Gesicht. »Fuck, das weiß ich.« Er sah mich an, während er weitersprach. »Mein Opa ist damals gestorben. Wir standen uns sehr nah, und ich habe das nicht verkraftet.« Traurig schüttelte er den Kopf. »Meine Familie hatte Geldprobleme und dann ist auch noch mein bester Freund ans andere Ende der Welt gezogen und hat mir verboten, dich um ein Date zu bitten.« Er lachte gezwungen. »Es sind keine besonders guten Entschuldigungen für das, was ich getan habe, aber es sind die Gründe.«

Ich schüttelte den Kopf. Es war nicht fair, dass ihm so was passierte, aber es war noch weniger fair, es an jemandem auszulassen, die überhaupt nichts dafürkonnte.

»Ich musste meine Wut irgendwo rauslassen, und du warst so schwach, ohne Kian ... Ich war einfach dumm.«

Vielleicht war genau das mein Problem gewesen, vielleicht war ich damals *zu* schwach ohne Kian gewesen.

»Ich habe wegen dir die Hölle durchgemacht.« Ich sah ihm in die Augen. »Du hast jedes bisschen Selbstbewusstsein, das ich hatte, zu Schrott gemacht.«

»Das wollte ich nicht.« Seine Stimme war kaum mehr als ein Flüstern, ein Hauch in der Luft.

»Ich konnte nachts nicht schlafen, und ich konnte nicht mehr in die Schule gehen, ohne Angst zu haben.« Ich sah es. Ich sah, wie etwas in seinen Augen zerbrach, und ich sprach weiter. »Aber das Schlimmste war, dass ich deine Freundschaft verloren habe, Jase.«

Tränen sammelten sich in seinen Augen, aber ich konnte keine Rücksicht darauf nehmen. Ich hatte Tausende Tränen wegen ihm vergossen, dagegen waren seine feuchten Augen nichts. »Du hast mich zu einem Wrack gemacht. Mir fällt es schwer, vor Fremden oder vielen Leuten zu sprechen, und ich habe eine Scheißangst davor, meine Freunde zu verlieren.« Es tat nicht gut, diese Schwächen zuzugeben, aber ich wollte, dass er sie hörte, ich wollte, dass er wusste, was er angerichtet hatte. »Du hast mich zu einem Menschen gemacht, der ich früher nie war und der ich nie sein wollte.«

Vielleicht hätte jemand anders seinen Kommentaren standgehalten, vielleicht wären sie an einer anderen abgeprallt, aber nicht an mir. Mich hatten sie zerrissen, egal wie sehr ich versucht hatte, mich vom Gegenteil zu überzeugen.

»Es tut mir leid. Es tut mir so verdammt leid.« Die Aufrichtigkeit und der Schmerz waren ebenso in seinen Augen zu erkennen wie die Tränen. Er fuhr sich mit beiden Händen durch die blonden Locken und sah mich wieder an. »Ich war auch noch so ein Arsch, als ich dich schon Jahre nicht mehr gesehen hatte.« Er seufzte. »Ich hatte mich selbst einfach nicht im Griff. Irgendwann habe ich eine

Therapie gemacht, und ich glaube, da habe ich erst verstanden, worum es im Leben geht.«

Für den Bruchteil einer Sekunde sah ich in ihm den alten Jase, der er gewesen war, bevor Kian ging. Der, der einer meiner besten Freunde gewesen war.

»Ich habe zurückgeblickt und den ganzen Scheiß gesehen, den ich angerichtet hatte. Ich glaube, das war die schlimmste Zeit meines Lebens.« Sein Blick hielt meinen fest, und ich hörte zu. Ich hörte mir an, was er sagte.

»Ich habe eure Freundschaft vermisst.« Er lächelte schief, aber es war mehr gequält als echt. »Mir ist klar geworden, dass ich damals nur mit euch hätte reden müssen.« Wieder fuhr er sich verzweifelt durch die Haare. »Über meine Probleme, meine ich. Ich weiß, dass ihr mir geholfen hättet.«

Fassungslos starrte ich ihn an. Ich konnte nicht glauben, was er da sagte. »Natürlich hätten wir dir geholfen, Jase.«

Wir schwiegen eine Weile, in der er sich über die Augen rieb, um die Tränen, die ich schon längst gesehen hatte, fortzuwischen.

»Ich weiß nicht, ob ich dir das verzeihen kann«, sagte ich schließlich.

»Das verlange ich auch gar nicht«, erwiderte er.

Damit zogen wir einen Schlussstrich.

Es war alles gesagt.

Wir konnten nicht ändern, was passiert war, und es brachte nichts, es ändern zu wollen. Wir mussten einfach versuchen, uns nicht davon beherrschen zu lassen. Meine

Vergangenheit würde immer ein Teil von mir sein, aber sie würde nicht länger der Teil sein, der mich ausmachte.

»Ist das eigentlich Ella?«, fragte er nach einer Weile.

»Wer?«

»Die, die dahinten sitzt und uns die ganze Zeit beobachtet, als hätte sie Angst, ich würde dich schlagen.«

Ein Lächeln auf meinen Lippen.

»Kein ganz abwegiger Gedanke«, gab ich zurück.

Ein Schlag in seine Magengrube. Ich sah es in seinem Gesicht.

Ich drehte mich zu meiner besten Freundin um und winkte sie herbei. Als hätte sie nur darauf gewartet, sprang sie auf und war mit wenigen Schritten an unserem Tisch. Ein giftiger Blick in Jases Richtung, ein besorgter in meine, ein Lächeln von mir, und sie setzte sich zu uns. Wir blieben noch ein wenig im Café, unterhielten uns und ich merkte, dass Jase sich verändert hatte. Er war nicht mehr der Junge, der mir das Leben zur Hölle gemacht hatte. Er war erwachsen geworden.

Vielleicht, dachte ich irgendwann, vielleicht könnte es irgendwann wieder so werden, wie es einmal zwischen uns war.

Freundschaftlich.

## Kapitel 32

Die restliche Woche hatte ich einen Haufen für die Uni zu tun. Ich stürzte mich ins Lernen, als wäre es meine Leidenschaft, als wäre es alles, was mich zusammenhielt. Wenn keine Kunden da waren, nutzte ich die Vormittage im Buchladen, um zu lernen, und die Abende Zuhause. Ich war nicht ich selbst. Ich stand auf und funktionierte, aber meine Gedanken kreisten um eine einzige Person. Kian. Ich machte mir Sorgen. Ich wusste nicht, wo er war, und die Frage, ob es ihm gut ging, quälte mich am meisten. Mit jedem Tag, der verging, wurde mir eine Sache immer klarer: Ich liebte ihn. Nicht nur freundschaftlich. Es war eine Liebe, die weit über Freundschaft hinausging. Eine Liebe, die tiefer ging als alles, was ich jemals zuvor empfunden hatte.

Ich wollte ihn hier haben. Ich wollte ihm all das sagen, denn jetzt, wo ich es endlich akzeptiert hatte, wo ich mir selbst im Klaren darüber war, was ich wollte, würde es einfacher werden für uns. Dass es im Moment kein *Uns* gab, schmerzte.

Ich musste etwas tun. Ich konnte nicht jede Nacht im Bett liegen und mich hin- und herwerfen, in der Hoffnung, auf der anderen Seite der Matratze meinen Gedanken zu entkommen. Ich rollte mich herum, um die Nachttischlampe anzuknipsen. Meine Finger tasteten nach meinem Handy. Der grelle Bildschirm leuchtete unnatürlich blau in dem dunklen Zimmer. Ich rief meine Kontaktliste auf und scrollte durch die Namen. Mein Daumen blieb an dem von Kian hängen. Alles in mir schrie danach, ihn anzurufen. Wenigstens seine Stimme zu hören, wenn er schon nicht in meiner Nähe sein wollte. Andererseits war mir klar, dass er nicht rangehen würde.

Ich drückte auf den Home-Button, nur um Sekunden später wieder seinen Kontakt aufzurufen. Ich tat es fünfmal. Beim sechsten drückte ich endlich auf seine Nummer und erschrak im selben Moment, als mein Handy mir anzeigte, dass es wählte. Mit zitternden Händen presste ich mir das Telefon ans Ohr.

Es klingelte.

Mein Herzschlag übertönte das Tuten. Erst, als das letzte Klingeln einsetzte und ich schon wieder auflegen wollte, knackte es in der Leitung. Ich hörte ihn am anderen Ende atmen. Dieselben unregelmäßigen Atemzüge, die er auch von mir hören musste.

»Ich habe nur abgenommen, falls etwas passiert ist. Wenn nicht, lege ich wieder auf.«

Ich war nicht auf den Klang seiner Stimme vorbereitet. Tränen stiegen mir in die Augen.

»Alles ist passiert, Kian.«

Er schwieg.

»Wo bist du?«, fragte ich.

»June.« Ihn meinen Namen sagen zu hören, nahm mir den Atem. Gleichzeitig brachte der warnende Unterton in seiner Stimme etwas in mir zum Rasen.

»Nein. Antworte mir«, bat ich.

»Was macht es für einen Unterschied?«

Ich schnappte nach Luft. Hörbar.

»Einen gewaltigen, Kian. Ich mache mir Sorgen. Ich wache morgens auf und frage mich, wo du bist und ob es dir gut geht. Ich sitze in der Uni und frage mich, wo du bist und ob es dir gut geht. Ich frage mich das jede einzelne Sekunde am Tag, also bitte, beantworte mir diese zwei Fragen.«

Er seufzte. Schwieg. Seufzte wieder.

»Ich bin bei Olaf. Es geht mir beschissen.«

Ein Stein fiel von meinem Herzen. Bei Olaf war gut, damit konnte ich leben. Dort wusste ich ihn in Sicherheit. Dass es ihm beschissen ging, war dagegen kein bisschen okay, damit konnte ich nicht leben, denn es war meine Schuld.

»Kian, was ich gesagt habe«, begann ich, sortierte meine Gedanken dann aber noch mal neu. »Es tut mir leid, dass ich …«

»Ich will das nicht hören«, unterbrach er mich. Ich umklammerte das Handy fester und starrte an die Decke. »Lass uns einfach über etwas anderes reden, bitte«, sagte er.

Ich lenkte ein, aber nur weil ich nicht wollte, dass er unser Gespräch schon beendete.

»Ich habe mich mit Jase getroffen.«

Kalt standen die Worte zwischen uns.

»Was?«, fragte er mit kratziger Stimme. Ich hörte ihn schlucken. »June, ist das dein Ernst?«

Als ich es ihm bestätigte, fluchte er. Heftig.

»Warum?« Ich hörte etwas über den Boden schaben. Einen Stuhl? Vermutlich lief er jetzt auf und ab.

»Ich musste es tun.«

Er schnaubte. »Das ist Bullshit. Jase ist ein Arschloch.«

»Kian. Ich wollte es«, unterbrach ich ihn sanft, als er erneut Luft holte, um etwas zu sagen. Ich konnte beinah vor mir sehen, wie er sich übers Gesicht und durch seine braunen Locken fuhr. Sie würden in alle Richtungen abstehen, was ein kleines Lächeln auf meine Lippen zaubern würde und ein Seufzen auf seine.

»Ich kann nicht fassen, dass du mir nicht Bescheid gesagt hast. Ich hätte dich das niemals alleine machen lassen. Ich wäre mit dir gegangen.«

Ich schloss die Augen.

»Ich wusste nicht, ob wir noch Freunde sind«, antwortete ich ehrlich.

Er schnaubte. »June, wir werden immer Freunde sein.« Jetzt war er es, dessen Stimme sanft geworden war.

Hoffnung flackerte in meinem Inneren auf.

»Du kannst mich anrufen, wann immer du mich brauchst, egal was gerade zwischen uns steht«, fügte er hinzu.

Ich umklammerte das Handy fester. Ich durfte nicht heulen.

»Du hast gesagt, du hältst es in meiner Nähe nicht aus.«

Er schwieg. Lange.

Ich dachte schon, er würde nicht mehr antworten, als er es schließlich doch tat. »Ja, das habe ich gesagt.«

Mehr zu sich selbst als zu mir fügte er hinzu: »Aber

langsam glaube ich, ich halte es *ohne* deine Nähe nicht mehr aus.«

Ich riss die Augen auf, packte meine Bettdecke und umklammerte sie mit der einen und das Handy mit der anderen Hand. Ich brauchte Halt, weil ich sonst fallen würde.

»Vielleicht –«

»Nein, June, wir werden nicht darüber reden.«

*Geht es mir genauso*, hatte ich sagen wollen, aber jetzt behielt ich es für mich. Ich behielt es für mich, obwohl es alles war, weswegen ich angerufen hatte. Obwohl es genau das war, was er wissen musste.

»Wie war das Treffen mit Jase?«

Ich zwang mich, ihm zu antworten, obwohl sich alles in mir dagegen sträubte, ausgerechnet jetzt über Jase zu sprechen.

»Gut. Er hat mir erklärt, warum er das alles getan hat, und ich habe es mir angehört.« Ich lockerte den Griff um meine Bettdecke. »Ich weiß nicht, ob ich ihm verzeihen kann, aber mit ihm zu reden hat sich wie ein Schritt in die richtige Richtung angefühlt.«

Ich blickte in den Lichtkegel, den die kleine Lampe warf. »Ich weiß nicht, irgendwann waren wir ja mal Freunde …« Ich beendete den Satz nicht, denn ich wusste nicht, wie er weiterging. Noch vor wenigen Wochen hätten mich keine zehn Pferde dazu gebracht, mich freiwillig mit Jase zu treffen.

»Das klingt«, er ließ eine kleine Atempause, »gut, denke ich.«

Ja, das war es.

Und jetzt musste noch eine andere Sache gut werden.

»Kian«, begann ich, doch er unterbrach mich, bevor ich weitersprechen konnte.

»Nein, June, ich möchte nicht darüber reden.«

»Aber ich möchte darüber reden.«

Ich betete, er würde mir eine Chance geben, aber er tat es nicht.

»Ich werde auflegen, wenn du weitersprichst.«

»Kian, ich habe es …« Die Leitung knackte, und ich hörte nur noch das Tuten am anderen Ende. »Akzeptiert«, murmelte ich und wünschte, er hätte es gehört. Ich hätte ihm nur dieses eine verfluchte Wort sagen müssen. Warum hatte ich es nicht schon früher getan, gleich als Erstes? Ich ließ das Telefon fallen. Es landete auf dem Boden. Ich zog mir die Decke über den Kopf und presste sie so lange auf meine Augen, bis die Tränen aufhörten, nach draußen zu wollen.

In dieser Nacht schlief ich nicht. Ich konnte nicht, denn sobald ich das Buch, mit dem ich mich versuchte abzulenken, aus der Hand legte, setzte wieder dieser unnatürliche Schmerz ein, den ich empfand, wenn ich daran dachte, wie sehr ich es verbockt hatte. Lesen hielt mich zwar wach, erlaubte mir dafür aber, in eine andere Welt einzutauchen. Ich musste mich nicht um meine eigenen Probleme kümmern, sondern nur um die der Protagonistin. Ich konnte einfach abschalten, und im Moment war das alles, was ich wollte. Für die nächsten Wochen war das alles, was ich wollte. Ich versuchte, nicht zu fühlen, einfach nur zu funktionieren.

Es war der Tag vor meinem Geburtstag, als ich gerädert aufwachte. Ich hatte höchstens drei Stunden geschlafen und fühlte mich, als hätte ich es seit Tagen überhaupt nicht getan. Im Schlafanzug schleppte ich mich in die Küche, weil ich Bauchschmerzen vor lauter Hunger hatte. Essen hatte ich definitiv vernachlässigt.

Da mich jeder einzelne Song meiner Musik an Kian erinnerte, schaltete ich das Radio ein, während ich mir Frühstück machte. Der Sprecher erzählte mir, wie das Wetter werden würde. Die Queen hielt eine Rede. Ein Werbespot wurde abgespielt. Alles Dinge, die ich nicht hören wollte. Die ersten Töne des nächsten Songs erklangen, und ich stöhnte auf.

*»We were a soul in two bodies ...«*

Echt jetzt? Von allen Songs dieser Welt ausgerechnet diesen hier von *Shattered Tears*? Das konnte ja wohl nicht wahr sein. Ich stellte das Radio wieder ab und frühstückte im Stillen.

Am Nachmittag kam Ella vorbei. Simon öffnete ihr, während ich auf dem Sofa rumlümmelte und mir irgendeinen Scheiß im Fernsehen ansah.

»Schlechte Nachrichten für dich«, begrüßte sie mich und ließ sich neben mich fallen. »Man wird nur einmal vierundzwanzig. Ich habe alle eingeladen, wir feiern heute rein.« Augenrollend sah ich sie an und griff nach der Keksdose, die neben mir lag. Sie nahm sie mir weg.

»Du hast noch genau vier Stunden, um zu duschen und dich anzuziehen.«

Jetzt sah ich sie richtig an, und Scheiße, sie meinte es ernst.

»Ella«, sagte ich vorwurfsvoll und versuchte, mir die Dose zurückzuholen. Ich wollte nicht feiern. Nicht das achte Jahr ohne Kian.

Sie ließ mir keine Wahl. Also half ich ihr drei Stunden später, frisch geduscht und in meinen besten Jeans, das Sofa so weit zur Seite zu schieben, dass es Platz zum Tanzen gab. Ich hatte an die fünfzig Mal gegen diese *Party* protestiert, aber sie hatte mich einfach ignoriert. Eine tolle Freundin hatte ich da.

Jake und Toni waren die Ersten, die kamen. Simon bot ihnen Bier an und sie gesellten sich zu mir und Ella ins Wohnzimmer. Ella hatte Musik angestellt und tanzte durch den Raum, während ich auf dem Sofa saß und an meinem eigenen Bier nippte.

»Wo ist Kian?«, fragte Jake, als er sich neben mich setzte. Ich wich seinem Blick aus und nahm einen großen Schluck.

Jakes Körper spannte sich an, während er mich beobachtete.

»Wo ist er?« Seine Stimme klang kühl, keine Spur von seiner sonst so netten Art. Ich stand auf und bedeutete ihm, dass ich mal auf die Toilette müsste. Er sprang ebenfalls auf und hielt mich fest.

»Er hat dir doch wehgetan, oder?«, fragte er und stellte sein Bier auf dem Tisch ab. Seine Miene war versteinert.

»Ich wusste es.« Er knirschte mit den Zähnen.

Ich zwang mich, ihn anzusehen und den Kopf zu schütteln. Kian trug keine Schuld.

»*Ich* habe *ihm* wehgetan.«

Ich sah meinem Bruder fest in die Augen und versuchte ihn damit zu beruhigen. Es schien nicht zu klappen.

»Was macht das für einen Unterschied? Wenn er verletzt wird, trifft es dich genauso.«

Ja. Da hatte er recht. In dieser Hinsicht machte es keinen Unterschied.

»Schluss damit.« Ella zog uns auseinander. »Kein Wort mehr von Kian.«

Der Abend hätte wundervoll sein können. Alle Menschen, die mir wichtig waren, tummelten sich in unserem kleinen Wohnzimmer. Alle, bis auf den wichtigsten.

Kian.

Sirah und Kate saßen nebeneinander auf dem Sofa und unterhielten sich. Pekka hatte ein Bier in der Hand und unterhielt sich mit Simon und Jake. Sogar Ms Louis war gekommen, sie saß mit meiner Mutter am Esstisch. Ella war in der Küche, und ich wusste nicht, was ich tun sollte. Mit jeder Sekunde, die verging, wurde mir die klaffende Lücke, die Kians Abwesenheit verursachte, bewusster.

Die Türglocke störte meine Gedanken, aber ich war froh über die Ablenkung. Es war Olaf. Er stand mit einem riesigen Blumenstrauß in der Hand im Türrahmen und lächelte mich warm an.

»Ich weiß, du hast erst in ein paar Stunden Geburtstag, aber ich kann sie schlecht in meiner Tasche verstecken.«

Er drückte mir den Strauß in die Hand, und ich trat zur Seite, um ihn reinzulassen.

Er nahm mich in den Arm.

»Ich habe wirklich alles versucht, Kian hierherzubekommen.«

Ich winkte nur müde ab.

Wir betraten das Wohnzimmer in dem Moment, als Ms Louis aufstand. Die Blicke der beiden trafen sich, und für eine Sekunde war es, als würde die Welt stehenbleiben. Es war still, bis der neue Song den alten ablöste. Keiner und keine bewegte sich. Ms Louis waren alle Gesichtszüge entglitten, und auch Olaf war blass geworden. Ich hatte keine und keinen der beiden je so gesehen. Keiner der beiden hatte in meiner Gegenwart je einen Hauch von Schwäche gezeigt. Aber jetzt, als Ms Louis langsam zu uns herüberkam, schimmerten Tränen in ihren Augen. Eine Tatsache, die mein ohnehin schon schwaches Herz zum Sinken brachte.

»Olaf?« Ihre Stimme zitterte leicht, als sie vor uns zum Stehen kam. Auch in seinen Augen glänzte es inzwischen, und das warf mich vollkommen aus der Bahn. Der Mann, der für mich immer wie ein zweiter Opa gewesen war, zu dem ich stets aufgesehen hatte, der immer ein unsichtbares Superheldenkostüm getragen hatte, kehrte seine Gefühle nach außen, sodass alle sie sehen konnte. Ich klammerte mich an den Blumenstrauß in meiner Hand und versuchte zu verstehen, was hier vor sich ging.

»Ihr kennt euch?«, fragte ich überflüssigerweise. Ms Louis lächelte, und Olafs Blick war von solcher Wärme getränkt, dass er jede Sonne in den Schatten gestellt hätte.

»Oh ja.« Auch er lächelte. »Ziemlich gut sogar.«

»Er ist der beste Freund, von dem ich dir erzählt habe«, sagte Ms Louis, ohne den Blick von Olaf zu nehmen.

Der Groschen fiel.

Natürlich. Ich hätte darauf kommen müssen. Ich hätte es wissen müssen, als Ms Louis uns die Geschichte erzählt hatte. Olaf hatte uns stundenlang von seiner besten Freundin erzählt. *Clara* hatte er sie genannt.

*Clara Louis.*

Es war so offensichtlich gewesen, dass ich es übersehen hatte. Dabei hätte ich nur einmal kurz innehalten müssen, jedes Mal, wenn ich Olafs Café betrat und der Name meiner Chefin in großen Buchstaben über dem Eingang stand. Aber ich hatte es nicht gesehen.

Olaf machte einen zaghaften Schritt auf sie zu, und dann lagen sich die beiden in den Armen. Sie klammerten sich aneinander, als wäre der jeweils andere ihr Rettungsring.

Ich merkte meine Tränen erst, als sie meine Wangen hinunterliefen.

*Liebe.*

Ich konnte die Liebe zwischen den beiden sehen.

Olaf sah mich an, als sie sich wieder voneinander lösten.

»June.« Die Tränen waren in seiner Stimme zu hören. »Ich bitte dich, macht nicht denselben Fehler. Lasst nicht zu, dass ihr euch verliert, bloß weil ihr euch liebt.«

Ich nickte benommen und sah den beiden zu, wie sie hinaus auf den Balkon gingen, um nach all den Jahren endlich wieder Zeit zusammen zu verbringen.

*Macht nicht denselben Fehler.* Wir hatten ihn doch schon längst gemacht, und ich war mir nicht sicher, ob es nicht schon zu spät war, ihn wieder rückgängig zu machen.

Ich machte mich auf den Weg in die Küche, um eine Vase für die Blumen zu besorgen. Ella lehnte an der Arbeitsplatte und presste sich ihr Handy ans Ohr.

»Vergiss es, ich werde ihr überhaupt nichts ausrichten.« Allein an ihrer Stimmlage konnte ich erkennen, mit wem sie sprach.

»Kian, beweg deinen Arsch hierher. Hör verdammt noch mal auf, dich vor ihr zu verstecken«, bellte sie ins Telefon. Ich zuckte zusammen.

»Sie hat in zwei Stunden Geburtstag. Wenn du nicht herkommst und ihr gratulierst, beende ich unsere Freundschaft.« Jetzt sprach sie gefährlich leise.

»Fick dich, Kian.« Sie knallte das Handy auf den Tresen und stützte ihre Hände darauf ab, ihr Körper bebte. Ich ging zum Schrank, um eine Vase herauszuholen. Ich stellte sie neben Ella ab und die Blumen hinein. Sie hob den Kopf und setzte ein Lächeln auf.

»Von wem sind die?«

»Ihr müsst das nicht tun«, antwortete ich. »Ihr müsst euch nicht meinetwegen streiten.«

Sie seufzte.

Ich rückte die Blumen ein wenig zurecht und erzählte ihr von Ms Louis und Olaf. Sie machte große Augen und freute sich genauso sehr wie ich über die beiden. Meine Erzählung endete trotzdem darin, dass ich wieder heulen musste und sie mich in den Arm nahm.

»Er kommt noch«, versicherte sie, während sie mir über den Rücken rieb, obwohl wir beide wussten, dass es nicht so war.

Die Tanzfläche war klein und provisorisch, aber wir alle bewegten uns darauf. Ich ließ die Musik mein Hirn vernebeln. Ich war hier, zwischen all diesen Menschen, die ich liebte, und das war alles, was in diesem Moment zählte. Es waren nur noch wenige Minuten bis Mitternacht und als jemand von zehn runterzählte und die anderen mit einstimmten, war ich plötzlich von allen umringt.

»Null! Happy Birthday.« Applaus brach aus, und ich konnte nicht verhindern, dass ich schon wieder Tränen in den Augen hatte. Jake war der Erste, der mich umarmte, dann riss Ella mich an sich. Diese Menschen waren das Beste, was mir je passiert war.

Niemand sprach über Kian.

Ich hatte wundervolle Freunde und eine wundervolle Familie. Nur eines hatte ich nicht. Einen besten Freund.

## Kapitel 33

Meine Freunde waren gegangen. Simon und Pekka schon seit Stunden im Bett. Ich konnte nicht schlafen. Ich saß in meine Bettdecke gewickelt auf der Bank des Balkons und starrte in den Juni-Sternenhimmel, der langsam heller wurde.

Er war wunderschön. Er sah genauso aus wie an dem Tag, an dem ich mit Kian zusammen an dieser Stelle gesessen hatte.

Ich seufzte.

Kian war nicht gekommen.

Nach sieben Jahren verlor ich ihn nun ein zweites Mal.

Ich schloss die Augen und ließ meinen Kopf gegen die Lehne der Bank fallen.

Damals war es nur schwierig gewesen, nicht an ihn zu denken, heute war es unmöglich.

Ich konnte nicht vergessen, wie er mich ansah, wie er mich berührte oder wie sich seine Lippen auf meinen anfühlten.

Langsam öffnete ich die Augen und sah wieder zu den Sternen hinauf.

Ich hatte ihn von mir gestoßen.

Konnte ich ernsthaft von ihm erwarten, dass er zurückkam?

*Nein.*

Vielleicht war es genau wie mit all den anderen Dingen. Vielleicht musste ich endlich über meinen Schatten springen.

*Macht nicht denselben Fehler*, hallten Olafs Worte in meinem Kopf wieder.

Abrupt stand ich auf und warf die Decke auf die Bank.

Nur in meinem Schlafanzug, schlüpfte ich in Schuhe und Jacke und holte mein Fahrrad aus dem Keller.

Den Weg zu Olaf legte ich schnell zurück.

Als ich in die Straße, in der Kian und ich früher Haus an Haus gewohnt hatten, einbog, kribbelte es in meinem Bauch.

Erinnerungen kamen hoch.

So viele Erinnerungen.

Auf diese Straße hatten wir unsere Träume mit Kreide gemalt.

Ich schloss mein Rad an Olafs Gartenzaun und durchquerte den kleinen Vorgarten.

Meine Hände zitterten. Eine ganze Weile stand ich einfach nur da, hob die Hand und ließ sie wieder sinken.

Erst als ich selbst bemerkte, wie albern es war, presste ich meinen Daumen auf die Klingel.

Mein Herz trommelte einen hardrock-Rhythmus.

Schlurfende Schritte auf der anderen Seite.

Die Tür schwang auf.

Da war er.

Kian.

Diesmal erkannte ich ihn, ohne ein zweites Mal hinsehen zu müssen.

Er sah umwerfend aus. Erschöpft, aber umwerfend. Dunkle Ringe zierten seine Augen, und seine Haare standen in alle möglichen Richtungen ab.

Es tat seiner Schönheit keinen Abbruch.

*Hey*, formten meine Lippen.

Er blinzelte.

»Hey«, gab er zurück und klammerte sich an den Türrahmen.

Es war genau wie vor knapp drei Monaten, als er das erste Mal nach sieben Jahren vor meiner Tür gestanden hatte.

Nur dass wir die Rollen getauscht hatten.

Einen einzelnen Moment lang bewegte sich niemand von uns.

Dann war er mit einem Satz bei mir und schlang die Arme um mich. Erleichtert atmete ich aus und erwiderte die Umarmung.

Wie gut das tat.

Wie sehr ich das vermisst hatte.

Ich vergrub mein Gesicht an seiner Schulter und schloss die Augen.

Vertraut.

Minze.

Ein Lächeln schlich sich auf meine Lippen.

Wir klammerten uns Halt suchend aneinander.

Erst nach gefühlten Stunden lösten wir uns ein Stück voneinander. Sein Blick nahm mir den Atem. Er legte mir darin all seine Gefühle offen, alles, was er für mich empfand, und all die ungesagten Worte, die zwischen uns standen.

*Du bedeutest mir alles.*
*Ich liebe dich.*
»Ich habe dich so vermisst«, stieß er aus.
Seine Stirn sackte an meine.
Ich verschränkte unsere zitternden Finger ineinander.
Er schloss die Augen.
»Es war nicht sehr nett von dir, einfach aufzulegen«, murmelte ich.
Ein leichtes Zucken um seine Mundwinkel.
Kaum zu sehen.
»Ich wollte dir etwas Wichtiges sagen.«
Er öffnete die Augen.
Ich fand seinen Blick.
Tief holte ich Luft.
»Ich liebe dich, Kian.«
Das Braun seiner Augen verdunkelte sich.
»Und ich habe es akzeptiert«, sprach ich den zweiten Satz aus. Der so viel wichtiger war als der erste.
In Kians Augen sammelten sich Tränen.
Er blinzelte, um sie zu verscheuchen.
Ich lächelte ihn an. »Ich möchte auch neben dir aufwachen und deine Hand halten, wann immer ich es brauche.«
Er verzog das Gesicht.
Ich legte eine Hand an seine Wange. »Und das mit Jase habe ich dir schon in dem Moment verziehen, als du es mir erzählt hast, es steht nicht zwischen uns.«
»Du machst es mir verdammt schwer, Nein zu sagen.«
Schweigend beobachtete ich den Sturm in seinen Augen.

Dann, als würde er sich selbst etwas verbieten, errichtete er Mauern um sich herum. Er trat einen Schritt zurück und ließ von mir ab. Verzweifelt fuhr er sich durch die Haare.

»Ich werde dich verletzten.«

Vier Worte, die kalt zwischen uns standen.

Seine Schultern sackten nach unten.

Ich sah seine Mauern wieder bröckeln.

»Ich werde dir niemals von Sydney erzählen können.«

Ein Satz, und er legte mir einen Teil seiner Welt offen, dessen Tore er bis jetzt immer verschlossen gehalten hatte.

»Ich bin so ausgerastet, weil«, er schluckte hart. »Weil meine eigene Vergangenheit mich eingeholt hat.«

Ich verringerte den Abstand zwischen uns und schlang meine Arme um ihn.

»Ich werde dich verletzten«, wiederholte er.

Ich ließ meine Stirn gegen seine sinken.

»Noch viel mehr, wenn du mich wieder alleine lässt.«

Er zerbrach.

Ich hielt ihn fest.

Denn was immer seine Dämonen waren. Ich würde auch sie lieben.

Nichts und niemand würde mich davon abhalten können, für diesen Mann da zu sein.

Konnte er das denn nicht sehen?

»Die richtige Antwort wäre gewesen: Ich liebe dich auch.«

Er blinzelte.

Seine Mundwinkel zuckten.

»Ist das nicht offensichtlich?«

Ich wiegte den Kopf, als würde ich darüber nachdenken.

Sein Lachen kitzelte meine Haut.

»Ich liebe dich, June.«

Mein Herz machte einen Sprung.

»Schon immer«, fügte er hinzu, und ich rang nach Atem. Seine Worte sickerten in mein Bewusstsein und nahmen mir die Fähigkeit, Worte zu bilden. Ich dachte an all die Momente, all die Dinge, die wir zusammen erlebt hatten, in denen er mich so angesehen hatte wie jetzt. Ich verstand es. Jetzt verstand ich endlich, was er mir mit diesen Blicken gesagt hatte.

Mit zwei Worten legte er mir seine Seele offen.

Ich beugte mich vor, um ihn zu küssen, aber er hielt mich zurück.

»Und deshalb sollte ich keine Beziehung mit dir führen.«

Sein Lächeln war verschwunden.

Ich wusste zwar nicht, was er in den letzten sieben Jahren durchgemacht hatte, aber ich konnte wieder in seinem Blick lesen. Ich konnte sehen, wie viel Angst er hatte.

Sanft nahm ich sein Gesicht in beide Hände.

»Es spielt keine Rolle.«

Ein leichtes Lächeln tanzte um meine Lippen. »Wenn du Angst hast, dann rede mit mir darüber, aber friss sie nicht in dich hinein.«

Er gab nach. Sein Körper sackte nach vorne und sein Kopf auf meine Schulter. Ich umklammerte ihn so fest ich konnte.

Ich wollte diesen Mann nie wieder loslassen.

»Ich werde ein schlechter Freund sein«, murmelte er.
Ich strich ihm übers Haar.
»Der beste, den ich je hatte.«
Er seufzte.
»Ich werde immer Geheimnisse haben.«
»So wie ich sie hatte.«
Er lehnte sich zurück und sah mich an.
»Ich kann dir nicht mal eine Zukunft versprechen.«
Er schloss die Augen, öffnete sie aber schon im nächsten Moment wieder.
»Ich kann dir nur versprechen, dich hier und jetzt zu lieben.«
Ich verringerte den Abstand zwischen uns, bis unsere Münder nur noch Millimeter voneinander entfernt waren.
»Das ist alles, was ich will.«
Unsere Geschichte war noch nicht beendet und vor allem noch weit entfernt von einem Happy End.
Aber sie war alles, was ich wollte.
Ich wusste, worauf ich mich einließ, als wir uns küssten.
Aber ich hätte niemals gedacht, dass es mein Leben so sehr verändern würde.
Hier und jetzt war es allerdings nicht wichtig.
Hier und jetzt ließen wir zu, wieder beste Freunde zu sein und gleichzeitig so viel mehr.
Wir wurden was wir immer gewesen waren.
Eine Seele in zwei Körpern.

# Epilog

Kian

Ich lehnte mich ein Stück zurück und sah die Frau an, die ich über alles liebte.
Flatternd öffnete June die Augen.
Ich war ein Idiot.
Sie hatte mir alles von sich gegeben. Hatte mir alle Türen zu ihrem Herzen geöffnet und trotzdem klammerte ich mich an jedes einzelne Schloss das ich vor meine eigenen Türen gehängt hatte.
Ich öffnete den Mund, um mich zu entschuldigen, doch sie schüttelte lächelnd den Kopf.
Ich war nicht dumm. Früher oder später würde sie es erfahren.
Vielleicht würde sie dann anderes denken, über die Worte, die sie mir gerade versprochen hatte.
Ich seufzte und schüttelte den Gedanken ab.
June liebte mich.
Das war alles, was im Moment zählen sollte.
Ich sah sie an und erstarrte.
»Sag mal June, trägst du keinen BH?«
Sie grinste.
Ich grinste.

Ich wurde zu dem Menschen, der ich in Sydney gelernt hatte zu sein, wenn ich nicht weiterwusste.

Olaf war nicht nach Hause gekommen.

Wir waren allein.

Ich nutzte es aus.

Weil ich ein Arsch war.

Aber als wir am nächsten Morgen nackt nebeneinander aufwachten und sich das Sonnenlicht in ihren Haaren spiegelte, schwor ich mir, mich zu ändern.

Ich schwor mir, einen Weg zu finden, um sie ganz in mein Leben zu lassen.

Und ich schwor mir, sie niemals zu verletzen.

June war mehr für mich als eine bloße Freundin.

Schon früher war sie ein Teil von mir gewesen.

Ihre Seele war ein Stück meiner Seele.

Sie verdiente es, mich wieder kennenzulernen.

# June und Kians Playlist

True Colors – Phil Collins
Afraid No More – Bukahara
Boat Behind - Kings of Convenience
Du bist anders – AnnenMayKantereit
Shadows And Regrets – Yellowcard
Back Home – Yellowcard
Miles Apart – Yellowcard
The Sound Of You And Me – Yellowcard
Sing for Me – Yellowcard
Close As Strangers – 5 Seconds of Summer
I Can Wait Forever – Simple Plan
We Are Broken – Paramore
The World Between Us – Shattered Tears
Still Hear Our Song – Shattered Tears
Childhout – Shattered Tears
Break In – Halestorm
Never Be Alone – Shawn Mendes
Home – Phillip Phillips
Careless Whisper – George Michael

# Danke

Es ist ein unbeschreibliches Gefühl dieses Buch endlich in den Händen zu halten, sodass ich gar nicht versuchen mag es in Worte zu fassen, doch da ich nichts wäre ohne die Menschen die mich auf dieser Reise unterstützt, begleitet, motiviert zu mir zugelächelt haben (und ich ziemlich gerne Danksagungen am Ende von Büchern lese ;)), möchte ich ihnen hier den Raum widmen der ihnen gebührt.
Ihr alle seid großartige Menschen und ich danke euch von Herzen!

Als allererstes meiner wundervollen Agentin Sophie Riess und dem gesamten Team der Literaturagentur Beate Riess. Danke dass ihr meinem Manuskript eine Chance gegeben und mich bei Korrekturen unterstützt habt. Ich danke Katharina Marie Lindner, meiner einzigartigen, zaubertollen Lektorin! Du hast meine Geschichte so viel besser gemacht und letzte Verwirrungen herausgestrichen, danke für deine Ehrlichkeit, dass die weiblichen und männlichen Formen drinbleiben durften und all die Witze im Lektorat. Ich saß so oft laut lachend vor meinem Laptop! <3
Außerdem danke ich dir von Herzen für deine Geduld bei der Covergestaltung und dafür, dass dir meine Meinung wichtig ist!

Ein dickes Danke mit Handkuss an das gesamten Team bei Oetinger! Nicht nur als Autorin, sondern auch als Leserin, ihr zaubert wundervolle Bücher! Danke das meine Geschichten im selben Verlag, wie all meine Kindheitsheld*innen Zuhause sein dürfen!

Ich danke meinen wundervollen Testleserinnen:
Patricia Majaura, die mein Manuskript als aller erste gelesen hat und erstmal alle Rechtschreibfehler korrigiert hat, Küsschen gehen raus an dich!
Lara, die June und Kian als erste genauso geliebt hat wie ich und mich durch ihre Freude über diese Bücher immer wieder motiviert hat!
Tamara Kress, die die Geschichte Stück für Stück auseinandergenommen und wieder neu zusammengesetzt hat. Danke für den regen Schreibaustausch und deine wundervoll langen E-Mails!
Ihr seid großartig und ohne euch wären June und Kian nicht da wo sie heute stehen.

Marikka Pfeiffer, deine Unterstützung ist grenzenlos! Danke für Exposé Korrekturen und die monatlichen Anstöße! Du schaffst einen geschützten Raum, in den ich immer wieder gerne zurückkomme!

Fr. Lekow, meiner Deutschlehrerin, die mich unterstützt und motiviert hat und in meinen Texten viel mehr gesehen hat als ich selbst. Ohne Sie wäre mein erster Gedichtband nie erschienen.

Jan-Marc, meinem Tanzlehrer der 10. Klasse, der mich bat niemals mit dem Schreiben aufzuhören.

Mama, danke für deine Unterstützung, deine Rechtschreibkorrekturen und dafür, dass es dir wichtiger ist, dass ich meine Träume verfolge, als dass ich etwas Vernünftiges studiere.
Ich liebe dich!

Oma, weil du mein größter Fan bist! Und stolzer als ich selbst, auf diese Bücher!

Ich danke Peer, der sich damals in einem Jahr so viel veränderte wie Kian in sieben. Du warst die Inspiration für die ersten Sätze dieses Buches ;)

Mein größter, hochhaushoher, riesigster, nicht in Worte zu fassender Dank geht an Lina und Anselm.
Danke dass ihr an mich glaubt, mich unterstützt und mit mir lacht!

Lina, danke für Tage im Garten und dafür das du genauso ausgerastet bist wie ich als ich erst eine Agentur und dann einen Verlag fand! Ich tanz so gerne verrückt mit dir aus der Reihe und träume von einer gemeinsamen Zukunft!

Anselm, danke für deine grenzenlose Liebe, für Wanderungen durch die Berge und Pfannkuchen am Morgen, fürs

Testlesen und Korrekturen, für den Raum zum Schreiben den du mir schenkst und einfach dafür, dass du immer für mich da bist!

Ich danke allen Menschen von Tanzkurz, weil ihr einfach König*innen seid! Meine Worte bei euch sicher sind und ich bei euch die ZEIT vergesse! Kabäm!

Luci, nur mit dir sind Gespräche so tief wie klare Sternenhimmel! Und Tänze voller Freiheit!
Danke für deine Freude an meine Worte!

Ida Leetz, ohhh Ida, was wäre ich ohne deine Kunst? Danke für all die Farben und Linien in die du meine Worte verwandelst!
Te mando abrazos y besitos!

Isabelle Glück, danke für den zauberhaften Schreibaustausch! Ich bin unglaublich stolz darauf, dass du dich getraut hast zu veröffentlichen!

Marie Döling, Julia Kleemayr, Marie Franz und Amely Wernitz für Gespräche und Austausch übers Schreiben!

Ron der SLB Potsdam für seine Unterstützung!

Ich danke all den Schriftsteller*innen die mich inspiriert und motiviert haben.
Besonders Adriana Popescu durch deren Buch Ein

Sommer und vier Tage, ich mir sicher war, sowas will ich auch schreiben.

Ich danke dir liebe*r Leser*in, dass du meinem Buch eine Chance gegeben hast und es sogar bis zur Danksagung geschafft hast ;)

Und zu guter Letzt weiß ich mit Sicherheit, dass ich irgendjemanden vergessen habe, das tut mir unendlich leid, deshalb bitte fühl dich angesprochen und schreibe deinen Namen in dieses Feld ...........................................

Abrazos!
Jette